# 五月の雪

佐保田芳訓 遺作品集

洪水企画

# 佐保田芳訓遺作品集　五月の雪　―　目次

## 歌集　川のほとり ……………… 7


「歩道」発表作品

平成二十七年（二〇一五）　8

平成二十八年（二〇一六）　11

平成二十九年（二〇一七）　14

平成三十年（二〇一八）　18

平成三十一年／令和元年（二〇一九）　22

令和二年（二〇二〇）　26

令和三年（二〇二一）　31

令和四年（二〇二二）　35

令和五年（二〇二三）　37

歩道賞受賞・候補作

歩道賞　花影　38

歩道賞準賞　清明　40

候補作　五月の雪　41　アカシアの花　42　川のほとり　43

他雑誌・新聞発表作品

冬至以後　46

白い月　47

多摩川残照　47

山の上　47

## 第一歌集『青天』抄　50

## 佐藤佐太郎研究　55

佐太郎の原点　56　偉大なる学徒　59　希求　62　歌集『歩道』署名本　64
歌集『歩道』とフィリップ　68　歌集『歩道』と木下杢太郎　71
歌集『歩道』と永井荷風　74　短歌の運命　82　歌集『歩道』と内田百閒　85　佐太郎と鷗外　89
先生の添削　97　追悼　長澤一作　寡黙なる詩人　98　歌集『帰潮』再版について　100
私と天眼　103　即詠歌会　104　佐太郎と道元禅師　106　ヨーガ　113　淡水河　116
蘇東坡随感　120　萩原朔太郎記念館　124　蘇東坡とヨーガ　128　不易流行　132
最上川　135　歌集『白き山』について　137　描写力　139　地以上即天　141
先生の推敲　143　作歌の視点　146　尾長鳥　148　花の歌　151　献呈本　153
好きな作家　155　東京歌会　157　客観写生　160　弥彦山　161　暁光　163
令和　166　長崎追想　168　新宿御苑　171　佐太郎先生の校正　173
歌集『冬木』の旅の歌　175　讃嘆の声　179　写生の追求　180　亡き人の手紙　183
ノーベル文学賞　185　長塚節終焉の地　188　五月のうた　190　岡井隆の散文　192
那智の滝　193　茂吉先生の色紙　195　画家の短冊　197　鷗外傾倒　199

短歌に詩を希求する　202　暁風一首　204　先生の書幅　205　佐藤佐太郎全集　207
アカシアの花　209　先生の書簡　210　先生の葉書　212　茂吉の拓本　213
ゴッホ展　214　中尊寺　216　ポール・ヴァレリー　218　身に引きつける　220
朱の門　221　海鳴　222　随想二題　224　アラスカ　227　ヘルマン・ヘッセ　228
蠟紙　230　ザ・巨匠の添削　232

祝・『佐保田芳訓遺作品集』　――上田三四二著小説『祝婚』の縁――　秋元千恵子　246
写真　248
あとがき　252
略歴　258

# 佐保田芳訓遺作品集　五月の雪

# 歌集　川のほとり

#「歩道」発表作品

※平成二十九年までの作品は本人により歌集の体裁にまとめられていたのでそれを収録した。平成三十年以降は「歩道」掲載をそのまま収める。ただし明らかな重複作品は省いた。

## 平成二十七年（二〇一五）

### 沈黙の星

沈黙の星満ちをりて白雪の富士山朝霧高原に顕つ
氷点下の冬の牧場暮れゆくに放牧せる牛ら体よせ合ふ
富士山の裾野にあらん暗闇に浮くごと牛舎の灯りの点る
裸木となりし樹海に展けたるひとつ湖青く暮れゆく
両側に裸木迫り暗闇の樹海を通ふ道とほりゆく
青木ヶ原樹海の木々のことごとく裸木となり日の深くさす

### 遺品整理

亡き人の遺言により先生の色紙ゆづり受くわれの悲しみ
みづからに求め難きと思ほえば心いくばくしづまりゆかん
亡き人の遺品整理に立合ふは交り深き縁と思ふ
紅葉にさきだち街路樹のおほよそは赤城颪の風に散るとふ

みづからの歌集を読みて添削を受けたる頃の言葉身に沁む

**台北行**

結納式披露宴など忙しなくひと日の終り夜市に遊ぶ
一〇一階のビルより見ゆる街の灯の降るとしもなき雨に潤ふ
忙しき日々憂ひなく過ぎをりて邂逅のごと咲く花に逢ふ
ビルの間の風吹きすさび街路樹の冬木こゑなく風にゆれゐる
日の昇る以前の空のひとところこもる煙霧の朱に染りゆく

**検診**

病院に送り来たりしわが妻は酸素吸入の器機を引きゆく
四年間通ひ来たりし病院に季のめぐりの桜咲き満つ
病院の庭の桜の花の下検診終へる妻を待ちをり
今日ひと日床に臥したる病む妻の夕べ起き出てラーメン作る
出勤前の朝のいとまに仏壇に経あげいくばく心展けん
病む妻を家に残して罪を負ふ者のごとくに勤めに出づる

**神代桜**

相似たる妻と娘の話す声分ち難きはその笑ひ声

二千年咲きつぐ桜見に来しが花過ぎ無尽の花片散り敷く
笛吹川渡り来たりて古里の山懐しく山桜咲く
吹きすきぶ風に枝打つ桜並木甲斐駒ケ岳雪残る見ゆ
病む妻と互みに思ひ異なれど北杜市真原の桜見に来し
あたたかき春の夕暮満開の堤の桜風にさわだつ

**雨上り**

終焉となりて心の寂しきは熱く語らひし過ぎし日にあり
忘るべき悲しみひとつ消さんとしヨーガにわれは時を費やす
雨上りの多摩川に湯気立ちのぼり早春の日の朝明けゆく
三回忌過ぎて訪ひ来し仏前にわれ経となへ亡き人しのぶ
あるがままの姿といへどみづからは受け入れ難しと思ふことあり
幾たびも悲しみに耐へ来しわれは何怖るるといふにもあらず
抜歯せる一本の歯を惜しまんかいたしかたなく煙草吸ひをり

**明方の夢**

目覚めたる朝のいとまにマーラーの曲聞きいくばく心の癒えん
便りなき日々過ぎゆくにみづからは落着き難く想像うごく

懐しき過去よみがへり逢ふはずのなき人とゐる明方の夢
夏至の日のやうやく暮れん空朱くゆくりなく人思ひ恋ほしむ
台風の遠くにありて風強く空澄み透り寂しさ満つる
日帰りの湯泉に来たりひとりなる短き時といへど豊けし
銀行のロビーにをりて硝子壁へだてビル街に鳴く蟬ひびく
台風の余波の雨止むこの夕べこころもとなき空に虹たつ

## 平成二十八年（二〇一六）

### 台北野柳岬

雨上る東支那海の空の果て雲の切れ間に夕映ひらく
風化して棒状の岩いくつ立つ野柳岬の黄の岩盤に
神仏に頼らず半生過ぎ来しが龍山寺にて病む妻祈願す
野柳岬の石段ゆくに間断なくすぎゆく流蘇とふ白き花散る
生くる世の人の祈りの真摯にて香煙満つる龍山寺に来し
人群れて朝の祈りに熱気あり僧侶の声に皆合掌す
雨上る淡水河をくだるとき東支那海の海黒々し

風化せる岩盤を越え登り来し岬の花原蝶の群れ飛ぶ
風化せる野柳峠に棒状の岩あまた立ち熱き日に照る

**淡水河**

東支那海に日の沈みゆき淡水の河の河口に紅残る
暮れ果てし淡水河の河口にて無尽の白波潮の満ち来る
仕事より解放されてみづからの時とし淡水の河渡りゆく
基隆の港に近きこの丘に蟬鳴き蜻蛉蝶の群れ飛ぶ
水着つけ湯泉にひたる露天にて老若男女雨に打たるる
降る雨に淡水河の暮れゆきて満潮にのり鰡の群れ来る

**甲斐駒ケ岳**

雲の切れ間に見ゆる残雪夕映えて甲斐駒ケ岳天に暮れゆく
いくたびも立ち止りつつ病む妻と桜散りゆく並木道ゆく
今年また命をつなぐ病む妻と甲斐駒ケ岳の桜見に来し
若き日に思ひ及ばぬことありと病む妻の手を取りて歩める
わが心ゆさぶられたる衝撃の癒ゆるともなく春の過ぎゆく

**白き花**

父逝きて十年過ぎん受け継ぎし家業細々とわれはつづくる
街路樹の泰山木の白き花わが悲しみのひと様ならず
母思ふ若かりし日の父の歌中国満州に呼び寄せたりし
わが思ひ叶はざりしかまた一年過ぎて思ひの変ることなし
定年を過ぎてもいまだ店に出で人と交はる日々の楽しさ
仕事終へ帰宅途上に購へる具材調へ病む妻と食ふ
置きざりにされたる如き思ひ湧く暁の夢楽しともなし
先生の老いたまひたる夢に覚め過去懐しく思ひ出でをり
今日家に仕事をするにわがゐるを病む妻心安かりしとふ

**立山行**

梅雨の雨に穂高連峰閉ざされて流るる梓川の音のみひびく
山上に凍結解けゆく湖に日のさすときに光輝く
立山の室堂に来て梅雨晴の連なる雪の峰々光る

**随感**

むらさきの茄冬樹の花咲き残る病む妻残し台北に来し
驕りたる言葉浴びしがつづまりは人の心の変りゆくべし

夏の日の台風過ぎし青天に富士山のみに雲かかりをり
花過ぎし泰山木に蟬の鳴く妻の病院に六年通へる
先祖の墓遠しとぞ言ひ病む妻は古里に墓地買ひ求めたり
定年の齢を過ぎて店に出で喜ぶべきか悲しむべきか
上水の自然林にて鳴く蟬の夏の終りのあした冷たし
癒ゆるなき病ひと言へど望みもちたびたび妻にヨーガ教ふる
東支那の海のほとりに鳴く蟬の十月なかば時の静けさ
凍てつきて澄み透りたる暁に月により添ふ星そらにあり

## 平成二十九年（二〇一七）

### 台北の街

東支那の海に交はる淡水河白鷺デルタに群れて憩へる
雨上り青空見ゆる台北の街にふたたびスコール来たる
ゆく末に光明ありといふ思ひ湧きていくばく心鎮まる
雨上りの基隆港に鳶の群れ声なくひととき空にたゆたふ
風化せる岬に絶えず打ちつくる東支那海の波のとどろく

マングローブに無数の赤き実の成りて見つつ行くとき泥の香のする
人の思ひおしはかりしがみづからの心定まり思ふことなし

**甲斐駒ケ岳**

二千年咲きつぐ桜今年また遠く見に来し病む妻とわれ
標高の高き麓に咲く桜甲斐駒ケ岳の颪に吹き散る
釜無川に沿ひつつぞ行き雪かづく富士山春の空ととけあふ
切れ切れの雲の断片夕映えてやがて消えゆく立春暮るる
をりをりの夢に出で来る人のあり叶はざりしか逢ひたきものを

**法事**

朝の日を浴びて峰々の雪光る南アルプス上空をゆく
数百年続く菩提寺にわが先祖の墓誌読みがたき古りし墓あり
法事終へ久しく会はぬ親族と海辺の街に焼牡蠣を食ふ
わが心ゆさぶられたる衝撃の過ぎゆく時に癒えんとぞする
病む妻と久しく乗らぬ飛行機に遠く出で来て法事終へたり

**基隆処々**

北投の湯泉流るる街川に雨降りしぶき音川に満つ

十月の湯泉流るる街川のほとりいくところ黄萱群れ咲く
基隆の静かなる港見下ろせる丘に蟬鳴き蜻蛉群れ飛ぶ
世に生くる人の祈りのつつましく香煙けぶる龍山寺に来し
基隆の港真近く見ゆる丘十月なかばいまだ蟬鳴く
小さなる漁港に烏賊釣船あまた泊てゐて無数の電球ゆるる
北投の湯泉流るる街川のほとりしづけく黄萱群れ咲く
東支那の海の疾風受くる木々野柳岬に喬木のなし

## 阿賀野川

雪かづく八海山のけぶる見え雨冷々と雪原を打つ
昼暗き南魚沼の雪の田に雲おもおもと空押し移る
三国街道塩沢宿に霧雨の移りて雪の八海山見ゆ
降る雪に行方の見えず冬の日の流れゆたけき阿賀野川ゆく
祈ること久しきわれは妻の治癒願ひに弥彦神社に詣づ
信濃川分流海に入るところせめぎ合ふ波無数たちゐる
冬の日の雪の止みたる寺泊日本海にて佐渡の横たふ
青天に三日月出づる信濃川身に痛きまで疾風を受く

**泰山木の花**

妻に添ひ六年通へる病院に今年も泰山木に花咲く
六年間飲みつづけたる薬にてやうやく妻の痛みやはらぐ
病む妻の日々に苦しむ姿見るわれは罪負ふ者のごとしも
かつてここに斎藤病院ありしとふ高層ビル建ち面影のなし
ビル壁に斎藤茂吉終焉の場所なりしとふプレートのあり

**随感**

病む妻の朝起き得ぬ時のありメモ書き置きて勤めに出づる
接客に饒舌なりしみづからはのちのひと時孤独になりつ
忽忙なる日々の仕事に追はれつつ書斎にひとりとなる時楽し
憂ひなきわれと思ふにあるときは寝ね難き夜の幾日かつづく

**ヨーガ禅**

悔しみに耐へてゆくべしつづまりはわれみづからが招きたりしを
鼓吹する鳴く蟬の声身にしみてヨーガ禅終へ時を惜しまん
台風の雨の止む間の静かにて風にゆらげる森に蟬鳴く
やうやくにわだかまり解けみづからは体疲れて眠りたるらし

いねがたき一夜あり経てひびき来る暁に鳴く蟬の声聞く

**暁の月**

野柳岬の石段ゆくに間断なくすぎゆく流蘇とふ白き花散る

凍てつきて澄み透りたる暁に月により添ふ星そらにあり

わが心ゆさぶられたる衝撃の癒ゆるともなく夏の過ぎゆく

若き日に思ひ及ばぬことありと病む妻の手を取りて歩める

## 平成三十年（二〇一八）

**一月号**

人群れて朝の祈りに熱気あり僧侶の声に皆合掌す

雨上る淡水河を下るとき東支那海の海黒々し

降る雨に淡水河の暮れゆくに河口潮満ち鰡の群れをり

野柳岬の傾斜鋭き切岸の階ゆくに白き花散る

風化せる岩盤を越え登り来し岬の花原蝶の群れ飛ぶ

**二月号**

街の灯の無数のなかに浮くごときビル高層の病室にをり

蟬しぐれ聞きしは愛宕山なりし五十年経てビル群のなか
跡形の無きもの形態残るものかつて住みし街寺院の残る
日が昇り東京湾の海原に日の照り流るる雲も輝く
茜せる東京湾のはるかまで見ゆる高層の病室に覚む

**三月号**

明日の命さだかならざる人のゐる病棟に来てわが日々つづく
高層のビルより見えてひとつビル屋上庭園樹々紅葉す
冬の日の一日の暮れて流れゆく茜雲ありビル群の上
冬の日の曇りたるまま暮れゆくにビル群の灯は輝き放つ
夜もすがら点りし東京タワーの灯病室に見え明け方に消ゆ

**四月号**

病室に年を迎へんひとりにて青松禅寺の除夜の鐘聞く
病室の窓より東京タワー見ゆ命を削る日々としもなく
真夜中の高層ビルの窓々に人の気配のなきに灯点る
高層のビルとビルとの間にて仰ぎ見る空茜雲逝く
病室のわれは朝焼に合掌す東京湾に朝日昇るらし

**五月号**

よもすがら東京タワーに灯の点りそばだつ暁の病室に覚む
病院より帰り来たりて朝霧の流るる多摩川の堤を歩く
午後五時の寺の鐘の音ビル群の空にしひびく夕茜して
青天の朝空明るく立春のビル高層の病室に覚む
凍てつきし冬の朝の茜空月中天に光おとろふ

**七月号**

病院より帰宅ゆるされ帰り来し堤の桜並木花満つ
妻とふたり羽村の堰まで歩みゆく共に病む身の桜に映えて
桜散り逝く春の日の夕茜病室に見え命惜しまん
虫の音の空にひびける宵闇に中天の月多摩川に照る
苦しみのなき世界などなかりしと思へばいくばく心は和ぎぬ

**八月号**

抗癌剤飲むたび心折るまじと湧き来る思ひしづめがたしも
沈む日は高層ビルの側壁に光りめぐりのビルに反射す
暁の窓に向ひて経をあぐひとり病室に時たち難く

病院をぬき出でて来し青松寺風に吹かれて黄梅の散る
高層のビル病室に目覚めしが暁の空月の照りをり

**十月号**

おだやかな風と思ひて憩ひをり病院の庭に夕日を浴びる
鍔迫り合ひしたりし友との若き日を何故となく思ひ出しをり
音ひとつたたぬ暁の病室に目覚めて楽しき夢反芻す
半年の治療を終へて帰り来し庭に紫陽花の花咲き満つる
ゆたかなる川とし思ふ多摩川に餌とる青鷺白鷺の群

**十一月号**

堰落つる水音ひびく多摩川の堤歩み来し身を養はん
燕群れ多摩川のうへ飛び交ひてあるとき風切る羽音の聞こゆ
ピアノ弾く妻にしたがひ習ふわれつたなかりしがひと時楽し
いちはやく蟬鳴き出づる玉川の上水のほとり朝の静けさ
都心なる病院にゐて帰り来しわが街の空星のかがやく

**十二月号**

用なきに亡き先生を訪ねゐる暁の夢覚めて楽しむ

青天の夕かたまけて中空に光放たぬ白き月見ゆ
病む妻の厳しき夏を越えんとし身をいたはりて丈へゐるらし
栗の木に栗の実の成る峡の道谷深くして川音聞こゆ
時作り遠く見に来し絵画展心癒ゆるといふにもあらず

## 平成三十一年／令和元年（二〇一九）

### 一月号

階下よりわれ呼ぶ妻の声聞こえひと時夢のごとしと思ふ
手術後に飲みたる水によみがへる思ひ懐かし父母のこと
癒えがたき病を負へる妻とわれ悲しみ深き朝茜空
青天に雲の断片茜して流れ行く見ゆ病室の空
花原に小動物の飛び交ふは生きとし生けるものの営み

### 二月号

一年間入院したる病室を訪ひてみづからの過去を弔ふ
妻病みてみづから作りし料理など記すノートを開く楽しさ
一年の入院を終へ復帰してもらふ給与の感慨深し

二千冊処分したれど残年に読み終へ難き本残りをり
人込みに酔ひて半日臥すわれの病後といへどふがひなかりし

**三月号**

病院に生死の境味ひしわれとし思ひ一年終る
わが庭の姫沙羅の木の紅葉し美しき時たちまち過ぐる
看護生の歌ふ聖夜の曲を聞き病室に時ひとり送りき
暁の夢に出で来し亡き父の作れる短歌添削しをり
妻とわれ互みに病ひ待つ身にて支へあひつつよりそひ生きん

**四月号**

目の覚めて起きいづる時浮遊感ありて病後の心もとなし
睡眠剤飲むを忘れて除夜の鐘聞きたる後の眠り難しも
入院によりて漸く生きたりし平成最後の除夜の鐘聞く
除夜の鐘鳴れば心に音ひびく去年病院に鐘を聞きゐし
ことごとく枯葉散りたる多摩川の自然林をゆく冬の日浴びて

**五月号**

骨髄の移植を終へて退院す賜りたりし命思ひて

夕映ゆる多摩川見つつ歩みをり春になりなば何処にゆかん
静かなる時とし思ひ仰ぎ見る街空に冬の満月光る
昨夜降りし雪をかづきて奥多摩の連なる山の朝の日まぶし
多摩川の堤に沿ひて裸木の桜並木の下をわがゆく

**六月号**

荷のごとく取り扱はれたるみづからは放射線浴び口中乾く
マーラーの曲などを聞き三十分楽しともなく放射線浴む
をりをりに見舞に来たるわが妻は仙人掌の花咲きたるを言ふ
目覚めたる立夏の朝空気澄み東京タワーに朝の日当る
いくたびも目覚めてはまた夢を見る高熱つづくわが日々のうち

**七月号**

抗癌の薬によりて脱毛のあれど時経て髪の毛を刈る
高層のビル立ちならぶ街となり寺院と愛宕山のみ残る
高層のビル病室に暮れてゆく東京港は固体のごとし

**八月号**

病院に外出ゆるされ八十の階段登り愛宕山をゆく

高層のビル間にある病院の庭にし憩ひ過ぎし日悲し
過ぎ方の桜の花は降る雨に寒き光となりて散りゆく
とめられし煙草をすひて悔ゆるわれ暁の夢悲しともなし
病室に覚めしか自宅に目覚めしか障子に朝の日の光りをり

## 十月号

三十年庭に咲き継ぐ姫沙羅の高木となりて花限りなし
姫沙羅の花わが庭にあまた咲き雨に打たれて夏至の日暮るる
幼き日祖父母と来たる岸壁に夜光虫輝る海を見てゐし
食卓に肩を並べて妻とわれ互みに食後の薬飲みゐる
暮れてゆく空の青さよ道の辺に群れ咲く連翹の黄の花のあり

## 十一月号

朝明の霧立ち昇る多摩川の上空をゆく白鷺の群
わが未来残り少なくなりたれど心に人を思ひゐたりし
わが街の福生の七夕七十年続きて喧騒を行きて楽しむ
台風の過ぎたる夕べ空青く三日月出でて蟬しきり鳴く
雲の間に夏の満月光る夜半台風の雨たちまちとざす

### 十二月号

多摩川の川のほとりに病む妻を思ひゆくとき蜩の鳴く
退院ののちの一年病院に孤独に過ぎし時思ひ出づ
さまざまの蟬鳴く声のひびく森ゆきて過ぎゆく夏を惜しまん
わが未来いくばく展くる思ひ湧き心に人を思ひゐたりし

## 令和二年（二〇二〇）

### 一月号

絵画展見に来たりしが人群の中に作者と会ひて別るる
秋茜群がり飛べる多摩川の堤に夕べ蜩の鳴く
わが祖母の生れし古里懐しく甲府盆地に灯り湧き立つ
堰落つる水のさやけき多摩川のほとりに群れて彼岸花咲く
台風の去りたるのちにとどこほる空いちめんの雲朱に光る

### 二月号

病院に過ごす一年の日々のうち逝きし人との別れ悲しも
何年も会はざる人の夢に出で言葉交さず別れたりしか

あたたかき風に吹かれて過ぎし日をわが懐しみ菜の花を摘む
病む妻と遠く来たりて二千年咲きつぐ桜の花びら浴ぶる
三十年勤むる会社合併の決り親しき社長と別る

**三月号**

笛吹川に沿ひて行くとき正面に雪かづく富士光りはるけし
わが祖母の生れたる町の段畑葡萄の甘き匂満ちゐる
時たちて心へだたる思ひ湧く何が悲しといふこともなし
神崎川駅にて日ごと勤めより帰る母待つ追憶悲し
退院の後の一年かにかくに勤めに出でて日々過しをり

**四月号**

雨上りの澄み透る朝奥多摩につらなる山々雪かづく見ゆ
退院ののちの一年のみつげる薬元旦にいくつ飲みゐる
病癒え人のこみあふ街をゆき人に会ひたき思ひ湧きくる
三十年小説読みつぎ親しめる今亡き人の家を訪ひ来し
奥多摩のつらなる山に光たちふたご座流星群はかなく終る

**五月号**

昨夜の雪朝の日に照り解けゆくに奥多摩の山湯気立ち昇る
用のあり博多に来たるいとまにて長塚節の逝きし地を訪ふ
病ひ持つ妻と久しく飛行機に乗りて眼下に富士山を見つ
病院の駐車場にて終焉の長塚節の歌碑ひとつたつ
病ひにて未来閉ざされ病床に思ひ寄せたる人と別れし

**六月号**

冬の日の雲ひとつなく飛行機の下に北アルプスの雪山光る
朝焼の空に向ひて飛びたてる飛行機海に出で海朱に光る
一年の病院の日々かへりみて涙のごとき思ひ湧き来る
癌治療しつつ病室に書き継ぎて成りし一冊の本のいとほし
骨髄の移植を終へし病院に娘は骨髄提供者となる

**七月号**

ウイルスの感染不安いだきつつ大学病院に検診に来し
多摩川の堤の桜見つつゆく夕日を受けて風に散りゐる
花冷えの堤の桜吹く風に惜しむともなく花片の散る
移植終へ二年の過ぎて街路樹の紅花水木咲く頃となる

骨髄の移植うけたる病院に娘ドナーとなり入院す

**八月号**

今日ひと日降りたる雨に散り残るアカシア匂ひ暮れゆく寂し
若き日のわれにかあらん先生の夢に出で添削の順番を待つ
黄砂消え青空もどる奥多摩の山々朝の日に光りゐる
隣家に花の散るゆゑ三十年育ちし高木の姫沙羅をきる
多摩川の岸辺に立てる椽めぐり紋白蝶のあまた飛びゐる

**九月号**

手術終へし妻を訪ひたる病院に今年も泰山木の花咲く
食卓に肩を並ぶる如くにて妻と互みに薬飲みゐる
癒えがたき病を持ちてさらにまた癌の手術を妻受けんとす
暮れてゆく空の青さよ身にしみてゆく道の辺に連翹の咲く
遠き日の過去とし思ふカーテンの加工なししが夢に出で来る

**十月号**

ゆたかなる桃の実のなる梅雨明の甲府盆地に霧晴れわたる
ことさらに意識をせねど相向ふ客と話すに言葉を選ぶ

新しくカーテン作りかつてわれ日々のたつきにミシン使ひき
激ち降る雨の止みたる多摩川に生れしばかりの蟬の鳴きいづ
奥多摩の山よりひびく暁の雷鳴に覚め降る雨しげし

## 十一月号

四十年交はり深きわが友は癌病み命いくばくもなし
夏至の日の雲たれこめて暮れゆくに部分日蝕の光は見えず
さづかりし教へ尊しと思ふ日々師の晩年の弟子なるわれは
師の教へ伝へたりしと思ひしに人たちはやすく受け入れ難し
降る雨に梅雨の日暮るる遠空の雲の切間に夕映光る

## 十二月号

いたるところ百日紅の花咲きて台風一過の青天に照る
ウイルスの感染おそれ一年余会はざりし人思ふことあり
多摩川の堤をゆきて蟬しげく鳴きて対岸よりも聞こえ来
夏の日の夕日に染まる多摩川の水にひたりて子供ら遊ぶ
日課にて歩む多摩川の空遠く雲取山を見て帰り来る

## 令和三年（二〇二一）

### 一月号

台風の雨をあつめて多摩川の流れとどろき暮れゆく寂し
多摩川の瀬音聞きつつ一時間歩みつつゆき心なごめる
癒えがたき病ひ持つ妻をあるときは悲しみ川のほとりを歩む
ウイルスの感染せる世に耐へきれずわれの勤めし店舗閉鎖す
夕焼の収束したる多摩川に三日月出でて空青くなる

### 二月号

明け方の鳴く蟬に覚め病より生きながらへしわれとし思ふ
病癒え小公園に鳴く蟬の声にひたりてひと時憩ふ
二十年の家のローンの責務終へいくばく心軽くなりたる
若かりし日々のごとくに朝夕にわれは再びヨーガ始むる
驟雨止みゆく多摩川の上空に虹出で久しく見ざりしものを

### 四月号

ことごとく葉の散りつくし多摩川の川のほとりに裸木つづく

青年の骨髄移植うけしわれ命とりとめ甦りたり
奥多摩の山より吹ける風寒く冬の日に照り多摩川光る
退院後二年日ごとに飲みつげるわれは薬を疎むことあり
富士山に湧きたつ雲が吹く風に澄み透りたる空流れゆく

**五月号**

わが母の古里甲斐の山々に日の入り朱の空の懐し
妻とふたり餃子二百個作りゐて互みに黙々と具材を包む
入院の一年を経て日々ゆくにみづから守るといふ意識もつ
おもほえず賞を頂きのちのわれ何が変るといふにもあらず
会はざれば心離るといふ思ひ湧きてわが友いかに居りしか

**六月号**

コロナ禍に葬儀なしえず四十年交り深き人を見送る
立春の光あまねく遠空に大菩薩峠雲かづきをり
あひ共に共有したる時ありて過去懐しく思ひ出しをり
癒え難き病ひ持ちたるみづからは日々を惜しみて生きてゆくべし
あり余る薬を日々に飲みをりて命つなぐといふ思ひわく

## 七月号

堰落ちて流れゆたけき多摩川のほとりに病ひ癒えて憩へる
残年の幾年あらんみづからの来向ふ未来厳しかるらし
多摩川の川のほとりに憩ふとき川面騒立ち吹く風の見ゆ
青天の月の光に照らされて咲ける桜の花影をゆく
わが母の古里甲府盆地にて桃の花咲き桜咲き満つ

## 九月号

多摩川に湧きたつ霧のけぶりゐて花の終りしアカシア寂し
癌を病む友を訪ひたる帰り路に石和温泉の足湯にひたる
進行性癌病む友は九十の寡婦にてわれは支へにならん
年々に咲き開きたる仙人掌の花の甘き香部屋に満ちゐる
甲府盆地に霧雨の降り遠空の南アルプスの山々閉ざす

## 十月号

夏至の日の空暮れはてていくばくもなく月蝕の光顕ち来る
あぢさゐの雨に打たれて何がなし三日続きて散る花のなし
ひとたびは降りたる梅雨の雨に覚め勤めなき今日ふたたび眠る

何年も会はざりし人ゆゑもなく思ひ過ぎたる時を悲しむ
季めぐり梅雨の晴間に鳴く蟬の朝の森より声ひびき来る

## 十一月号

台風の雨の止みたる多摩川の川のほとりに蟬しきり鳴く
くれなゐの百日紅咲く夏の日の少年の日の思ひはるけし
高層のビル群に夏の日の照りて歩む歩道に反射熱あり
夕立のやうやく止みて暮れがたき空に美しき虹の出でたり
枇杷の木に枇杷の花咲く頃となり路へだてたる寺にわが来し

## 十二月号

コロナ禍の羽田空港国際線台北に生れし女児を迎ふる
母逝きて三十年か生誕の今日の日思ひ懐しみをり
中天の月により添ふ星ありて共に輝き夜空うるほふ
三昼夜降りたる雨に増水し夏のわかれの多摩川さびし
病ひより生き永らへて係恋の断ちがたかりしみづから哀れ

## 令和四年（二〇二二）

### 一月号

目覚めたる朝のいとまの清しきは夢の中にて心遊びし
五十年寄り添ひ来たるわが妻の老いていとほしと思ふ事あり
高層のビル間の道懐しく中学生のころに通ひし

### 二月号

吹く風に匂ひ湧きたつアカシアの花よりしきり花片散り来る
多摩川の川のほとりに咲き満つる白きアカシア風に吹かるる
つつがなく老いゆく日々にわが妻の作る食事を楽しみて食ふ
多摩川の澄み透りたる遠空に十月なかば雪の富士見ゆ
残年のいくばくのびしと他愛なく病ひの癒えて思ふ時あり

### 三月号

友人の死の悲しみは限りなし冬の三日月青天に照る
星々の光うるほふ冬空に月に向ひて流星光る
病持つ妻に付き添ひ山茶花の咲きたる川のほとりを歩む

蝕終へし月の光の豊かにて雲ひとつなき青空に照る
病癒え河原に降りて多摩川の瀬音を聞きてひととき憩ふ

**四月号**

両岸の木々枯れはてて日に光る冬の多摩川固体のごとし
雪かづく谷川岳に登りたる若き日のわれ思ひ懐し
三十年まじはり深き隣人の形見にもらひし侘助の咲く
二度の癌を乗り越え来たるみづからは新年迎へ何を祈らん

**六月号**

わが街に掘り出されたる縄文の遺構よりあまた土器出でしとぞ
愛宕山登り来しときビル間に見えゐる海の断片光る
コロナ禍の日々にてゆけずやうやくに父母眠る墓にもうづる

**七月号**

木々芽ぶきいたる所に桜咲く多摩川対岸光まばゆし
三昼夜降りつぐ雨に多摩川の堤の桜あまた散りゐる
多摩川の堤につらなり四百本桜並木の先端けぶる
四百の桜つらなる多摩川の堤を命とりとめ歩む

### 八月号

今年また暖かき日に病む妻とつれだちアカシアの花を見に来し
多摩川の川のほとりに甘き香の満ちてアカシアの白き花咲く
病院を出でてそばだつ高層のビル群ありて青天ふさぐ
木々芽吹きいたる所に桜咲く多摩川対岸日にあきらけし

## 令和五年（二〇二三）

### 二月号

高層のビル立ち並び残されし寺あり境内に黄の公孫樹照る
奥多摩につらなる山の空澄みて皆既月食の月昇りゐる
癌を病み心病まざるみづからを過ぎゆく日々にいたはり生きん
青木ケ原樹海の中の道をゆく清水港にて待つ人のをり
愛宕山をめぐり高層ビル群の間近に見ゆる病室にをり

# 歩道賞受賞・候補作

## 歩道賞

### 花影

おのづから光り散りゆく花ありて羽村の堰に桜咲き満つ
堰落つる水のひびきのさやかなる多摩川をゆく鷺の群あり
骨髄の移植を終へて二年過ぎ咲ける桜の花を惜しまん
千本の桜花咲く多摩川のほとりを病癒えて歩める
三月のおもひがけなく降る雪に多摩川白く山々白し
抗癌剤治療の日々をかへりみて生きのびたりといふ思ひ湧く
咲きしばかりの桜並木に降る雪に白くつづける堤を歩む
二度の癌の治療に耐へてみづからは何を支へに生きて来りし
九十五になりて施設に入りし友われに会ひたしと時にいふらし

わが祖母の生れし家の段畑葡萄の花が棚に咲きゐる
昨夜《きぞ》の雪残る多摩川の堤にて桜並木の花あざやけし
五十年以前にめぐりあひたるに妻古稀となり共に喜ぶ
夕映ゆる奥多摩の山遠く見え玉川上水の桜明るむ
骨髄の移植を共に受けし人オレゴンに住み健在なりとふ
やうやくに病の癒えてヨガ体操ふたたび始め体をほぐす
中天の月の光に照らされて桜花満ち花影のあり
ビル風に桜の花片吹き散れるひと時鋪道の行手明るむ
目覚めしは即ち生きてあることぞ入院以来の思ひ変らず
いにしへの街道かよふわが街に多摩川渡船の石段残る
驟雨止み玉川上水ゆくときにしきりに樹々より雫したたる
闘病の一年終へてこののちはみづから思ふままに生きたし
愛宕山隧道を出で降る雨に過ぎゆく桜の花の散りつぐ
鯉あまた泳ぐ上水の水澄みて八重山吹の黄の花の咲く
多摩川の左岸ゆくとき橋梁に燕育ちて群れて飛びゐる
阿伎留野《あきるの》の唐黍畑つづく果低き山の上白き富士見ゆ

高層のビル病室に日々われは東京湾より昇る日を見つ
多摩川のほとりに咲けるアカシアの群落ありて甘き香の満つ
対岸に咲けるアカシアの花見つつ朝の日を浴び堤をあゆむ
あたたかき風に吹かれてひとしきりアカシアの花川に散りゆく
多摩川の中州に群れて咲く花の白美しきアカシアの花
（令和二年十一月）

## 歩道賞準賞

### 清明

目覚むるはすなはち生きてあることぞ抗癌剤打つ日々を送りて
澄み透る青一色の冬の朝ビル街の空病室に覚む
朝明の高層ビル群上空を鴉群れ飛ぶ日にひるがへり
暁の病室に覚め見ゆるものひとつの星に何祈らんか
夕映ゆる空間近しと思ほゆるビル高層の病室にゐて
椰子の木の石柱のごと並びたつ台湾大学に鷗外偲ぶ

晴天の雲の断片茜して流れゆく見ゆ病室のそら
生と死の境にあらんみづからは今日の点滴五本終へたり
発熱の日々茫々と過ぎたるか無菌室にて半月あまり
小学生の日々に通ひし通学路杉田玄白の墓の懐し
懐しき思ひの湧くは何ならん金木犀の咲く頃となる
帰らざる時とし思ふ早春の佐保川のほとり共に歩みき
霧雨にけぶる海橋灯の点り東京湾ゆく雲とめどなし
午後五時に打つ鐘ひびく青松寺ビル間《あひ》にありてひびきの長し
病むわれの半年あまり妻と子と離れ暮すと思ひ見ざりし
（平成三十年十一月）

## 候補作

### 五月の雪

病癒え五年振りにて台北に来たりてひとり夜市を歩く
油桐の白き花散る丘の道ゆきて台北の街さかり来し

日ごと飲む薬ききがたくをりをりに妻の苦しむを見つつ悲しむ
嫁ぎゆく娘を語る妻とわれ互みに寂しき思ひを分つ
コロナ禍に披露宴なくわが娘友に祝はれ入籍すます
嫁ぎたる娘の家のカーテンをひと日かかりてわれは縫ひたる
カーテンを縫ひて活力出でしわれかつての生業《なりはひ》思ひ懐し
下戸ゆゑにコップ一杯の麦酒にて食前酒飲む妻と向きあふ
月々に検診ありて都心まで高速道ゆく一時間の路
奥多摩の山に雷鳴とどろきて暮れゆく空に閃光ひかる
（令和三年十一月）

## アカシアの花

骨髄の移植を終へて問ふわれに医師は余命二十年とふ
妻が病みわれも病むなど年齢を重ねる日々の現実厳し
目覚めたる朝のいとまにゆゑもなくわれみづからの行く末思ふ
病院に記憶力なるテスト受け妻の憂ひの払拭出来ず
上飾のカーテンを縫ふ夢に覚め過去よみがへり胸あつくなる
夕暮に吹く多摩川の風寂し遠く大菩薩峠の見ゆる

わが従姉九十二にて生き生きと働きギネスに登録さるる
結婚の記念日と言ひわが妻は二階廊下の絵をさし替ふ
幼子のかつて買ひたるあぢさゐの四十年経て庭に咲き満つ
夏至の日の空暮れがたく多摩川の風に吹かれて堤を歩む

（令和四年十一月）

## 川のほとり

肺癌の検診日にて一時間冬の日の照る高速路ゆく
九十八の友逝きたるに五十年交流ありて日々懐しむ
物忘れの検診を受け問ふ医師にわれはためらひいくつ答ふる
佐太郎の色紙をわれに与えよと友は遺言に書き残しをり
病院の治療のあひまに食事出で食ぶるに疲れ疎む時あり
立春の雪降りしきる多摩川の堤をゆきて思ひはるけし
多摩川の堤に咲ける五百本の桜の雨に明るくつづく
隣室にいくたび咳こむ妻の声聞こえ癒えがたき病ひと思ふ
抗癌剤飲みつづけたるみづからは頭髪うすくなりたる哀れ
桜散る川のほとりをゆくときに雪かづく富士遠くに見ゆる

過ぎ方の桜の花の降る雨に打たれ散りゆく多摩川をゆく
五月晴の光まばゆくビル間《あひ》の風に吹かれてひととき憩ふ
多摩川の堤の桜をりをりに風に吹かれて川に散りゆく
点滴をうくるあひだに本を読むひとときわれの憩ひのごとし
多摩川の対岸にある社《やしろ》にていくたび祭太鼓ひびき来
多摩川の川のほとりのアカシアの日に照らされて匂ひを放つ
妻とわれ互《かた》みに癌を患ひて日々飲む薬に命をたもつ
大学の病院にわれひとり来て一時間かけ点滴うくる
立春の暮れがたき日の夕暮れに柿の葉寿司を妻と食ひをり
羽村の堰離れゆきたる白鷺の群れて水面すれすれに飛ぶ
多摩川の上流遠く春の日に見ゆる大菩薩雪残りをり
上水の川のほとりに咲く桜散り残りたる花いくつあり
五百本の桜の樹々が葉桜となりて重々と堤につづく
多摩川の広き晩春の青空に入道雲の湧きて流るる
霧雨の降る多摩川にアカシアの散り残したる花いくつあり
ありなしの風に吹かるるアカシアの白き花々日に光りゐる

とりとめし命と思ひ今年またアカシアの咲く木下を歩む
病棟の四人部屋にてカーテンに仕切られベッドにひと日を過す
ことごとくアカシアの花散り果てて昼にて暗き切り通しゆく
流れゆく時のまにまに逝く人のありて親しき友の死悲し　（令和五年十一月）

＊「川のほとり」は手書きの応募原稿が残っていたので全作品を掲載した。

# 他雑誌・新聞発表作品

## 冬至以後

遠ざかる冬至の冬日ビル群に反射し街路にふたたび及ぶ
共働の妻とわれとのある時は共に風邪病む一日の長し
一片の雲なき宵にいちはやく孤高のごとく満月出づる
時を経て思ひ出づればひたむきに事にあたりしみづからいとし
一日の店舗の活動打ち込みて電子メールを閉づるやすけさ
二十年住みたる街の基地を行く飛行機の音忘るることあり
今日ひと日日に輝きし奥多摩の雪かづく山早く暮れゆく
奥多摩の雪山に星あまた出で短歌作りし亡き父思ふ
騒然としたるロビーに人群るる妻に付き添ひ病院に来し
悲しみはかくのごときか阻止せんと躰動きて夢より覚むる
予後の検診終へたるわれは妻の病む病院に来てしばらくゐたり

きぞの夜の悔しみ胸に残るかと目覚めたる時心のむなし
みづからの未来慎しみ生くべきか術後の生存確率を聞く

（「短歌新聞」平成二十二年三月号）

**白い月**

朝焼の空渡りゆく雁の群れ奥多摩の山くだり来たりし
晴れわたる高層ビル群上空へ鴉の群れの上昇しをり
茜せる東京湾のはるかまで見ゆる高層の病室に覚む

（「うた新聞」平成二十九年十二月号）

**多摩川残照**

青天に冬至の月の光りゐて今亡き人を思ひ出しをり
病院にひと日かかりて行く妻を冬の朝に駅まで送る
あたたかき冬の日の照る山上の墓に詣でて心鎮まる

（「うた新聞」令和四年二月号）

**山の上**

山の上の母の墓にてひとつ谷へだてて鶯の鳴く声ひびく
多摩川の川のほとりに降る雨の森のなかにて蜩しきり鳴く

一台の高速ミシン書斎にて残るはかつてのたつき支へし
高層のビル病室に雨上りの増上寺の甍日に光りゐる
病癒え友の描ける絵を見んと国立美術館にわが来し
病室に時のとどまる時ありて夏のわかれの雷鳴ひびく
若き日にいくたびも来し高層の展望室にわれ昇り来し

（「歌壇」令和四年十一月号）

# 第一歌集『青天』抄

## 青天

極北の凍る海にてひとすぢの亀裂は光る潮の流れぞ
たちまちにオーロラ遠く移りゆきふたたび青き空に星見ゆ
ささやかな悔しみのあり未来にもふたたび思ふ予感してゐる
ビル街の鋪道ゆくとき火事ありて思ひがけなく街路樹燃えゐる
ビル壁の硝子そばだてばスクリーンの如く夕映の空光りをり
光なき部屋に目覚めて雨音に打たるるごとくわが顔がある
月と日の球体見えて不吉なる雪晴の朝いたく冷たし
立春の雨の晴れたる広場にて色彩点る塔を仰ぎつ
二層なる高速路みえ空間を横切る歩道橋に人間見ゆる
街上のネオンに交はり見ゆるものよすがなき時刻掲示の灯《あかり》
夕焼のかがやき及ぶ公園は雨のなごりに冬木々黒し

晩春の雨に仰ぎぬ阿蘇山の心悲しく晴れてゐる空

雲の層に濾過されて来る夏の日か道ゆくわれをめぐる明るさ

家族にて仕事してをり相対の意識にわれを責むる者なし

噴水に雨のそそぎてこもごもに音ひびきあふ夜になりたる

よすがなく暑き日暮れて駅歩廊に水飲場あり周辺濡れて

地下鉄の出口に見えて掌《てのひら》にをさまるほどの夕べ青空

水そそぐ硝子の壁にとめどなく水に光が流れてゐたり

夏風のすがしき今宵街灯を洗浄してゐるビル街舗装路

街川の暗きを隔てひややかに自動販売機灯にならぶ見ゆ

夢に来るわが生活の音ならん布を切る鋏《はさみ》の音に目覚むる

灯の消えし高層ビルに沈黙のなき街の灯の反映及ぶ

雪の降る海をし行けば荒波の集ひてけぶる竜飛崎見ゆ

幻のごとく雲より日の差して海光り渚に雪降りそそぐ

かの星は海が渇きて光るといふ部屋を掃きつつ思ひ出しをり

食器など触れ合ふ音のたえまなき店にてひとり夕食終る

地下街の輝くごとき印象は街に出で来るまでの清しさ

雨霧のただよふ視野に眼に見えぬ滝あり音の轟くあたり
自家営業ゆゑに争議といふ言葉むなし時流の外にゐる吾
風乾く空を負ひたる高層のビルより人のあふれ出で来る
苦しみの夢より覚めてしばらくは暗き鏡のごときこころぞ
新しきわが生活に先だてる圧力あらば負ひて生くべし
青霧を吐くにかあらん多摩川の夏の夕べの音なき流
ビルの間の鋪道は翳《かげ》りところどころ道の交差の街樹日に照る
身ごもりて勤めに出づるわが妻は吾の知らざる悲しみあらん
夏雲のほぐれてさながら街上に夜降《お》り来るといひて寂しむ
秋分の光あまねく街空に破片となりて氷《ひ》のごとき雲
ひとときの地震が止みてあり得ざることのごとくに月黄に光る
街灯に草木光り命あるものにやさしく雪降りしきる
よもすがら雨を吸ひたる冬木々に晴れたる空の青映りゐる
終端が暗闇ゆゑの静かさか雪降る高架駅のホームは
拘束に培《つちか》はれゐるみづからと思ひ夕べの庭に立ちゐつ
噴水の輝き浴びて遊び来し幼に檸檬《レモン》のごとき香のあり

高層のビルに無数のともる灯が雨にまぎれて騒がしからず
冬空の月にさながら照らさるる星らを遠きものと思へず
街中にそびゆる硝子壁のビル空青ければビル青く見ゆ
青春の日々も憂ひて生くべしとかつてわが思ひ三十をこゆ
湖岸《うみぎし》に咲く羊蹄花匂ひをり花をめぐりて蛍むれとぶ
恵州の西湖の岸辺春ながら湖に向ひて飛ぶ蛍あり
貧しさに耐ふるともなくあるがまま人の生くるをわれは清しむ

※この抄出は、『処女歌集の風景　戦後派歌人の総展望』（ながらみ書房、一九八七年）に掲載されたもの。

# 佐藤佐太郎研究

# 佐太郎の原点

小特集・今改めて解る佐太郎短歌

佐藤佐太郎先生が亡くなられて四半世紀が過ぎた。佐太郎先生に直接教えを受けた者にとって、先生亡き後はその著書により引き続き教えを受けるのである。若き日より感じていた事であるが、年を取ってより切実に先生は歌も文章も実に上手いと思うのである。自身の師の歌や文章が上手いと言った所で、第三者から見れば笑止千万であろうが、実感であるからしかたがない。佐太郎先生は生前、歌と同時に文章も書くように指導された。それは歌論であれ、随筆であれなんでも良いのである。文章を書く事によって歌に確信を持つ事が出来るからである。佐太郎先生の文章は殊に茂吉先生の歌の解説が輝いている。そしてなにより、茂吉先生により自らが伸展したとする、師への感謝の心情を機会ある度に書かれた点には頭が下るのである。したがって、門下の我々は佐太郎先生の文章をそのまま素直に受け取って、茂吉先生により佐太郎先生は花開いたと思いがちであるが、それは少し違うのではないか、この頃思うようになった。

昭和四十三年の暮、佐太郎先生は茨城を旅して、

ここに立ちここに詣でし少年は老鈍となる加護かうむりて　（東海村）
茫々と潮けぶりたつ遠渚人をおもへば聞こゆるごとし

などの作品を残している。村松の虚空蔵に参詣し「ここは私が十三歳のとき『十三詣り』といってお参りに来たところ」だとの文があり、「山村暮鳥の詩碑や東海村の原子力発電所などを見た」とも記されている。佐太郎先生は自身の少年の頃の事はめったに語られなかったが、「十三詣り」した事など鮮明に記憶がよみがえったのであろう。また二首目は暮鳥追慕の歌として鑑賞出来る。「人をおもへば」はもしかしたら、父母などの身近な人かもしれず、暮鳥に限定せずとも鑑賞出来るだろう。歌集『形影』ではこれらの歌の後に

間断のなき波の音四十年以前の暮鳥よみがへらしむ

がある。この一首は、自身の郷里に帰り、海の辺で、波の音を聞きながら山村暮鳥を追慕する内容である。暮鳥は佐太郎先生が十代の時めぐり合った同郷の詩人で、当時最も敬愛していた詩人であった。四十年前の暮鳥がよみがえったのは、四十年前の自身の姿でもあったろう。この下句に私は佐太郎短歌の原点があると思うのであ

る。

佐太郎先生は、大正十三年平潟尋常高等小学校を卒業している。今から二十年前、結社「かりん」の青井史代が、「佐太郎小論」を書くというので、私は佐太郎先生の資料を貸した。青井氏は、少年の頃を調べる為平潟の現地におもむいて、確かに小学校時代の人と接触している。いま手許に青井氏の文章はないのであるが、私の記憶では、学生時代の佐太郎先生は首席とはいわないまでも、それに匹敵する、頭脳明晰で、優秀な成績で学校を卒業している。大正十三年の春、高等小学校を卒業した佐太郎先生は、次兄を頼って上京し、正則予備学校に入学している。本人や、まわりの人の期待もあったのであろう。さらに上の学校で勉強しようとする姿がここでは読み取れる。しかし、今西幹一氏の研究や、佐太郎先生の証言から、「正則予備学校に籍を置くも、多くは図書館に行き詩集の類を耽読し、或は浅草公園を歩いて消閑の刻を過したという。同年暮、神経衰弱のため帰郷する」と、大正十三年の年譜に書かれている。これは今西幹一氏の「佐藤佐太郎短歌の研究」によるものだが、大正十四年の項目には、三月、上京し岩波書店に入る、山村暮鳥の詩に傾倒するとある。大正十五年秋アララギに入会するともある。佐太郎先生十七歳の時であった。高等小学校を卒業し、上級の学校に入ったにもかかわらず、図書館で多くの時間を過したこの二年余りの間に、佐太郎先生は、詩にめぐり合い、みずからの感性に目覚めたのではなかろうか。この時間の過し方に私は、自身の敬愛するイギリスの作家、コリン・ウイルソンをかさね合せて思うのである。ウイルソンは一九三一年、英国のイングランド地方の中都市のレスターに生れた。靴屋の息子に生れたため、科学者を志望したにもかかわらず、初等と中等の教育を受けただけであった。十五・六歳より、大英博物館の図書室に通い、その図書室の蔵書をすべて読破するほどの勢いで耽読し、十九世紀及び二十世紀の文学者の巨匠といわれる、ゲーテ、ニーチェ、ドストエフスキー等々のありとあらゆる本の文学的価値を独力で評価して、二十五歳で「アウトサイダー」という本を、大英博物館の図書室で、書き上げたのであった。十五・六歳の少年が大文学者の評価など出来るはずがないと思うのであるが「アウトサイダー」を読むと事実なのである。佐太郎先生は少年時代、図書館に通い多くの詩集を耽読し、特に山村暮鳥を敬愛したのであるが、佐太郎少年は山村暮鳥の詩集を自身の力で評価したのであった。

昭和二年四月号「アララギ」に佐太郎先生は、憶山村暮鳥と付題して、

蜩のもはら鳴くとき安らかなる国はろけしと言ひし君はも

という一首を載せている。「アララギ」に入会して間もない頃の作品で、山村暮鳥は大正十三年に没しているから、三回忌にしのんで作ったのであろう、先生十代の作品である。

ある時
また蜩のなく頃となった
かな　かな
かな　かな
どこかに
いい国があるんだ

右は暮鳥の詩集『雲』にある一扁で、この詩を元に佐太郎先生は一首を作ったのであった。「日本の詩壇で山村暮鳥氏のやうな詩人が生れたのは、頗る異数なこととして我々の驚異する所である。何んとなれば氏の詩扁の中には、所謂「未来派」の精神から出発した作品が尠なからずあるからである。しかも氏の詩扁は西洋の「未来派」のやうな不徹底な拙いものではなく、氏独特の驚くべき表現と独創とをもつた立派な芸術である。」

これは詩人萩原朔太郎の山村暮鳥を評した言葉である。佐太郎先生は当時、詩誌「日本詩人」を毎月購読していたそうで、もしかしたら山村暮鳥評を読んだかも知れない。先生は萩原朔太郎と同じ思いであったろう。しかしこういう評とは別に自身の力で評価したのであった。全巻筆写したという、詩集『雲』は暮鳥没後の大正十四年一月に発行されている。佐太郎先生十六歳の時の事である。詩集『雲』の中の一扁に

春の河
たつぷりと
春の河は
ながれてゐるのか
ゐないのか
藁くづのうごくので
それとしられる

があるが、この一扁など国語の教科書に暮鳥の詩として

何度も紹介されている。それは詩集発行から数十年あとになっての事で、当時評価した人達は、ごく限られた詩人だけだったのである。私は以前『佐藤佐太郎私見』の中で、歌集『歩道』の中に、ボードレールや、森鷗外等々から、佐太郎先生は詩や言葉を吸収消化して自らの作品に取り入れていると述べている。その発端は山村暮鳥にあったのである。佐太郎先生は、昭和二年三月茂吉先生にまみえている。十九歳の時であった。この時佐太郎先生は、自身詩人であるとの自覚を持って茂吉先生にお会いしたのであったろう。

（「歩道」平成二十四年十一月号）

## 偉大なる学徒

佐藤佐太郎先生の短歌の特長とその生涯を端的に言うとすればどういう事になるだろうか。無論一口に言い難いのは承知してである。私は常々、佐太郎先生は、青春時代に青年のみずみずしい感性を、壮年時代には炎のような燃焼を、晩年には老境にふさわしい精深な境涯を短歌に具現化したと思うのである。即ち自身の年代の境涯を見事に体現した事にその偉大さを感じている。殊に晩年の短歌は深化され、我々の追随をゆるさないであろうとも思う。ざっとこう言うのが私の師に対する感想なのである。短歌が晩年に深化するなどと言葉では簡単に言えるがその実行は難行であろう。冒頭に佐太郎先生を想起したのにはわけがある。先日九十七歳で逝かれた、吉田和氣子氏の歌集『旗雲』『立雲』を改めて読み直し、佐太郎先生とその器の大小は別にして同じ軌跡であると強く意識したからである。

吉田和氣子氏は、昭和二十四年に長澤美津氏の指導で短歌を始められている。四年間の指導を受けたのち、佐太郎先生の「純粋短歌」にめぐり会い、佐太郎先生を人生の師と定め、昭和二十八年に「歩道」に入会された。以来六十数年間ひたすら純粋短歌の具現化に努力されたのである。

①　この母の胎内にわがいのち生《あ》れかたちとなりぬ思はざらめや

②　いのち絶えひと夜を経たるわが母の髪にうつしみのにほひ残れる

⑧　わが家はふたりの家よ帰らんよ医術およばずなりしわが夫

④　なにもかもおきて眠らん病む夫眠れるときがわが眠るとき

⑤　わが力つひに及ばず夫逝く許させたまへ許させたまへ

九十七年の人生であるから、色々な出来事に遭遇されている。若き日には自身の子を亡すという悲劇にもあい、夫の勤務の関係で二十数回も転居をよぎなくされている。吉田氏はその折々を短歌を作る事によってみずからの生を支えて来た。ここに引いた歌はその中の一端で、母と夫の挽歌である。①は九十二歳の母のむつきを取り替えた時の感慨である。②は母への思いの込った一首である。そして③④⑤は夫へのすべての思を込めた痛切な挽歌となっている。私はこれらの挽歌が吉田氏の代表歌という気はさらさらないが、この数首を見てもいかに吉田氏が力量のある歌人だったかわかるのである。短歌はなんのはからいもなく、ただ強く直裁に表現しなければならないと改めて思うのである。

平成十九年、吉田和氣子氏はみずから六十年間書きためていた文章を一冊にまとめ、歌論集『孤の雲』を出版された。そのなかに「S君へ」(出さなかった手紙)がある。S君は即ち私である。文章の末尾に昭和五十三年八月十五日の日付がある。今から四十年以前で、私が二十代の頃上京された吉田氏と議論をした、私への反論である。私には届けられなかったが、佐太郎先生の歌集『軽風』をただ讃えるのではなく、じつくり検証すれば自身の短歌が進展するとの戒めの言葉がつづられている。吉田氏が常に自身の短歌がどうあるべきかを考えていた証であろう。

⑥　自らの吸ひ吐く息のさながらにわが歌はあれわが言葉あれ

⑦　救《すく》ひにもあらず消閑にもあらずしてこの小詩型われを支ふる

右の二首は吉田氏の歌論の一端として見るべき歌で、

ここに到るには作歌何十年もの歳月と努力があったのである。常日頃読書に心がけ、数日に一冊の割合で読書されていた。九十何歳の時であったか、「リグ・ヴェーダの智慧」（山尾三省著）を読んで感動し、二冊購入したと言って私に届けて下さった。すべて読書はみずからの短歌の為であった。

さて、吉田氏は晩年において歌が深化している。昭和五十四年に歩道年度賞を受賞した、その時佐太郎先生は「個の真実に徹して意外性のある新境地を開いた」という言葉を贈っている。吉田氏の短歌についてこれ以上の的確な批評はあるまい。

⑧ まどかなる晩年をしも希へれど何時よりをわが晩年といふ

⑨ はたらきて金銭を得しことのなきわれを当然として夫老いたり

⑩ トンカツを揚げつつこころ遊びをりトンカツといふ日本語哀れ

⑪ ゆくりなく聞く若人《わかひと》の排泄の音いさぎよしみじかくて止む

⑫ おとなしく遊べばよき子と言はれたる幼き頃のごと余生あれ

⑬ みづからの生存証明書投函すはがきひとひらの微かなる音

⑭ うら若き母の胸乳あふれつつ吸はんとしつつみどりごむせぶ

数多くある名歌のうちいくつかをこうして並べて見ると、佐太郎門下のすぐれた歌人の多くいる中でも、ここまで境涯を高められた歌人は少ないであろう。一首一首の内容は紙数の関係で省略するが、どの歌も人の歌にはなかった新しいものである。

吉田和氣子氏は、昭和五十年頃より「歩道」の選歌を担当する編集委員であった。したがって、吉田氏に選歌及び添削指導された歩道会員は多くいる。しかし弟子といわれる人は少い。みずからが佐太郎先生の永遠の弟子で生涯学ぶ者であるとの自覚があったからであろう。亡くなられる半年前、療養先から突然私に電話があった。見舞に伺う約束をしていたのに、会って短歌の話をすると昂奮するので家族の方からひかえるようにと言われていた。古いアルバムを開いて、その中に「歩道」の仲間と私が写っていたのである。電話口の声は元気で、いつもの吉田氏と変らなかった。「会いたいね！」と強い口調で言われたのである。

さて、吉田氏の歌と歌業についてまだまだ書きたい事は多々あるが、自身の力量不足で不満足なものになったかも知れない。最後に一言、佐太郎先生の純粋短歌をひたすら学ぶ事によって、自らの世界をきり開いた吉田氏の歩みを、私は出来るものなら後輩としてひきついでゆきたいと思う。

（「歩道」平成二十五年二月号）

## 希求

私の敬愛する作家のひとりに吉村昭がいる。吉村氏は主に幕末の歴史小説を手懸られ、私はすべてとは言わないまでも、その大半を読んでいる愛読者である。作品の魅力もさることながら、その作家姿勢にも心ひかれている。氏は数年前、癌で逝かれたのであるが、文壇での交流など極力避けて、自身の作品に全力を傾注して作家活動をされた。最晩年の著書『史実を歩く』の中に「私は小説を常に最後まで円滑に書き進めているわけでは決してない。毎日、小説のことばかり考えているのだが、しくじりは数えあげればきりがない。」の一文がある。これは小説『桜田門外ノ変』を書いた冒頭の二百五十枚の原稿を焼却した話である。いかに自身に厳しかったかわかるのだが、私はそれと同時に、毎日、小説のことばかり考えているの言葉に注目した。そう言えばわが師、佐太郎先生も、たびたび、毎日、短歌の事を考えていると言っておられた。私が聞いたのは晩年であったが、その態度は若き日からのものであったろう。前に「佐太郎の原点」で、佐太郎先生はアララギ入会前より、「日本詩人」

という詩誌を定期購読されていた事を書いた。十七八歳の青年が当時四〇銭もする雑誌を購読するとは、よほどの意欲がなければ出来ないと思う。「日本詩人」より先生は多くの刺戟を受けたのである。

「日本詩人」には当時の詩壇の錚々たるメンバーが寄稿していた。その中のひとりに萩原朔太郎がいる。萩原朔太郎の詩文集『宿命』の中の一篇に「群集の中に居て」がある。

げに都会の生活の自由さは、群集の中に居る自由さである。群集は一人一人の単位であつて、しかも全体としての綜合した意志をもつている。――群集こそは心の家郷、愛と慰安の住家である。ボードレエルと共に、私もまた一つのさびしい歌を唄はう。

というもので、詩の内容は群集の中にいる自身の姿で、市井に生きる喜びを唄っている。

昼すぎの東京駅の乗車口に個々に動く人群を我は見おろす

佐太郎先生の歌集『軽風』の中の昭和六年作の一首である。詩誌「日本詩人」は大正十五年末に廃刊になっており、「日本詩人」の中に前記の朔太郎の作品は発表されていない。したがって、佐太郎先生は朔太郎の作品をヒントに一首を作ったとは言えないのであるが、作品の視点はよく似ている。いずれにしても短歌に新機軸を出すためにあらゆる詩人の作品を読まれたものと思う。イギリスの詩人、コウルリッヂや、フランスの作家、シャルル・ルイ・フィリップ等々は、歌集『軽風』『歩道』にその痕跡を残している。佐太郎先生を語る時、尊敬するあまり私など師を誇大視する傾向があり、慎まなければなるまい。佐太郎先生が短歌を作り出す動機に、大正十四年の夏、雑誌「改造」で茂吉の作品を偶然読んで、分からぬながらも歌に興味を持ったとある。「日本詩人」も「改造」も読んでいたのである。「分らぬ」は佐太郎先生の含羞と見るべきで、茂吉作品を理解したのであった。

（「歩道」平成二十五年四月号）

# 歌集『歩道』署名本

私は昭和四十五年八月に「歩道短歌会」に入会した。佐太郎先生六十歳、私が二十歳の時である。佐太郎先生との出会については自身の第一歌集の『青天』の後記に書いているのでくり返さないが、先生と出会って直接教えを受ける事が出来たのは本当に幸運だったと思っている。私が出会った当時の佐太郎先生の年齢に自身がなって見ると、佐太郎先生はいかにも大家であったし、私はいまだに未熟であるとつくづく思う。入門当時、佐太郎先生は歌集『形影』を上梓された頃で、私も早速購入して、何度も読んで感動した記憶がある。そしてなにより勉強の為にも先生の初期の歌集『歩道』『軽風』が欲しくて、休日を利用しては神田の古書店に通ったものであった。

昭和五十二年に講談社から佐藤佐太郎全歌集が出版された。その時、資料収集や、索引作製に私も加えて頂いた。若くして佐太郎先生の著作物をすべて自身でそろえていたから、先生はその意欲を買って下さったのであったろう。当時、佐太郎先生の歌集は古本の中で高価であった。歌集『歩道』の初版はなかなか入手困難で、確か名古屋の古書店の古書目録を見て二万円で入手したと思う。今から四十年前の話である。歌集や先生の著書を入手するたびに先生にお見せして、先生は機嫌の良い時は署名して下さった。特に歌集『歩道』を入手した時は嬉しくて、初版も再版もお持ちしたのである。初版には、佐保田君所持本歩道昭和五十年首夏　佐藤佐太郎と書いて下さり、再版の扉には、歩道再版表紙文字は余の筆也　佐藤佐太郎としたためられた。署名した本を手渡して下さった時、佐太郎先生は、「白秋の歌集より俺の本の方がよく売れたからな」とポツリと言われた。昭和十五年頃の八雲書林には、北原白秋の歌集『夢殿』『黒檜』が歌集『歩道』と同時期に発売になっている。白秋の歌集はあまり売れず、佐太郎先生の『歩道』の売れゆきが良いと、店主の鎌田敬止氏から聞いたのであったろう。

(1)　歌集『歩道』　初版昭和十五年九月
(2)　歌集『歩道』　再版（普及版）昭和十五年十二月
(3)　歌集『歩道』　再版（特製）昭和十五年十二月
(4)　歌集『歩道』　三刷　昭和十六年六月
(5)　歌集『歩道』　四刷　昭和十七年十一月

右のように八雲書林より発行されている。(1)(3)(4)(5)は、本文明朝四号活字、一頁三首組、製本糸かがりとじ、角背箱入。⑵は、製本糸かがりとじフランス装、カバー付、になっている。八雲書林版歌集『歩道』は五種類流布している事になる。第四刷の奥付に（一〇〇〇部）が記されているから、全部に四〇〇〇部近く出まわっている。白秋よりも売れたのは事実であったろう。ちなみに昭和二十一年に新版として角川書店から出た歌集『歩道』は三〇〇〇部出版されたのであるから、いかに『歩道』が読まれたのかが解るのである。

くれぐれに吾が帰りくる路地《ろぢ》の上に俵《たはら》もち来て炭を挽きをり

休息《やすらひ》の一日《ひとひ》すぎゆく夜の部屋に火鉢によりぬパンを焼きつつ

アパアトの廊下のはてに米《こめ》を磨《と》ぐ音きこえつつはやも日暮るる

ひとところ石炭の殻《から》うづたかく折ふしの風しばらく吹きぬ

いましがた鉄はこび来し馬車ありて汗かきし馬みちのべに立つ

帰路《かへりぢ》の夕あかりする堀割に焚火をしつつ行く舟のあり

日盛《ひざかり》の道のむかうに華やかに絵《ゑ》日《ひ》傘売《がさうり》が荷を置きにけり

薄明《はくめい》にめざむるときに牛乳の壜《びん》のふれあふ音を愛《かな》しむ

ここに引いた八首は、今日ではほとんど見られなくなったもので、時代の流れを感じる素材である。しかし、時代が通過し素材が古くなっても、ここに捉えられたものは真実の詠嘆であるから、いまだに何かを感じさせてくれるのである。歌集『歩道』の特長ともいうべき市井の中に生きる人間の姿に生の輝きを見ているのである。高尚な思想や思惟の中に詩を見い出すのではなく、あるがままの人の生活の中に本当の詩があるというのである。私は前に、歌集『歩道』の中に佐太郎先生が新機軸を出す為に、ボードレールや鷗外等々の言葉を短歌に取り入れる工夫をしている事を書いた。それも歌集『歩道』を別な切口で論じられる点でもある。八首目の一首など、フランスの作家ルイ・フィリップの小説の一節に、片田舎の朝の街道を牛乳売りがリヤカーに乗せたカンをひびかせて通過してゆく所が描かれていた。そういう意味ではこの八首共、小説の中の一描写にすぎないと言えなくもないが、この一瞬にこそ詩があると主張しているのである。

さて、佐太郎先生に歌集『歩道』に署名して頂いて四十年の時が過ぎた。先日佐太郎先生の歌を調べていると、インターネットに歌集『歩道』が出ていた。名古屋で買った三分の一以下の値が付いていたので、私には二冊目であっても初版なので注文したのである。いままで何度も読んでいるつもりであったが、今度改めて読み直して見たのである。

一日が永かりしかなと夜更けてありのままなる嘆《なげき》をぞする

おのづから心つかるれ日曜の午後の時間をもてあましつつ

みづからの行ふことも折にふれ責《せめ》負ひがたく思ふことあり

わがこころ昼も怖《おそ》るるときあれど私《わたくし》にしてかかはりはなし

めざめたる朝のいとまを惜しみつつまどろむことも哀れなるべし

暮れゆくを待ちわびながら居りたりき希《ねが》ひ服《したが》ふ一日《ひとひ》さへなし

わが心なにに怖るるとなけれどもすがすがとして一夜いねたし

一日がそこはかとなく朝あけて生《い》き疲《つか》れたる人のごとしも

わがいのち明るくたもち生きたれど何をよすがとしまし居るべき

日曜の雨ふる街に出で来たり泥のごとしとわれを嘆きつ

朝床《あさどこ》にはかなく居るは目覚《めざめ》より直ぐにつづきし心とおもふ

こころより悔《くやしみ》が湧くときありて昼のあひだも泪いでむとす

折ふしに驚きながら目覚めをり空うつり来てふる雨の音

わが病《ゆまい》いゆるを待てば潜《ひそ》みつつあけくれし日もむなしきに似つ

けふの日の事のつづまり在りかてに常たゆたへる心だに凪《な》げ

朝床《あさどこ》にこゑも立てなく目覚めたる吾は液体のごとくに居りぬ

よみがへる悔《くや》しきことも一日《いちにち》の疲れいえなと灯《あかり》を消しぬ

日曜の昼ちかくまで寝たりしが逃るるごとく部屋を

いで行く

日曜の何するとなき部屋にゐて炭《すみ》はねし時ひどく驚く

さまざまに昨《きぞ》の一夜《ひとよ》の過ぎぬればはかなく居りぬ寒き日すがら

いささかのよすがと謂《い》はめ朝起きて白き器《うつは》にたたふる水を

わが心なにかにこだはれる如く暫《しばら》くをりて朝床《あさどこ》をいづ

常のごと居りといふとも譬《たと》ふれば大河《たいが》を負ひて吾は立つらし

つたなくし吾が旦暮《あけくれ》は過ぎゆきてそのおほよその蘇《よみがへ》るとき

独りにし堪へがたきときひれ伏して悔《くやしみ》を遣らむわれならなくに

さまざまの事を思ひてつづまりは弔《とむら》ふごとき気持してをり

一月のなま暖き夜に乱りふる雨まづしくて時どき持ちし吾が悦楽《えつらく》よ

部屋とぢてわが居る夜《よは》に一日のなげきを遣らむよすがさへなし

ひと夜経ばこころ甲《よろ》ひし現身《うつしみ》の灰《はひ》のごときを人びとは見め

目覚めたるわれの心にきざすもの器につける塵《ちり》のごとしも

をりをりの吾が幸《さいはひ》よかなしみをともに交へて来りけらずや

夢にくる悦楽すらや現実に在る程度にてやがて目覚むる

こひねがひさだかに有りと謂《い》はなくに夕《ゆふべ》あかるき路《ろ》地《ぢ》を来にけり

永きながき一生《ひとよ》を生きし思ひにて春の西日のさす部屋に居り

わたくしの心みだれて生けるもの死にたるもののけぢめさへなし

さいはひも憂《うれひ》もなべて新しく迎ふるときは厳しかるらし

ある時は日々《ひび》の消化の約束を意識にもちて吾ははたらく

たとふれば風にふかるる火のごとくとり留めもなき心なりけり

ひとときの心と思へど耐へがたく虚しくなれば身じ

ろぎもせず
軽金《けいきん》の銭《ぜに》のごとくに喜びと拠《より》どころなき心とありつ

長々と歌を抄出したが、歌集『歩道』は青春の歌集であり佐太郎先生二十代の作品である。ここに抄出した歌にいわゆる青春特有の華やかさはない。歌集『歩道』はすでに歴史的に評価の定まった歌集であるが、今改めて読み返し、これほどまでに自己の内面をも見つめていたのだと気付くのである。佐太郎先生はいわゆる写生歌人である。現実に立脚した、目に見える物を唯一の存在として歌にするわけだが、若き日から自身の内面の形なきものをも見つめ捉えていたのだとしみじみ思う。歌集『歩道』は私にとって、今も写生とは何かを問いつづけている歌集なのである。

(「歩道」平成二十五年七月号)

## 歌集『歩道』とフィリップ

塚本邦雄氏の『茂吉秀歌』は、茂吉先生の短歌を観照する上では最も参考になる著作のひとつであり、佐太郎先生の『茂吉秀歌』と共に私はその恩恵に浴している。しかし塚本氏の短歌から影響を受けようとは思った事はない。あれだけ茂吉先生の歌に理解があるのだからと思い時々読んで見るのだが、どうも難解な歌が多く、当方の理解力不足なのかわからないが、私自身感心しないのである。

屑屋の荷の隙に見えたるフィリップ短篇集『小さき町にて』待つて!

この一首は塚本邦雄氏の第十九歌集『魔王』の中にある歌である。塚本氏の晩年の作品であるが、青年・壮年時代の歌に比べ一首の意味は読み取れる方であろう。廃品回収業者の荷の中に、岩波文庫のフィリップの作品集が、反古されようとしているのを見て、作者の心情が動いたのである。捨ててはならないという気持も読み取れる。いづれにしても読み手がある程度推察しなければなるまい。塚本氏は前衛短歌の先頭を走る旗手の如く活躍された。反写生をかかげられているのも周知の事実である。写生であれ反写生であれ、自身の信念で生涯を貫く事は本人の自覚である。ここでは塚本氏の『茂吉秀歌』における博覧強記を認めた上で一首を掲げた。フィリップの作品も当然塚本氏は読んでいるのである。

市役所につとめ貧しかりしフィリップを友の如くに
　思ひいでたり

この一首は佐太郎先生の作品で、歌集『歩道』には入っていない。昭和五十二年、上梓された、『佐藤佐太郎全歌集』に、歌集『歩道』の昭和十四年の作品の補遺として入れられた。佐太郎先生がなぜ、フィリップを友の如く思われたのであろうか。私は直接先生から聞く事が出来なかった。フランスの作家フィリップは、地方都市のセリーに生まれ、文学に志し若き日にパリに出たのであるが、文学で身を立てる事も出来ず、ひたすら短篇小説を書きながら若くして死去した作家である。終生パリになじむ事がなかったようであるが、佐太郎先生も若き日に地方より東京に出て、文学に志されたのであった。佐太郎先生はフィリップの境涯をひととき自身の境涯とかさね合せて思われた事もあったろう。また、一九〇九年佐太郎先生の生れた年で、フィリップの没した年である事に親しみを持たれたかも知れない。そしてなによりフィリップの作品に共感されたのではなかったろうか。この一首結句「思ひいでたり」とあるので、佐太郎先生とフィリップとの出合いは昭和十四年以前という事になる。佐太郎先生はアララギ入会前より「日本詩人」という詩誌を定期購読していた事は以前に言った。その「日本詩人」のなかにフィリップの新刊の紹介がたびたび出ている。「日本詩人」の広告を通してフィリップを知ったのだと私は想像している。

地方生活とは請わば教会の如く甚だ古きものである。地方生活は戸ごとの会話のうちに在るのである。それは日々の生活の些細な交際を知っている。それはまた往来《ゆきき》の人のちょっとしたことをも知っているのだ。然り。朝、雨戸を開けて木靴屋のお上さんが隣りのお上さんと話すとき、その澄みとおった声はまどろめる空気を破り、それは朝ごとの小鳥の声にも似ているのである。次に、牛乳を売る女が来る。彼女の秤りはブリキの壺と打ちあって小鐘にも似た響きを立て、そして子供たちの眠りを覚ます。直ぐ後につづく時間、それは主婦たちの好む時間だ。何故なら、彼女たちは一人残らず、門口を掃きに一斉に外に出るからである。

お察のとおり、彼女たちはぺちゃくちゃ喋りちらし、噂話をし合うのである。

これはフィリップの短篇集『小さき町にて』にある文章の一節である。地方都市の朝の街を描写したものであり、この一節からも人人のつましく生きる生活が生々と捉えられている。


薄明にめざむるときに牛乳の罎《びん》のふれあふ音を愛《かな》しむ

右の一首は佐太郎先生の歌集『歩道』の昭和十三年の作品である。フィリップの文章とこの一首を合わせ読むと、短歌とはいったい何であるかの暗示があるだろう。自身にとってかけがえのないものを、詩的真実と捉え、時間的断片に限定するのである。佐太郎先生は『歩道』時代において『純粋短歌』を実行されていた。

「実際フィリップから受ける感銘は沁々とした人間味である。それは純粋にして無垢、自然にして些かの飾気もない。フィリップの為人の美質が直接われわれの魂の銀幕に映し出されるのだ。そこに借りものは一つもない。こさへあげられたものもない。思想的観念的な何らの粉飾もない。彼の人間性がわれわれの心に投影されるのである。フィリップは彼自身の魂の内部から照らし出す作家、謂はば光源なのである。」

右は岩波文庫、『小さき町にて』の訳者である淀野隆三氏のフィリップの解説である。この文章の一節はさながら、歌集『歩道』の評論のように私には思えるのである。殊に「思想的観念的な何らの粉飾もない」は、歌集『歩道』の特長と言っていいだろう。

佐太郎先生は若き日より、多くの詩人や作家の作品を読んでみずからの短歌に新機軸を出そうとした。その姿勢は晩年の蘇東坡に到るまで変らなかった。フィリップの文章と先生の短歌から言える事は、先生はどの作品を読んでもただ知識や教養として身につけるのではなく、みずからの血となり肉となる読み方をされるのである。そして具体的に自分の世界を構築されるのである。先に掲げた塚本邦雄氏のフィリップの一首などは、彼の知性は感じさせるが中味のない歌と言えるのではないだろうか。先生の「薄明にめざむる――」の一首は、決して秀歌とは言えないまでも、感覚の働いた中味のある歌になっている。短歌は抒情詩であり、それ以外に何ものをも求めてはならない。それは後の『純粋短歌』における佐太郎先生のテーゼであった。


（「歩道」平成二十五年七月号）

# 歌集『歩道』と木下杢太郎

　私は平成十四年の暮に『佐藤佐太郎私見』を上梓した。その本の中にボードレールの新訳『悪の花』の一篇を引用したので、訳者である杉本秀太郎先生に一本をお送りすると便りを頂いたのであった。便りの中に、佐太郎先生は永井荷風の『断腸亭日乗』にたびたび登場すると親しげに書かれてあった。周知のように『断腸亭日乗』は永井荷風の作家活動における生涯に及ぶ日記である。佐太郎先生は岩波書店店員として荷風を訪問しているのである。いわゆる作家と編集者の関係にあった。昭和十二年、荷風は『濹東綺譚』を岩波書店より出版している。その時の編集担当者は佐太郎先生である。『断腸亭日乗』にたびたび訪問する佐太郎先生の名が出るのはその為である。当時先生は二十代後半であるが、世間の読者は佐太郎先生が若者である事をほとんど知るまい。稀代の奇人であり、文豪である荷風に二十代の若き編集者が通用したのかどうか面白い所である。

　佐太郎先生が作家の日記に登場すると言えば永井荷風だけではなく、木下杢太郎の日記にも出て来る。岩波書店版、『木下杢太郎日記』の昭和十一年四月四日に、

　午后一時二十分岩波。己に平野君、小島政二郎君、佐藤□□《(空白)》君有り。斎藤茂吉君少し後れて来る。別用にて安倍能成君在り。

　小島政二郎君の曰く、森先生と著作全集を企てたるとき、日本語の方は（仮名遣等を併せて？）まづ言海に拠りたまへ、それで大体いい（多少考への違ふところもあるが）、漢語の方は僕が見る。（僕の見ることの出来ぬ場合は？）桂孤《?》村の所へ行つてきき玉へといつた。

という記述がある。

また六月五日金曜日の記述には、

　七時前東京着。万平ホテル。岩波佐藤佐太氏より電話

　八時四十五分より講義（伝研）十一時半了。山田信一郎氏に蚊の事を聞く。

　佐藤秀三君室。午食

　岩波書店に至る。

とある。四月四日の日記に初めて佐太郎先生が登場するのだが、岩波書店で森鷗外全集の編集会議があった。□□の空白の部分に佐太郎先生の名前が入るのだが

当日、木下杢太郎は若き青年がなぜこの場所に居るのか驚かれたのではなかろうか。いわば場違いに居る感じであったろう。佐太郎先生は鷗外全集の実務を担当されたのであった。佐太郎先生二十七歳の時である。当時の事を後に「木下杢太郎先生」と題して文章を書かれている。

「新輯『鷗外全集』が出ることになって、先生は編輯委員の一人になられたから、昭和十年から昭和十四年ごろにかけて、私はその要事で時々先生に会った。先生が東京に移られてから東大の皮膚科教室に、また本郷西片町のお宅に先生を訪ねた。」とあり。『鷗外全集』の件で訪問されたのであった。私は佐太郎先生の随筆の中でも、「木下杢太郎先生」は名文のひとつだと常々思っている。文章は簡潔な文体で詩人と詩人との心の交流が描かれていると思うからである。杢太郎は当初名前も覚えられないくらい弱輩の編集者と思ったかも知れないが、佐太郎先生が茂吉門の新鋭歌人と知って以来、また若くして『鷗外全集』の編集に力を発揮しているのをまのあたりにして、いわゆる作家と編集者の垣根を越えられたのである。「広い葉の油ぎった雑草を見た日、先生は歩きながら突然のように『佐藤君、愛国歌は作らない方がいいね。斎藤君でもああいうのになるとよくないな』と言われた。この言葉に先生の芸術に対する信念があったし、私はこの高貴な精神にうたれた。私自身もそのころはそのように信じていたから先生の言葉は共感を以て聞くことができた。」この一節などを読むと佐太郎先生に対する杢太郎の後進に対するあたたかい眼差しが感じられる。また、「私は先生の詩を愛読し、随筆を愛読した。殊に『雪欄集』を何度も読んで、その中にある仙台の家の庭の有様を写した短文などを讃嘆した。これも焼いてしまったが、散文というよりむしろ詩ともいうべき直接な文章で、殆ど鬼気迫るという類のものであった。」とあり、直接接触することにより、杢太郎の文章も詩も若き佐太郎先生に身近なものに感じられたのであった。

夕

夕《ゆう》やけ雲《ぐも》のとどろきは
殷殷《いんいん》として遠《とほ》ざかる。
執《しふ》の震慄《おびえ》の赤《あか》き笑《ゑみ》、
追憶《おもひで》色に、樺《かば》に、黄《き》に、
翡翠《ひすい》の眼《まなこ》、螢石《けいせき》の
ほがらに青《あを》き悲《かなしみ》に。

さこそは海《うみ》も、あえかなる
日《ひ》ざしのゑみの閃《ひらめ》きも、
沃土《よおど》と藍《あゐ》の玉蟲《たまむし》織も
紺瑠璃《こんるり》板《ばん》と冷めはつれ、
似《に》たりや、春《はる》を離《さか》り来《こ》し
一羽の鳥《とり》よ、わが思《おもひ》。

灰紅色《くわいこうしょく》の壁《かべ》にきく、あはれ、そぷらの
遠方《をち》の入江《いりえ》の青《あを》き帆《ほ》は風《かぜ》にゆらるる。

つと立ちて渚《なぎさ》の小石《こいし》
眼をつぶり高空《たかぞら》に投《な》ぐ……
ややしばしてさと音《おと》す。

はや薄暮《くれ》なりき、そことなく
晩鐘《ばんしょう》の音《ね》ぞ鳴《な》りわたる。

右は木下杢太郎の詩集、『緑金暮春調』の中にある詩の一篇である。こういう詩を佐太郎先生は読んでいたのであるが、歌集『歩道』の昭和十四年の作に

はなやかに轟《とどろ》くごとき夕焼《ゆうやけ》はしばらくすれば遠くなりたり

の一首を作っている。杢太郎の詩の影響である。杢太郎と佐太郎先生の短歌一首を読み比べて見ると、詩は詩としてのおもしろみはあるが、短歌はさらに短く、杢太郎の詩の二行に収斂されるのである。歌集『歩道』には多くの先進の言葉をみづからが吸収消化して新たな世界を構築しているが、師・茂吉以外にも敬愛する作家もいて、ひたすら学んだのであった。

（「歩道」平成二十五年八月号）

# 歌集『歩道』と永井荷風

## （上）

私の愛読書のひとつに、山田風太郎の『人間臨終図巻』がある。世界各国の著名人、有名人の臨終の様子を調査、研究して著した本であるが、没した年齢別に列記してある。当方の今の年齢で誰が他界したかすぐに解かり面白いのである。また著者が直接、臨終に立合ったのではないが、あたかもその場にいたかのように感じられるのは、山田風太郎の筆力であろう。その本の中に永井荷風も出ている。昭和二十年三月十日の空襲で、二十五年間住んでいた、麻布市兵衛町の「偏奇館」は焼失したのであった。荷風は戦後、市川市八幡に居をかまえたのである。亡くなる前日の荷風の日記『断腸亭日乗』の記述は「四月二十九日。祭日　陰」で終っている。昭和三十四年四月三十日、荷風の家に身のまわりの世話の為に毎日来る婦人が、奥の居間に倒れている荷風を発見したのであった。「新築して二年目の家なのに、六帖の居間は掃除婦もはいることを禁じられていたため、蜘蛛の巣だらけで、安物の手あぶり火鉢、炭籠、ボストンバッグ、埃まみれの書物が散乱しているという状態であった。」と山田風太郎は書いている。さらに山田は昭和十一年二月二十四日の『断腸亭日乗』の

「一、余死する時葬式無用なり。死体は普通の自動車に載せ直《ただち》に火葬場に送り骨は拾うに及ばず。墓石建立亦《また》無用なり。新聞紙に死亡広告など出す事元《もと》より無用。

一、葬式不執行の理由は御神輿《おみこし》の如き霊柩自動車を好まず、又紙製の造花、殊に鳩などつけたる花環を嫌うためなり」

の遺言を引き合いに出し、「しかし、死が事実となったときには、簡素ながら天皇より祭祀料、文化勲章などを飾った仏式葬儀は行われ、雑司ケ谷墓地に墓も作られた。おそらく火葬場へは例の御神輿《おみこし》の如き霊柩車で運ばれたであろう。いかなる徹底的反俗の鉄人も、死んでしまえば徹底的無抵抗の物体と化するよりほかはないのである」と書いている。私は山田の文章を読んで、荷風を「徹底的反俗の鉄人」と指摘しているのに同感した。それと同時に荷風の敬愛する鷗外を思ったのである。鷗外はその遺書の中に、森鷗外でなく、石見の人森林太郎として死にたい旨を残している。荷風も鷗外にならって、永井壮吉として死を迎えたかったのであったろう。佐太郎先

生は昭和三十四年の荷風の死をうけて、

偏奇館にわが見たるよりはたとせか石見の旅にありて偲びつ

の挽歌一首を作っている。この一首、一見平凡な挽歌のように思う人がいるかも知れない、偏奇館が永井荷風の書斎を指すのだと知らない人には何の事だかわからないだろう。佐太郎先生は荷風と交流(作者と編集者)があったのである。下句の「石見の旅にありて偲びつ」に、佐太郎先生の万感の思いが込められている。石見は佐太郎先生と荷風をつなぐものがある。石見は森鷗外の生地で、さきほどの遺書にある鷗外は石見の人、すなわち私人として死にたいと記している。森鷗外は、佐太郎先生が荷風とともに敬愛する作家なのである。その地を旅行中に荷風をしのぶ所にこの歌の味わいがある。

## (中)

佐太郎先生と永井荷風の交流は、昭和十年新輯『鷗外全集』が岩波書店より出版される事により始まった。昭和十年一月十六日、岩波書店は荷風宅におもむきその旨を伝えている。

「一月十六日。晴。寒気最甚し。午後森博士(鷗外先生嗣君)佐藤春夫小嶋政二郎の三子来り訪はる。鷗外先生全集岩波書店より出版のことにつき卑見を諮はる。余は小島がこの事に参与することを欲せざれど森博士の面前にて言ふべきことにあらねば不快を忍びて口をつぐみたり。」これは『断腸亭日乗』の荷風の記述である。佐太郎先生によれば荷風は『鷗外全集』の編輯顧問になったのである。日記の中に小嶋政二郎が参与する事に荷風は不満だった。これは荷風の気質の一面であるだろう。山田風太郎は荷風をさして、「徹底的反俗の鉄人」と評したが荷風は自身が評価出来ない人物を徹底的に嫌ったのである。『断腸亭日乗』にも「余は日本の文学者を嫌ふこと蛇蝎《だかつ》の如し。」と記述しているほどである。昭和十年六月、佐太郎先生は偏奇館におもむき原稿を依頼している。その時の事を佐太郎先生は「永井荷風先生」の中に「七月に全集の月報のために『森先生の伊沢蘭軒を読む』という文章を書いてもらった。先生の評判をいろいろ聞いていたが、めくら蛇におじずという状態で頼むとやすやすとひきうけてくれた。しかし、これは鷗外に対する先生の尊敬と報恩のためで、私の手柄ではない。」と書かれている。手柄でないと佐太郎先生は言っておられるが、荷風に原稿依頼してただちに原稿をもらえるような荷風はしろものではあるまい。「先生の評判をいろいろ聞いていたが」とあるのもその事情である。

佐太郎先生は昭和二年、十八歳の時鷗外の『即興詩人』を始めて読んでいる。むろん茂吉にすすめられての事である。私は佐太郎先生より直接聞いたのであるが、鷗外の『即興詩人』は何度も何度も読み返し、ある章はほとんど暗誦しているくらいであったと言っておられた。鷗外独特の文体を感動して読まれたのである。昭和十年『鷗外全集』の編集実務を担当されたのは二十六歳の時であるから約十年近く鷗外を読んだ事になる。「文学者になろうと思ったら大学など入る必要はない。鷗外全集と辞書の言海とを毎日時間をきめて三四年繰返して読めばいゝと思って居ります」。これは荷風の「鷗外全集をよむ」にある言葉であるが、佐太郎先生はすでに荷風の言葉を実行されていたのである。佐太郎先生には茂吉先生の言行を記録した『童馬山房随聞』という著書があるが、その中に茂吉対弟子の間で鷗外の文学について議論している箇所がある。それを見ても、佐太郎先生は若くして鷗外の文学に一家言持っていたのがわかる。岩波書店も『鷗外全集』という大きな事業を力のない人に担当させるわけがないのであるが、佐太郎先生はそれを担うだけの力量があると認められていたのである。昭和十年六月十二日の偏奇館訪問において佐太郎先生と荷風に何があったのであろうか。これは私の想像である。佐太郎先生は鷗外文学のすばらしさを、具体的に何が良いのかについて語られたであろう、また自身敬愛している事を説かれ、鷗外全集出版の意義について言われたのではなかろうか、もしかしたら『即興詩人』の暗誦されている章を披瀝されたかも知れない。いずれにしろ、その日荷風の心は動いたのである。

「六月十二日。晴。午後岩波書店々員佐藤氏来談。夜鷗外先生の蘭軒伝を繙く。」の『断腸亭日乗』の一行がそれを物語っている。

さて、歌集『歩道』であるが佐太郎先生の処女歌集で、後に出版する歌集『軽風』の部分は当初切り捨てるつもりであったろう。すなわち文学として自覚確立した所から、出発する強い意志があったのである。昭和八年から昭和十五年に至る七年間の収穫である。

公園《こうゑん》のくらがりを出でし白き犬《いぬ》土にするばかり低く歩きぬ

暮々《くれぐれ》に浅草寺《せんさうじ》わきの広場にて帚《ははき》の音すあゆみ来《こ》しとき

地下室の水槽にすむ赤き魚《うを》ゆふぐれにして動かず居りぬ
昨夜《きぞのよ》に泥づきし靴《くつ》もまづしくてデパアトの屋上にをりし一時《ひととき》
ここの屋上より隅田川が見え家屋《かをく》が見え鋪道《ほだう》がその右に見ゆ

右は昭和八年、浅草折々の一連の作品である。「浅草は私の業余鎖遣の地であり、よりどころない心を抱いてよく浅草に出掛けた。勤めが退けて直ぐ電車で行くこともあり、須田町から地下鉄で行くこともあり、日曜などわざわざ永代橋まで出て、川蒸気船で浅草まで行くことが多かった。私は酒が好きで貧乏していたから何時も金がないし、それでいて落着いて読書することも出来ない。浅草は金がなくて時間を消すことも出来るところであった。」互評自註歌集『歩道』にある佐太郎先生の言葉である。

「四月十五日。雨。昼頃よりますます烈しくなりぬ。哺時中洲病院に往きて薬を求む。夕飯時まで二時間ばかり、雨中の事とて散歩すべき処もなければ、新大橋より船に乗り吾妻橋《あづまばし》に至り、松屋百貨店の楼上を歩む。二階は東武鉄道の停車場なり。窓より隅田川を見おろすに鉄道の鉄橋花川戸《はなかはど》より源森川《げんもりがは》の岸に架せられたれば、今はむかしの枕橋も高架線路の下になりて見えず。隅田川の川幅も吾妻橋のあたりはよほど狭くなりたるやうなり。六時頃銀座にて夕飯なし直に帰る。」

右は荷風の『断腸亭日乗』の昭和七年四月十五日の記述である。荷風の東京市中探訪は、生涯のものであるが、佐太郎先生も荷風も松屋デパートの屋上に出て、みずからの心を述べている。佐太郎先生と荷風との出合は前述の如く、昭和十一年の『鷗外全集』の件より始ったのであるが、その時以来、佐太郎先生は荷風に編集者として信頼された。後に荷風の作品『濹東綺譚』『おもかげ』『珊瑚集』、等々の編集を担当されたのである。その根底には鷗外敬愛という共通点があるのだが、佐太郎先生にして見れば、当時荷風は仰ぎみる文豪なのであった。私は歌集『歩道』時代の佐太郎先生が、最も感化された作家は荷風であり、また感性が類似しているのも荷風であると思っている。これには異論もあると思うが、自身強く感じている。荷風の作品を編集者として手懸けただけでなく、文学全般についても直接対話されたのであったろう。荷風も岩波の編輯者としてでなく、斎藤茂吉門下のすぐれた歌人である事も承知していて、人間嫌いで知られる荷風が佐太郎先生を認めたのであった。
　昭和八年の歌集『歩道』の浅草折々の作品は荷風と出合う前であるから、荷風に影響されたとは言えないのである。

## （下）

　歌集『歩道』の後記に「この期間私の嗜好は、その良否は別として、歌材を広く捜すといふよりは折に触れて身に迫つたものを歌ふといふ傾向にあつた。例へば私は幾たびも鋪道と街路樹と雲を歌つてゐるが、これとても単なる嘱目のみではない。謂はば私と共に生活した鋪道であり街路樹であり雲であつた。」という一節がある。私と共に生活したとは詩人として面目躍如たる表現である。歌集『歩道』を論ずる時、この文章を引き合いに出し多くの評者は、歌集『歩道』の特長としている。都市生活者としてつましく、また力強く身近なものに詩を発見しているということである。そういう論に私も賛同する。一方、佐太郎先生はいまだ人の見ない世界を見ようとして、東京の新しい風景である、埋立地や、深川等々に足をのばし積極的に歌材を捜している。

深　川

電車よりその折々にこほしみし東富橋《とうとみばし》を今日わたりゆく
あたらしき鋸屑《おがくづ》つみて街の音しばし絶えをり堀ぞひの道
いろいろの塗料の鑵《くわん》を積みあげし一角《いつかく》が見ゆ橋わたるとき
倉庫にて鉄の空鑵《あかくわん》切る音がくらきそのなか反響《こだま》してをり
いましがた鉄はこび来《こ》し馬車《ばしや》ありて汗かきし馬みちのべに立つ
このゆふべ一《ひと》かたまりのバラックは恋ほしきまでに焚火《たきび》あかりぬ
くもり空《ぞら》灰色をして堀割《ほりわり》はものの香もなき数々の橋
帰路《かへりぢ》の夕《ゆふ》あかりする堀割に焚火をしつつ行く舟のあり

右の八首は昭和十二年の作品である。この一連の作品について、互評自註歌集『歩道』の中で、「深川の歌は歌集『軽風』にも既にあるが、私が当時深川を歩いたのは永井荷風、木下杢太郎の影響だといつてよい。ただ私のは全く漫然たる散歩で、街の名も知らず、橋の名も多く記憶にとどめない程度のもので、僅かに「時雨橋」とか「千鳥橋」とかいふ名を思ひ起すことが出来るに過ぎない。縦横に通じた堀に掛つてゐる橋を何度も何度も渡つて当てなく歩くのが楽しかつた。」と言っている。一首目の「こほしみし東富橋を」など荷風との対話からみちびかれたものではなかろうか。永井荷風は周知のように、東京市中探訪を何年も続けていた。その代表格は「日和下駄」である。深川についても何度も訪ずれ、文章にしている。

「数年前まで、自分が日本を去るまで、水の深川は久しい間、あらゆる自分の趣味、恍惚《こうこつ》、悲しみ、悦《よろこ》びの感激を満足させてくれた処であった。電車はまだ布設されていなかったが既にその頃《ころ》から、東京市街の美観は散々に破壊されていた中で、河を越した彼《か》の場末の一劃ばかりがわずかに淋しく哀しい裏町の眺望《ながめ》の中《うち》に、衰残と零落とのいい尽《つく》し得ぬ純粋一致調和の美を味《あじわ》わしてくれたのである。」

右は荷風の「深川の唄」の一節であるが、さらに荷風は

「自分はいつまでも、いつまでも、暮れゆくこの深川の夕日を浴び、迷信の霊境なる本堂の石垣の下に佇《たたず》んで、歌沢の端唄を聴いていたいとおもった。永代橋《えいたいばし》を渡って帰って行くのが堪えられぬほど辛《つら》く思われた。」と書いている。佐太郎先生は、荷風の文章の一字一句に直接影響されたのではないのだが、荷風の心をここまで、揺さぶるものに注目されたのであったろう。実際、荷風の文章は詩人の目を思わせるが、佐太郎先生の深川の作品一連には、生活実体のあるより現実的なものである。

昭和十二年八月荷風は、岩波書店より『濹東綺譚』を出版している。その本の編集担当者は佐太郎先生である。本が出来た時、佐太郎先生は、荷風より「佐藤佐太郎君恵存永井荷風」と揮毫された本をもらっている。『濹東綺譚』は荷風にとって二度とくり返す事の出来ない作品といっていいのだが、斎藤茂吉は佐太郎先生に「僕が玉の井を書けば荷風（永井荷風「濹東綺譚」）よりうまいな。」と感想を述べている。『濹東綺譚』を一刀両断に言い切るあたり、茂吉ならではのものだろうが、若き佐太郎先生は、当時茂吉とは別な感想を持っていたのではなかろうか。

葉牡丹《はぼたん》を置き白き女《をんな》の坐りゐる窓ありにけり夜ごろは寒く

右は昭和十一年の一首である。この一首について、互評自註歌集『歩道』で

「全体がぼんやりしている歌であるが、向島玉の井の私娼街を写象に浮べて作った。「ありにけり」は当時私の慣用句、「夜ごろは寒く」は先生（茂吉）の「冬霧のたちのまにまに石畳みの鋪道はぬれて長し夜ごろは」という一首を意識している。」と書いている。歌集『歩道』の中からこの一首を除外しても一向にさしつかえないかも知れないが、荷風の『濹東綺譚』があったから残ったのだと私は思う。

私は今年（平成二十五年）八月、麻布市兵衛町、現在の六本木一丁目の偏奇館跡を訪ねた。荷風の『断腸亭日乗』の昭和十年六月三日の記述を読んで、確かめたい事があったのである。

「道源寺坂は市兵衛町一丁目住友の屋敷の横手より谷町電車通へ出づる間道にある。坂の下に西光寺といふ寺あり、二軒の寺の墓地は互に相接す。西光寺墓地の生垣は柾木にてその間に蔦と忍冬（にんどう）の蔓には白き花さき甘き薫り放つ。」とある。偏奇館の跡には平成十四年、港区により石碑が立てられていた。

荷風と佐太郎先生との交流は『鷗外全集』により始まったのであるが、荷風の著作を出版する昭和十二年が最も多く、岩波書店と荷風とに齟齬あるたびに佐太郎先生が出向くのであった。昭和十五年六月の『断腸亭日乗』に以下の記録がある。

六月廿四日。晴。午後岩波主人来話。過日中央公論社の人来りて、岩波書店にて、最近出版せらるべき余の全集には収載せられざる小説少からぬ由につき、将来真の著作全集出版の際には是非とも中央公論社を出版元にせられたき趣懇請して止まざる故、余は日記副本尺牘其他の原稿を一まとめとなし岩波氏の手許に其保管を依頼せしなり。夜平井氏と共に花村に夕飯を喫し、銀座を歩みてかへる。疲労甚し。

六月廿六日。くもりて後に雨。午後平井来話。岩波編輯局員佐藤佐太郎氏来る。昨日保管方を依頼せし書類を交附す。品目左の如し。

一　断腸亭日記副本（大正六年より昭和九年迄）
一　猥談一冊
一　杌辺之記礫川徜徉記一冊

一　かしまの女一冊
一　夏姿其他合本一冊
一　つゆのあとさき草稿
一　日かげの花草稿
一　断腸亭尺牘（活字）一封以上八種

佐太郎先生は当日、偏奇館をたずね荷風の重要な書類を預かっている。これらは、今日の岩波版『荷風全集』の下地となるべきものであったろう。

夏　日

硝子戸にしばし音してすかりたる蛾《が》の翅《はね》は厚しおそろしきごと
棕櫚《しゅろ》の幹ときどき風にゆるる見え光きびしき窓の外にて
洋館の日陰《ひかげ》となれる側面と日当る面とこもごも見たりき
午後の日にあらはなる街の彼方《かなた》より思ひまうけず電車が来《きた》る
幾万といふ蔦の葉がひとときに風にし動く楽しともなく

右は歌集『歩道』の昭和十五年の作品であり、五首目で歌集『歩道』は終っている。昭和十五年六月二十六日の荷風訪問で佐太郎先生は歌集の掉尾を飾っている。三首目の洋館は偏奇館をさすだろう。私が今年偏奇館跡を訪ねたのは蔦の葉がどこにあるかであった。荷風の日記通り道源寺坂を下って六本木の大通りに出る所に西光寺があった。枝別れした一方の坂道に西光寺の塀が坂上まで続き、百数十メートルの長さもあろうか、その塀にはびっしりと蔦の葉が繁っていた。まさに「幾万という蔦の葉」なのである。偏奇館が消失し、荷風が逝き、佐太郎先生も逝かれて久しい。佐太郎先生が偏奇館を訪問されて七十年以上過ぎた今日、西光寺の蔦の葉は、今後も百年変らず風に吹かれるであろう。

（「歩道」平成二十五年九〜十一月号）

# 短歌の運命（歌集『歩道』の一首）

作家の日記に佐太郎先生が登場する事はすでに書いた。永井荷風、木下杢太郎、内田百閒等々である。岩波書店に勤めていて、その作家の著作編集を担当していたから、当然といえば当然だが、作家と編集者という関係に終らず交流があったのである。佐太郎先生は日記ばかりでなく、作家の作品、随筆にも取り上げられている。内田百閒は日記だけでなく、随筆にも書いている。森鷗外の長女で作家の森茉梨は『鷗外全集』の編集に関連した会に出席した、佐太郎先生を実名ではないが、作品の中に描いている。作家の日記や作品に取り上げられている事を、つらつら書き連ねた所で、それがいったい何になる。佐太郎先生が生きておられたら、言下に言われると思うのであるが、本人が生前自身をあまり語っていないので、あえて私が書くまでである。

川端康成は小説『山の音』の中で

苦しみを内に持てれば現実のつづきの夢を吾は見てゐし

の一首を引用している。この一首の挿入によって、小説にどれほどの効果があるのか、私にははかり難いが、川端の短歌を見る眼を思うとさすがである。佐太郎先生は生前自身の歌集『地表』より引用された事を知っておられた。

坂上弘は小説『近くて遠い旅』の中に、

「彼は煙草を一本喫って戻ってきた。途中の農家の裏庭に枇杷の木が茂るように枝をひろげ、花がこぼれていた。手入れしない枝が倒れかかっていた。

苦しみて生きつつをれば枇杷の花終りて冬の後半となる

と佐藤佐太郎の歌が口をついてでた。彼は淑子と転々としたあと落着いた、舞がうまれたところでもあるアパートの二階から、枇杷の花が咲いているのを見つけた。隣の家との隙間《すきま》に一本生えている枇杷は、夜の葉ずれもきこえた。佐太郎のいう苦しみではないにせよ、夫婦には未来はうかばなかった。」との一節があり、主人公である啓介の心境の一端を述べている。歌集『帰潮』の一首であり、上句は「苦しみて」である。川端にせよ、坂上にせよ、自身の作品の中に短歌一首を入れるのに、それなりの理由があるのだろうが、名歌であるとの認識があるから引用したのであったろう。

佐太郎先生については、阿川弘之先生も書いておられる。阿川氏は知る人ぞ知る茂吉敬愛者で、茂吉先生については、たびたび文章に書いていて、私は読むたびに感動を覚えた。岩波文庫の『斎藤茂吉随筆集』は北杜夫氏と編集され、その解説ではいままでの茂吉解説と違って、小説家でしか書けないという思いがして、私にとって大いに勉強になったのである。佐太郎先生について、昭和五十六年五月号の角川の『短歌』に「卵を売る歌人」と題して文章を寄せられた。佐太郎先生の『帰潮』時代、東京青山に先生を訪ねられた思い出と、茂吉随聞についての感想が述べられている。佐太郎先生は、阿川先生に文を寄せて頂いた礼状を当時書かれ、私がポストに投函した記憶がある。「卵を売る歌人」は随筆集『桃の宿』に収められている。また「蛇崩遊歩道」は佐太郎先生晩年の歌について書かれている。随筆集『春風落月』に載っている。佐太郎先生は他の歌人にくらべて、いわば歌人以外の多くの人に認められたのではなかろうか。

「今日でも、小説作家、戯曲作家はどうかすると俳句作家、短歌作家を一段低く見ようとする傾きがあるし、世間一般でもまたそうである。それは改められなければなるまい。それには俳句作者、短歌作者に厳密な覚悟があって、守るべきものをおし進めなければなるまい。作者は同じ詩形にたずさわって、同じような繰り返しをしているが、作者自身はそうではなるまい。新には新を積んで前進する覚悟をもっていなければなるまい。」

これは佐太郎先生晩年の「小詩短章」にある言葉である。佐太郎先生は、芸術の一流作品は、詩であれ、俳句、短歌であれまた散文小説であっても、一流作品に変りなく、その形式によって差別はないという考えを持っておられた。過去に「第二芸術」論が話題になった事も経験され、その折々に歌人のあるべき姿を説かれていた。この「小詩短章」は晩年に至っての歌論である。歌人は常に短歌は詩であると自覚して作歌しなければならず、白石道人の「詩の工みならざるは是思精しからざるのみ」を引用して、短歌は短い詩形であるから、思いを深くして作る事を説かれている。その実行はなかなか難しいのであるが、それにはやはり実相につく事が最初であり、最後であるだろう。

「笠置《かさぎ》からの川の眺めを楽みに来た私は紙で硝子を拭き、額をつけて雨烟《あまけむ》りの窓外を眺めてゐた。両岸から流れ込む泥水がはつきりと黄色く濁つて、岸に添ひ中流の綺麗な水と一緒に流れてゐた。上野《うへの》から柘植《つげ》、それから関へ来て、雨は殆どあがつたが、風だけが未だ吹いてゐた。何といふ山か知らないが、白い雲と黒い雲が渦を巻きながらその高い頂きを越してゐた。亀山で乗換へた。線路に添うて流れる幅の広い川は親《したし》み易い感じがした。遠い百姓家に咲いてゐる凌霄花《のうぜんかづら》が雲を洩れてさす陽を受け、遠いのに度強く眼に映つた。小さな貯水池に密生した菱の華がそれ以上はびこる余地がない為めに他の華を水面から押上げてゐるのを見た。」

これは志賀直哉の小説「菰野」の一節である。菰野温泉に行く電車の中から見た風景の描写である。読み過してしまえば、なんでもないような所であるが一字一句に心を込めている感じがさすがである。さながら詩文を読むようで、小説の成立はこのような積みかさねではなかろうか。たとえ小説の構想が空想が手懸りであったとしても、やはり実相に立っているのである。

暮方にわが歩み来しかたはらは押し合ひざまに蓮しげりたり

これは歌集『歩道』の昭和八年の一首である。互評自註歌集『歩道』で佐太郎先生は、

「『押し合ひざまに蓮しげりたり』といふ観入が、当時の私として一歩自然に接近し得たやうに思つた。其の後いつであつたか、志賀直哉氏の小説を見ると、菱の葉が押し合ふやうにはびこつてゐる処を見て過ぎる描写があつて同感したが、あれは何といふ小説であつたか今さし当り確める便がない。」と書いている。小説『菰野』は、後に改題されたもので、昭和九年四月発行の雑誌「改造」に発表された時の題は、『日記帖』であった。佐太郎先生は「改造」発表の作品を読まれたのであったろう。志賀直哉は後の『続創作余談』の中で「此小説は『暗夜行路』の最後と共に近頃では最も緊張して書いたものだ」と言い、「作品としての出来栄えは近頃の短篇では最も気に入つてゐる。」と書いている。いづれにしても、菱であれ、蓮であれ、その捉え方、表現は両者共に白石道人のいう「詩の工み」であるだろう。

さて、私がここで改めて言いたいのは、「短歌の運命」である。いかにもおおげさに聞こえるかも知れないが、短歌が短詩型文学であるとの自覚、認識なしに作歌してはならない。茂吉先生のいう「実相に観入」して、佐太郎先生の『純粋短歌』にいう「限定」を実践する事が我々の命題でなければならない。私が佐太郎先生を敬愛してやまないのは、歌集『歩道』時代の若き日より一貫して

短歌に詩を希求されたその姿勢にある。

（「歩道」平成二十五年十二月号）

## 歌集『歩道』と内田百閒

佐藤佐太郎を天才歌人であると言ったのはいったい誰と誰であるのか、私は時々他愛ない事を思うことがある。みずからの師を尊敬するあまり、弟子が師匠を天才と言ってしまっては茶番になるだろう。弟子はひたすら師の優れた所を学べば良いのである。しかし、第三者が、師を天才と論じたり、言ったりしているのを聞くのは愉快なことではあるまいか。天才と言ったひとりは、師の茂吉先生である。志満夫人が、佐太郎先生が怒りやすいのに音をあげて、茂吉先生に直訴に近い形で言葉を洩らした時、茂吉先生は、志満夫人に佐藤君は天才であるから大事にするようにと言ったのであった。夫人の心をなだめる為とは言え、茂吉をして天才と言わしめたのは、茂吉門下の中でも、佐太郎先生ただひとりではなかろうか。天才と言った、もうひとりは塚本邦雄氏である。昭和六十三年、角川「短歌」三月号に、塚本邦雄氏は「死後幻想」と題して文章を寄せている。この号には、佐太郎特集が組まれていて、佐藤佐太郎論の中の一篇である。塚本氏はみずからの『茂吉秀歌』と佐太郎先生の『茂吉秀歌』とを対比して、佐太郎先生の読みの深さを讃嘆して天才であると言っている。私がここで言いたいのは佐太郎天才論ではない。塚本氏の文の中にある、「茂吉が一言も觸れなかつたフランス象徴派に言ひ及んだところに、佐太郎が、茂吉に随順の極みを見せつつ、ある一面、ある一點では、師を超えてゐたことを示すのではあるまいか。」に注目したのである。佐太郎先生は常に茂吉随順を生涯貫く態度で作歌された。世間もみとめる所である。しかし、佐太郎先生は作歌初期の頃より、独自の世界を持っていたのである。

内田百閒が二冊目の創作集である『旅順入城式』を岩波書店より上梓したのは昭和九年で編集担当者は佐太郎先生である。先生二十五歳の時であり、以来、佐太郎先生は、荷風同様、百閒とも交流が始った。

前に私は阿川弘之先生が茂吉敬愛者である事を言った。その阿川氏が愛読する作家のひとりに内田百閒がいる。

阿川氏は「百閒先生置き薬説」の中で「手当り次第、寝ころんで拾い読みしていると、不思議に心が安まるのである。殊に今出来の、てにをはも整わぬような文学作品を読まされて、吐き気を催す思いをしたあと、胸の閊《つか》えを取り除いてくれる。」と言って百閒の文章のすばらしさを語っている。『旅順入城式』を担当した、佐太郎先生は若くして百閒の文章のすばらしさを理解していたのである。

牛《うし》が淵《ふち》にたたふる水は夕映《ゆふばえ》のいまだ残れる波頭《なみがしら》みゆ

右の一首は昭和十二年の作品である。互評自註歌集『歩道』の中で、

「『牛が淵』は九段下のところの濠で、江戸時代からある名である。私の居たアパアトの部屋からは見えない。この時は電車で坂を下って来たのであった。『波頭』も普通の言葉であるが、私は内田百閒氏の作によってこの語を注意した。」とある。

『旅順入城式』の中に「波頭」という標題のついた短篇がある。

「私の家の犬が、また隣りの子供に嚙みついたので、もう飼つて置くわけに行かなくなつた。私は伯父と二人で、犬を海に捨てに行つた。」話である。犬を海に捨てる前の描写に「辺りに船は一艘もゐなかつた。波が不規則に立ち騒いで、所々波頭を立ててゐた。」という一文がある。

この文章の「波頭」という言葉に佐太郎先生は反応さ

れたのであったろう。

① 顔冷えて眠りてをりし暗闇《くらやみ》に天井《てんじやう》の高き部屋に眼をあく

② 葉鶏頭《はけいとう》の赤き一群《ひとむら》が目にうかべど植物のごとき感じにあらず

①②の作品は共に昭和九年の作であるが互評自註『歩道』の中で、

①「私は当時神田神保町岩波書店小売部裏にある宿舎の一室に起居してゐた。内田百閒先生の境地であるが、私自身それに近い生活をしてゐたし、また興味も持つてゐた」と語っている。

②「一首の感覚は当時愛読した内田百閒先生に負ふところがある。作つた当時は若干新しいやうにも思つてゐたが、今みればやや具体性が足りない。」と言っている。愛読していたというのは編集者として、ひと通り読んだというのでなく文章を味わう事が出来たのであった。尚『百鬼園俳句帖』の中に

浪崩れして吹く風や濱鶏頭

の一句があり、佐太郎先生は俳句帖まで読んでいたかも知れない。

佐太郎先生が、作家の日記や文章に登場する事はたびたび書いた。内田百閒も随筆に書いている。

「歌人の佐藤佐太郎氏は私の旧知である。もう長い間お目に掛かる折もなく過ぎたが、佐藤さんが主催する歩道短歌会の雑誌「歩道」を毎月戴いてゐるから、それを通して佐藤さんは私の近くにゐる。

昔、私の短篇集『旅順入城式』が岩波書店から出た時、佐藤さんは岩波にゐてその出版の担当者となつた。その縁故で私は佐藤さんを知つてゐる。」

「とくさの草むら」にある。「とくさの草むら」との一節は、随筆主題は佐太郎先生ではなく、大井征《ただす》という人を追悼する文で、百閒の大井氏を思う心が淡々と書かれていて、百閒の感情が滲み出ている。百閒は法政大学でドイツ語を教える教授であるが、大井氏はフランス語の優秀な生徒であった。大学卒業後、百閒同様法政大学の教授となりフランス文学者になる。佐太郎先生が、図書出版「永言社」を起こした時、フランス文学の翻訳者として接触があった。その関連で、百閒は佐太郎先生を書いている。

昭和四十六年十月、内田百閒全集が講談社より出版された。その月報に佐太郎先生は、「旅順入城式の頃」と題して文章を寄せている。『旅順入城式』を岩波書店から出版されたのは昭和九年だから、もうずいぶん遠い

ことになる。そのころ私は岩波に勤めていて、校正のこと装幀のことなどでしばしば合羽坂の先生をたずねた。」という文章に始まり、「それから十年あまりすぎて、終戦後私はいちじ青磁社という出版社に関係していた。西神田にある仮事務所でおもいもかけず先生に会った。」と言って、再びめぐり合った偶然を嬉んだ。その時より、佐太郎先生の永言社の出版に関連して大井征氏があったのである。文章はさらに百閒について、「それから更に二十数年すぎたことになるが、私は要事もないのに人をたずねるのがにがてで先生にもお会いすることがなかった。ただいつであったか、先生主筆の『べんがら』という随筆雑誌にもとめられて小文を書いたことがある。先生の眼にふれるとおもうと手のちぢむおもいがした。」と書かれている。この月報の文章を書かれた時、佐太郎先生は六十歳を過ぎておられた。歌集『歩道』時代の俊英が、大家的存在になりつつあった時で、文章にも風格があるだろう。そして、「先生から親愛を寄せていただいたということはもったいないが実にかたじけない。」と結語されている。

私は、先の歌集『歩道』と永井荷風の中で、編集者と文学者との関係に終らず、文学的交流があったと言ったが、佐太郎先生と内田百閒についても同じ事が言えるだろう。ふたたび言えば、塚本邦雄氏が指摘している如く、佐太郎先生は、若き日より、茂吉随順をうたいながらも近代文学者の中でも名文家として知られた、内田百閒をいちはやく認め、みずからの世界に消化吸収した独自の感性があったのである。

（「歩道」平成二十六年一月号）

# 佐太郎と鷗外

## (上)

私は十年前に『佐藤佐太郎私見』を角川書店より上梓した。みずからが書きためた文章をまとめたのであるが、その中に「鷗外の影響」がある。この一文は、佐太郎先生に見ていただいて、歌誌「歩道」に載り、書き出しの数行は佐太郎先生が書き改めて下さった。その文の中で、「佐藤佐太郎は青春時代、歌集『歩道』時代に、鷗外文学と出合っている。愛読していたというだけでなく、昭和十年頃より『鷗外全集』の編集に携わってほとんどあらゆるものを読んでいた。この鷗外への傾倒ぶりは、茂吉に師事することが佐太郎の幸運であったと同等に深い意味を持っている。」と言っている。この文を書いたのは三十数年前であるが、この一節の思いは今も変りない。

① 薄明のわが意識にてきこえくる青杉を焚く音とおもひき

② 目覚めたるわれの心にきざすもの器につける塵のごとしも

右の二首は歌集『歩道』にある、昭和十一年、十二年の作品である。佐太郎先生は当時、愛読していた鷗外の小説よりヒントを得たと自註で語っている。私も佐太郎先生に習って鷗外の小説のいくつかを読んだ。それは佐太郎先生の作品の背景を知りたかったからである。①の作品は鷗外の『金毘羅』という小説の一節に「薄明の意識」が出ていた。また②の作品は「サフラン」という文章の中に「器に塵の附くように」の言葉を発見した。「鷗外の影響」を読んで下さった佐太郎先生より、今後もこのような勉強をするようにと励しを頂いたのであった。

ある時は日々の消化の約束を意識にもちて吾ははたらく

右は昭和十四年の一首であるが、互評自註歌集『歩道』の中で、「『日々の消化』は一口にいへば食生活のことであるが、これは森鷗外の「我百首」中にあるのを襲って用ゐた。」と言っている。

勲章は時々《じじ》の恐怖に代へたると日々《ひひ》の消化に代へたるとあり

右は鷗外の「我百首」の中にある一首である。鷗外の短歌について、小堀桂一郎は、

「これらの歌は畢竟作者の内部の心象風景の象徴的表現であるといふ点で「海のをみな」の延長上に考へてよ

いものであるが、作者の意図から言へば、「明星」に拠る新詩社の浪漫的・主情的詩想と伊藤左千夫一派の「アララギ」が見せてゐる写実的な歌風を相近づけ、そこに両者を融合した新しい詩風を創出しようと試みたもの、と言ふべきもののやうである。従つてその新しさといふのは、詩人の内心からの発想を尊びながらも、情に流されることなく、主知的に、輪廓のはつきりした形象性を構成する──、つまり思想的内容の濃い、象徴詩の如きものを目指してゐた、とも言ふことができるだろう。」と解説している。いずれにしても、佐太郎先生は、鷗外の「日々の消化」という一語に反応を示したのである。

　次第なくこころは悲しながらふる夜《よる》の霙《みぞれ》に帰り来る
　とき

　この一首は昭和十二年の作品であるが、自註のなかで『次第』は通俗の語であるが、かうして使つて見ると幾分新しいニュアンスがあるやうに思ふ。然しこれも森鷗外の小説から享入れたものである。」と言っている。

　「それから留学生になつてゐて、学業が成らず死んでは済まないと思ふ。併《しか》し抽象的にかう云ふ事を考へてゐるうちは、冷かな義務の感じのみであるが、一人一人具体的に自分の値遇《ちぐう》の跡《あと》を尋ねて見ると、矢張身近い親戚のやうに、自分にNeigung《ナイング》叩からの苦痛、情の上に帰着してしまふ。

　かういうやうに広狭《くわうけふ》種々のsocial《ゾチアル》な繋累的《けいるいてき》思想が、次第もなく簇《むら》がり起つて来るが、それがとうとうindividuell《インヂヰヅエル》な自我の上に帰着してしまふ。」

　右は鷗外の小説『妄想』の一節である。この小説は鷗外の思想的抒情詩ともいうべき小説で当時とすれば斬新な作品なのである。後にも触れるが、佐太郎先生は小説『妄想』より影響をうけている。、、、の部分も読み過してしまえば何でもない一語であるが、佐太郎先生はこの一語に感性が働いたのであった。

　私は短歌については色々な思いがあるが、小説、散文については云々出来ない。それでも敬愛する作家は何人かいる。前にも書いているが、作家吉村昭の作品は何十年も愛読して来た。吉村氏は学習院在学中、文芸部員として先輩である、作家三島由紀夫を訪問している。三島氏から文学論を色々聞いていたのだが、そのほとんどは記憶に残らなかったがしかし、「鷗外が、『或る日』と書かず『一日』と書いたことは格調を見ると言った三島氏の言葉に、文章とはそういうものなのだ、と納得した。」と言って鷗外についての話は鮮明に残ったのである。

さらに吉村氏は「氏が森鷗外の作品を文学の大きな指標の一つとして考えていたことが「一日」を口にしたことからも十分に察せられ、鷗外の崇拝者であった私は嬉しかった。」と言っている。三島由紀夫が鷗外について言った部分を読んで、私は佐太郎先生を想起したのである。短歌一首の中に「薄明の意識」や「器に塵の附くように」、また「日々の消化」や「次第もなく」にしても、言葉を鋭敏にとらえる感性こそが作家の命である事を改めて思ったのである。

## （中）

佐太郎先生が『鷗外全集』の編集を担当したのは昭和十年からである。その事は前に私は書いている。先生は二十代であったから、いかに大変な仕事であったか想像に難くない。しかし、その仕事をこなす事によって佐太郎文学の基盤が出来たのだと私は見ている。岩波書店の編集者であった佐太郎先生は、『鷗外全集』のみを仕事としたのではなく、それと同時進行の形で、多くの文人の仕事もしていた。そのひとりに小泉信三がいる。

「私が小泉信三先生の知遇を得るようになったのは、先生が『師・友・書籍』という評論集を岩波書店から出版されたときであった。製作を私が担当したのでしばしば先生にお目にかかった。当時は慶応義塾図書館長でもあったので多くは図書館の方にたずねたが、先生は体躯容貌ともに堂々とした人で、美丈夫という形容はこの人のためにあるかと思うほどだった。」と佐太郎先生は「小泉信三先生」と題して、当時を随筆に書いている。さらに「やはり同じころだが、私が一人で『鷗外全集』の編集に苦労しているのを知って、先生は、僕が岩波主人に手紙を出してやろうといわれた。その書簡は『鷗外全集』の月報に出ている。鷗外の業績がいかにすぐれたものか、鷗外全集出版の文化的意義を強調されている。しかしその手紙によって私の仕事はらくにならなかった。私の仕事ぶりはどんなにいそがしくてもはたの目にはそう見えないところがあったらしい。」と書いている。岩波書店における当時の佐太郎先生が『鷗外全集』にたずさわった事は、多くの作家の瞠目すべき仕事であったろう。永井荷風、木下杢太郎、等々の他に経済学者であった小泉信三までも注目していたのである。むろん小泉信三も鷗外敬愛者である。

「鷗外の博覧は絶倫であったが、彼れはしばしばその読み得たものを、興味を以て取り次いで、そこにしばらく拠り処を借るということをした。ハルトマンの美学に拠って芸術を批判し、フォイトの学説を借りて食物論をしたのは、その顕著な例である。この場合鷗外は敢て全面的にハルトマンなりフォイトなりを奉ずるというのではなく、ただ当面の必要のためしばらくそれぞれの塁に拠って敵に当るということをしたに過ぎないと、後にみずから記している。」これは小泉信三の『読書論』の中にある、鷗外についての文章である。この一文は、鷗外の文学者としての態度の一面を指摘したものである。小泉信三は、岩波時代の佐太郎先生を鷗外専門家というほどの人であった。この文にあるように、佐太郎先生も鷗外に習って文学論を展開している。

「森鷗外の『寒山拾得』といふ小説の中にかういふ箇処があります。『全体世の中の人の、道とか宗教とかいふものに対する態度に三通りある。』――」と引用して、「短歌の将来」と題して文章を書いている。『寒山拾得』の小説部分の引用は紙数の関係でここでは省略する。この文の続きに、佐太郎先生は次のように言っている。

「ここで鷗外を引いたのはもう一つの別の事を言ふためであります。私たち歌をやつてゐる者は、つまり道を求める人であります。そしてその中に『専心に道を求めて万事をなげうつ』といふ人もあり、『日々の務は怠らずに、断えず道に志してゐる』人もあり、つまり農家の人は耕作し、又会社とか学校に務めて日々の為事をしながら道に志してゐる人がある。短歌のやうなものは、その殆どが後の場合であります。

ところが一部の批評家のいふところによると、短歌といふものが、『萬事をなげうつて専念』する所謂専門家でなく、別に本業を持つ人によつて作られる事に、短歌の遊戯的性格があるやうに言はれてゐます。

然し、私はここで考へるのですが、歌は即ち抒情詩で、感動・情緒といふものを言葉で表現するのですが、その感動・情緒といふものは生命のリズムであり、生活の炎のやうなものであります。そしてこれは鷗外のいふ『日々の務』つまり実質のある生活が基盤となつてゐるもので、さういふ実質的な生活を持つといふ事は、詩のためには堅固で豊富な地盤に立つ事を意味してゐるのであります。さういふ一日一日を通りながら、『さういふ人が深く這入り込むと日々の務が即ち道そのものになつてしまふ』といふ境涯が続いてゐる。ここに至れば『萬事を抛つこと』と同じ境地で区別がない。文学の世界でさういふ事が可能だといふのは、小説などのやうに『萬事を抛つ』人だけがたづさはるのとは違つた意義がある。これは短歌の弱点であるよりはむしろ長所といつてよいので、本当の働く者の文学といふ領域が短歌にあるといふ事は見落してならぬ特色のやうに信ずるのであります。」

引用が長くなってしまったが、いままで人があまり言わなかったので取り上げた。先生の壮年の卓見であろう。この文章は『短歌入門ノオト』にある。四十年以前の文章でも、今日新鮮に感じるのは、短歌のあるべき姿を言い当てているからである。小泉信三が鷗外について指摘している如く、佐太郎先生も鷗外を借りて、自身の短歌観を展開しているのである。

鷗外を読みしときどき静かなる生《いのち》を仰ぎものを思ひき

この一首は歌集『立房』にある、昭和二十一年の作品である。終戦後の心のいやされない時代に、佐太郎先生は鷗外文学を再び、みたび読んだのであった。前にも書いているが、佐太郎先生と鷗外の出合は昭和二年に始っている。この時までにすでに二十年読みつがれたのである。鷗外文学は、読み手の境涯が上がれば上るほど奥深いものであると、感じられたのではなかろうか。

## （下）

佐太郎先生が、鷗外をどれほど読み込んでいたかは、『短歌を味わうこころ』の中の「『鷗外』の誤植」を読めばわかる。その中で先生は、「一例を言えば、「わけ」という語に当る漢字は普通「譯」と書くが、鷗外は「訣」と書く。その理由は『鸚鵡石《おうむいし》』にも『塵冢《ちりづか》』にも出ているが、全集には「わけ」に「譯」と当てたところが相当にある。『塵冢』の記事は年代がはっきりしないが、凡《おおよ》そは明治三十九年頃だろうかと想像されるから、それ以前に「譯」のあるのは問題外としても（明治三十一年の『智慧袋』に「訣」となっているのは新聞の切抜に後に朱正したのである）、以後の小説にも「譯」という字は幾らでも出て来るのである。これは鷗外の原稿に「訣」とあったのを「譯」と植字し、校正の時に見落したか又は校正で訂正したのを印刷所で差替えなかったかであるが、『ヰタ・セクスアリス』にはすべて「訣」とあって唯一つ「譯」が交っており、『仮名遣意見』などすべて「譯」になっているのを見れば、そのいずれの場合もあっただろうと考えられる。」と言っている。鷗外の誤植の指摘など精通した者でしか、そう簡単には出来ない。また「永井荷風先生」の中でも、佐太郎先生は、「鷗外の伊沢蘭軒には「逸事」とか「軼事」とかいう語を用いていない。全篇三百七十章を通じて一箇所もない。ということを書いて居られた。私は荷風先生が鷗外を精読して居られるその度合に敬服したが、後に「伊沢蘭軒」を読んで行くと、たまたま「逸話」という語に逢着した。その小発見を先生に報告したものかどうかと思いながらとうとう話さずにしまった。」と書いている。荷風の鷗外についての見落しを佐太郎先生は気付きながら指摘しなかったのであった。小泉信三が佐太郎先生を鷗外専門家と言ったことに納得するのである。ちなみに小泉信三は「鷗外書簡と社会問題」という文章に佐太郎先生を書いている。これは岩手の菊澤研一氏がすでに指摘している。

　ゆふぐれの寒くなりたる丘のみち栗山大膳の墓をとむらふ

この一首は、昭和二十八年「盛岡郊外」と題する作品のなかのものである。栗山大膳は歴史上の人物で、福岡県福岡城主であった黒田家に仕える家老であったが、城主と確執があり、盛岡が終焉の地となったのであった。歴史小説『栗山大膳』は鷗外の作品で、佐太郎先生はそこに描かれている大膳の生き方に賛同されたので、大膳の墓にまで立寄られたのであったろう。

(1)『短歌入門ノオト』「寒山拾得」
(2)『純粋短歌』「妄想」
(3)『短歌の話』「妄想」
(4)『短歌指導』「杯」
(5)『短歌作者への助言』「妄想」
(6)『短歌を作るこころ』「奈良五十首」
(7)『短歌を味わうこころ』「椙原品《すぎのはらしな》」他。

右は、佐太郎先生の壮年時代から晩年に至るまでの歌書である。歌論の中には必ずと言ってよいほど鷗外が顔を出すのである。いかに鷗外が身に付いていたのかがわかる。

昭和四十四年六月、角川文庫の改版が出版された。昭和二十八年出版時には佐太郎先生は後記を書いていないが、改版では後記を書かれた。その中で

「森鷗外は『妄想』の中で『赤く黒く塗られてゐる顔をいつか洗って、一寸舞台から降りて静かに自分といふものを考へて見たい。背後の何物かの面目を覗いて見たいと思ひ思ひしながら、舞台監督の鞭を背中に受けて、役から役を勤め続けてゐる。此役が即ち生だとは考へられない。背後のある物が真の生ではあるまいかと思はれる。併しその或る物は目を醒まさうと思ひながら又して

はうととして眠ってしまふ。此頃折々切実に感ずる故郷の恋しさなんぞも浮草が波に揺られて遠い処へ行って浮いてゐるのにどうかするとその揺れるのが根に響くやうな感じであるが、これは舞台でしてゐる役の感じではない』といっている。抒情詩としての短歌も、舞台の演戯のようなものではつまらない。『根に響く感じ』をとらえ、現わすべきものではあるまいか。そう思いながら、私の作歌はおもむくままにおもむいて今日に至っている。」と書いている。佐太郎先生、六十歳の文章である。鷗外の『妄想』は以前『純粋短歌』の中にも、この箇所と同じ引用があるが、佐太郎先生の短歌論を言うによほど気に入った所なのであろう。後記と言えば、歌集『群丘』の後記に

「とにかく私の歌は一首一首孤立したものとして受取つていただいていい。そしてなるべくは一首一首に佇立するやうにして受入れていただきたいとおもふ。かういふことをいふのは作者として不遜なことかも知れないが、森鷗外の『歌日記』にも『ひと時にひと歌を見よ』といつてゐるほどだから許していただきたい。」と書いている。ここでも鷗外が登場するのである。

鷗外の生れし家にわれは来て古りたる縁にしばらく憩ふ

昭和三十四年、佐太郎先生五十歳すぎの時、鷗外生家を訪ずれて この一首を残している。佐太郎先生には、生涯に訪ずれたい念願の土地がいくつかあった。例えば、長崎、中国の恵州、海南島、等々があるが、この鷗外生家のある津和野もそのひとつであったろう。歌集『帰潮』時代の生活から脱却して、念願が叶った気持がこの一首の根底にあると私は感じている。

鷗外の生れし家にしづかさや柿の一木の朱の葉をおとす

鷗外がまだいとけなく遊びたる家の縁にも吾はいこひき

柿落葉さやけきゆふべ鷗外の生れし家はすでに戸をさす

昭和四十五年秋、島根県益田市で短歌指導を終えた後、佐太郎先生は二度目の訪問をしている。

永明寺《やうめいじ》の庭しづかにていまおちし形をたもつ柿の落葉は

紅葉《こうえふ》の天《てん》あけて露ふかぶかし柿落葉ちる鷗外の墓

鷗外がまだいとけなくめわらめとあそびし家の縁も古りたり

昭和四十六年秋、佐太郎先生はみたび鷗外の墓を訪ずれるのである。私はこの三首などは、いままでの鷗外の墓の歌の中でも奥行のある最も良いものと思う。昭和四十六年には新版の『鷗外全集』が岩波から刊行され、過去の先生の実績から、斎藤茂吉先生等々と並んで編集委員として名を連らねている。

昭和五十二年十二月、島根県匹見峡に、佐太郎先生の歌碑が建立された。その除幕式に出席した帰り、佐太郎先生は、また鷗外生家を訪ずれている。この時、私も佐太郎先生に同行しているが、佐太郎先生にはこの時の歌はない。

さて、私は冒頭に三十年に書いたみずからの文章を持ち出し、佐太郎先生が鷗外に傾倒したことが、茂吉先生に師事した事と同等の意味があると言っている。

佐太郎先生の文学を論じる時、多くの論者は師の茂吉の師法随順に重きを置いている。私はその点について別の角度から言いたかったのである。佐太郎先生は若き日より鷗外をみずからの文学の指標にしていた。「鷗外の『妄想』の中の言葉のような感想を自分の実感として信念として言い得るようになりたいものだと思う。何十年短歌を作り続けたら、自分の言葉として『どんなに巧みに組みたてた形而上学でも、一編の抒情詩に等しいものだ』ということが出来るだろうか」と言って、この一語に目標を定め、それを実践されたのであった。佐太郎先生の短歌を一語で要約するとすれば、その短歌一首一首は『巧みに組みたてられた、形而上学』であると私は思うのである。

（「歩道」平成二十六年二～四月号）

# 先生の添削

佐太郎先生は生涯八千首近くの短歌を作られた。「歩道短歌会」を創設されてからは、自身の作歌の他に選歌及び、添削、新聞、雑誌の歌壇の選歌等々の仕事をされた。歩道で直接先生に選歌を受けた人は、その選歌によって自らの進むべき道を学んだのであった。また添削指導を受けた会員も延べ人数にすれば相当な数になるであろう。私は先生亡き後、先生の添削指導を学ぶため吉田和氣子さん、松生富喜子さんの先生に提出したいくつかの歌稿を見せて頂いた。

原作　谷ひとつへだててきこゆる大滝の音さやさやとつづく寂しさ
原作　間断のなき滝音に消長のありて寂しくききつつ憩ふ
吉田和氣子

この二首は、吉田さんの歌であるが、滝がどこであるかわからない。二首共原作のままに先生は〇印を付けている。共に「寂し」という言があるので、先生はその言葉を入れずに、

改作　谷ひとつへだててきこゆる間断のなき滝音に消長のあり

と改作されたのである。一首に「寂し」という形容詞を我々は使いがちである。むろんあっても良いのであるが、この改作の歌を見ると「寂し」という言葉が無くても寂しさが伝わってくるのである。

原作　黄にひかる曇うしほに触れながら真鶴岬の海黄砂降る
改作　黄にひかる曇うしほに触れながら真鶴岬に黄砂降りゐる

これも吉田さんの一首である。上句は実に良い表現であるが、結句、「海」を入れたためやや詰屈な表現になった。先生は自然流露な言葉の運びに添削されたのである。

原作　飛ぶ鳥もなく塩敷くトーズ湖の沖にかすかに夕茜たつ
原作　濃き塩に重くしづまるトーズ湖の渚に夕べ波のよる音
松生富喜子

この二首は、松生さんの海外での作品である。二首共原作に先生は〇印を付けている。

改作　濃き塩に重くしづまるトーズ湖の沖にかすかに夕茜たつ

二首を一首にする事によって、さらに深みのある歌に

なったのである。

原作　海中の氷塊に黒き筋ありて古代に火山灰《よな》の降りし
　　あととふ

この一首も松生さんの作品である。海外での特殊な情景であり、見所もしっかりと表現されている。「見えて」より「ありて」の方がさらに実態があろう。「の」を挿入する事により自然な言葉の流れになった。

「歌は作りごとをして情景につじつまを合せる必要はない。そういうことをして所謂優美に形をととのえようというのは古い観念である。それでは詩のある生きた歌は一首も出来ない。有るがままの実際を見なければならない。そうして出来た歌が一見平凡であっても、実際に見たまま聞いたままを作れば必ず生きた歌になる。」

これは、佐太郎先生の『短歌指導』の添削附言にある言葉である。

（「歩道」平成二十六年三月号）

## 寡黙なる詩人

追悼　長澤一作

昭和五十八年三月、長澤一作氏が歩道短歌会を去って以来三十年の月日が流れた。昨年、長澤一作氏が逝去されたのを知ったのは知人からの知らせであった。平成二十四年暮、現代短歌社から、氏の第一歌集『松心火』の文庫本の寄贈を受けていたから、もう一度お目にかかりたいと思っていた。しかし、それも叶わず氏は他界されたのである。私は昭和四十五年、歩道短歌会に二十歳の時入会し、昭和五十二年に歩道編集委員になっている。入会以来、毎月一回、長澤氏の勤め先であった、富士化学紙工業に友人の室積純夫と訪れて、短歌指導を受けていた。歌稿にひと通り目を通して頂いた後は、酒をくみ交し、長澤さんの文学論を聞くのである。入会当時、長澤さんは歩道の幹事で、『佐藤佐太郎の短歌』を出版され、歌壇でも意欲的に仕事をされていた。

「私は仲間の作歌に対して若いころは一途に厳しく批評したし、悪いところはどんどん手を入れた。長沢一作君とか内藤登紀子さんとかはそのころの私をよく知っている。」

これは佐太郎の『短歌作者への助言』の中にある言葉である。長澤一作氏は、十七歳で歩道に入会し、佐太郎のもっとも厳しい時代の指導を受けたのである。

霧の中に路地の電灯はともりをり霧も電灯も黄色く見えて　長澤一作

右の一首は歌集『松心火』にある作品で、この一首について佐太郎は「三句で一旦切れて結句をテで止めたのは安定はよいが、慣用の手段でもあるからやや物足らぬ感じもする。併しこまかく見ると言葉の連続に工夫があり、相当に微妙な気持を表現し得ている。」と言って賛えている。そして「感情の具体的表現法というものは、こういう行き方だけではないし、吾々としては未だ知らない方法を発見しようとしなければならない。」と要求している。佐太郎の長澤氏に対する期待であると私は思うのである。

ものものしく聞こゆるものか寒気団上空五千にとどまるといふ　長澤一作

右は昭和五十五年二月、東京歌会での長澤氏の歌会詠草である。佐太郎は「私のように年をとっていると気持がよく解かる。若い人にはそのくらいのことで、ものものしいという感じはしないかも知らん。自分の受け取り方を『ものものしく聞こゆるものか』と言っているのが、ちょっと面白い。」と批評している。長澤一作氏は歌集『松心火』『條雲』『雪境』『歴年』『冬の暁』『花季』の六冊の歌集を出版し、評論集に『佐藤佐太郎の短歌』『鑑賞斎藤茂吉の秀歌』また『短歌シリーズ人と作品　佐藤佐太郎』を刊行している。未刊行の歌集や評論集もまだまだあるとの事であるが、今後は弟子筋に当る方々が研究発表されるであろう。私は歩道入会初期において、長澤文学に出合い、その教えを受けた十数年の年月を、今日の自身の文学基盤が出来たのだとただ懐しく思い出すのである。

（「短歌往来」平成二十六年四月号）

# 歌集『帰潮』再版について

平成二十五年十月号の角川の「短歌」は佐太郎先生の特集を組んでいる。佐藤佐太郎特集は、先生生前よりいくたびか組まれていて、今回でいったい何度目であろうか。佐太郎先生の特集や先生の作品を読み返すたびに私には発見があり面白いのである。今回の特集の中で、岩手の菊澤研一氏が佐太郎先生が読売文学賞を受賞した時の佐太郎先生の受賞の言葉を紹介している。「短歌は短い形式の抒情詩であるが、この短い詩は千数百年の伝統の中に磨きをかけられて、今日では詩としてほとんど極限の形を現わすべき時期に来ている。その短歌のぎりぎりの形はどういうものであるかという事について、私は私なりの信念を持って実作を追及して来た。」

菊澤氏が取り上げた文章の中から、特に私が注目した箇所がある。六十年前の佐太郎先生、四十代の言葉である。当時を知らない我々にとって貴重なものであり、佐太郎先生の著作物の中にも入っていない箇所である。佐太郎先生は十代より作歌されているが、歌集『歩道』の若き日より、短歌の伝統をふまえながら、短歌の極限の形を示すとの自覚を持って作歌されて来たのである。短歌に対してこれほどまでに強い信念を持って立ち向われた歌人は少いのではなかろうか。歌集『帰潮』によって、佐太郎先生が読売文学賞を受賞されたのは当然と言えば当然なのであるが、その受賞のいきさつについても菊澤氏は紹介している。「賞は三好達治の詩集『駱駝の瘤にまたがって』との間で十一人の選考委員による決戦投票が行われ、六対四、棄権一で決定した。委員に豊島与志雄、辰野隆、宇野浩二、折口信夫、正宗白鳥、小林秀雄、佐藤春夫、小宮豊隆らがいた。」と書かれている。受賞はすんなり決ったものと思っていた、私にとって驚きである。私は佐太郎先生より、歌集『帰潮』の読売文学賞について、「佐藤春夫が推してくれたからな」という事を聞いていたので、六人の中で残り何人の誰々が推薦したか興味ある事でもある。

歌集『帰潮』は昭和二十七年二月に初版が発行され、その年の五月に読売文学賞を受けている。そして、同年の十一月に再版が発行されたのであった。再版には帯がついていて、その帯文には阿部次郎氏が言葉を寄せている。

「『純粋短歌』の道を実践に移さんとする君の最近の努

力に興味を寄せてゐる僕としては、友人齋藤君の正系も君達の方に伝つてゐると思つてゐるので、特に期待を寄せざるを得ないのです。実行上には勿論色々難関が続出するでせうが、見当は決して違つてゐないつもりで邁進されることを希望します。」茂吉短歌を継承する最も力強いひとりとして、阿部次郎氏は佐太郎先生に期待を寄せているのである。『純粋短歌』はこの時点でまだ本になっていないので、阿部次郎氏は歌誌「歩道」の中に佐太郎先生が書かれている、純粋短歌論を読まれていたのであったろう。いずれにしても、茂吉先生の友人達も、茂吉短歌の行く末を注視していたのである。

　歌集『帰潮』は編年体で編集されている。これは佐太郎先生の十三歌集を通しての編集方針である。『帰潮』の再版において、初版といくつかの違った所がある。昭和二十二年の表紙扉裏に

　つつましく　かつかつにほふ　歌をよく　聞かん
とやする
　よしさらば　汝に告げてん　ひと時に　ひと歌
を見よ
　わすれても　ふたつな見そね　（森　鷗外）

の詩が載っている。

　また、昭和二十三年の表紙扉裏に

　たましひは流るるものぞ天ゆくや地ゆくやなべて止
まらなくに　（齋藤　茂吉）

の短歌一首をかかげている。昭和二十四年の表紙扉裏には

　伝統をありの儘にて見むとして努むるものは幾人も
あり　（齋藤　茂吉）

が載っている。昭和二十五年の表紙扉裏には

　情は刹那を　命にて　きえて跡なき　ものなれど
　記念に詩をぞ　残すなる　（森　鷗外）

がある。初版発行時には、この詩だけがあったのであるが、再版にさいして、茂吉先生と鷗外の詩を追加されたのであった。茂吉先生、鷗外は佐太郎先生の生涯追求した文学者である事を考えれば、歌集『帰潮』は当時の佐太郎先生にとって絶対の自信作なのであった。

　桃の木はいのりの如く葉を垂れて輝く庭にみゆる折
ふし

「桃の木は夏日にみな葉を垂れている。暑さに萎えたようでもあるが、それを私は敬虔な形として見たのであった。第一句は『帰潮』初版では「桃の葉」に誤植になっ

ていた。それ故誤植のままで云々された場合が多い。」これは佐太郎先生の「自歌自註」の言葉であるが、『帰潮』再版においても誤植のままになっている。こまかく見てゆけば、まだいくつかの変動があるかも知れないが、私が特に注目したのは、佐太郎先生の再版後記である。

「雑誌等にも種々批評が載り、私は感銘して読んだ。ただ批評のうち、私が後記で『私の歌には事件的具体というものは無い。短歌はさういふものを必要としないからである。』と言つたことに就いて、私が生々とした現実に背を向けてゐるかのやうに解して呉れた友が一二にとどまらなかつた。私の言葉は今更註を加へる必要もない程の常識であるが、人々は必ずしもさう思はなかつたと見える。詩はすべて『具象なる観相』によるべき事は言ふまでもない。つまり具体的なものでなければならぬのである。併しその具体は小説的な事件的なものではなく、詩として感情的な具体を要求してゐるのである。」

歌集『帰潮』と同時進行の形でこの時期、佐太郎先生は自らの歌論「純粋短歌」を書き継がれた。その項目のひとつひとつは大切なものであるが、主体は写生論の深化である。詩として永遠の相を見つめる為には写生の実践しかないのである。この歌集『帰潮』の再版後記における先生の言葉は「純粋短歌」の要約であるだろう。茂吉先生の「短歌写生の説」は、佐太郎先生の「純粋短歌論」として受け継がれた、我々はこの両先生の歌論に従って自らの短歌をおし進めている。写生が自らの信条なのである。佐太郎先生の事件的具体は必要としないというのは、先生の言葉を借りれば、二義的なものだからである。事件的なものにも詩としての面白みはあるが、佐太郎先生は二義的なものとして、しりぞけられた。「純粋短歌」における、一義的なものとは再版後記における「詩として感情的な具体」なのである。我々はややもすると事件的な具体が写生であるかのように思いがちであるが、先生の一義的なもの、二義的なものとの区別を常に心にとどめて短歌一首を作らねばならない。いずれにしても、佐太郎先生の「純粋短歌」の言葉は、今後も変らず我々の指針なのである。また私は再版後記にある「私の短歌観は今後もまづ動かないだろうと思ふ」という佐太郎先生の言葉に強い信念を感じたのである。

（「歩道」平成二十六年六月号）

# 私と天眼

歌集『天眼』の中に、佐太郎先生の祝婚歌が数首ある。その中に

　おしなべて味ひふかき人の生《よ》をあゆまんとする今日より君は

がある。この一首は佐太郎先生が私の門出を祝って作って下さったのであった。

昭和五十一年十一月十三日、佐太郎先生の生日を選んで、佐太郎先生夫妻に仲人をして頂いて、結婚式をする事が出来たのである。

先生は当時、体調不調であったが、君の披露宴では酒が飲めると言って楽しみにしておられた。披露宴の席では仲人として挨拶して下さった。その話の中で今も鮮明に思い出す言葉がある。先生は、短歌は世間一般では良い趣味と言われているが、「私達が考えるとそれは単に趣味じゃなく、それ以上の実際の生活の上においても短歌をやっているという事が、ほかの事に比べると、もう一寸《ちょっと》重みがある。」と言われ、続けて、

「この結婚を機会に志を立てるというか、道元禅師なども言っております。道元禅師はお坊さんですが、お坊さんの上において悟りを開いたり、開かなかったりするのは、つまり志を立てるか、立てないかによって決るというような事を言っております。」と挨拶されたのであった。私に対する先生の花むけの言葉であるが、短歌に対する先生の考え方があり、また今後短歌を作ろうとする人に共通する言葉であると私は理解している。志を立てるという事は、有名になり世間一般の人々に知れ渡る事を目ざすのではなく、また短歌に専心して、いわゆるプロと言われる人になるのを目ざすのではないだろう。むろん自ら恃む所があれば、果敢に挑戦すべきかも知れない。私は志を立てるというのは自身の信念を確立し、信頼する師の、例えば茂吉先生の「写生説」、あるいは佐太郎先生の「純粋短歌」を自らのものにする事であると思うのである。

（「歩道」平成二十六年六月号）

# 即詠歌会　創刊七十年「歩道」と私（Ⅳ）

佐太郎先生は、生前即詠歌会を積極的に開かれていた。例えば、数人の仲間と旅行に出かけた時など、かならずと言っていいほど即詠歌会をされた。私も若い時、佐太郎先生といく度も旅行に随行しているがそのたびに即詠歌会をして、司会などしたものである。昭和五十二年、オーストラリアの旅の帰途、飛行機の中で歌会をしたのが、今も楽しい思い出になっている。佐太郎先生との即詠歌会については、秋葉四郎氏がその魅力についていく度か文章に書いている。また、秋葉氏は先生の志を受け継いで、旅行先で仲間と何回となく即詠歌会をされているようだ。即詠歌会は本当に心を許しあえる仲間と開いて、もっとも意義あるものと思う。

さて、先日吉田和氣子さんの形見を整理していた所、色紙額の裏面に、即詠歌会の詠草と記録が出て来た。昭和五十五年十月五日、佐太郎先生夫妻と編集委員とで新木場の埋立地に吟行会に行った記録である。

0　秋暑き日の照る水路に貯木場の遠くつづきてその匂たつ　（松生富喜子）

2　夢の島と名づけて塵芥になりし島秋日にけぶり海中に見ゆ　（吉田和氣子）（和歌森・福田選）

2　遠くこし思ひこそすれ埋立の常見ぬひろき空と草原（吉田和氣子）（志満・熊谷選）

3　しののめの埠頭岸壁ここに見る陸地いづこも人工に成る　（佐藤志満）（松生・秋葉・榛原選）

4　秋の日に黒き実をもつ車輪梅埋立なりて幾年経けん（佐藤志満）（松生・吉田・秋葉・福田選）

2　埋立てなりたる埠頭広々し夥しき貨物堆積のいろ（香川美人）（和歌森・松生選）

0　新木場の運河の木々に生ふるものわづかのかびの緑さやけし（福田柳太郎）

1　いづこにも多き直線の構築あり一望にひろき埋立みれば（福田柳太郎）（熊谷選）

2　埋立の草原秋の日に照りて穂すすき光る遠世のごとく（榛原駿吉）（和歌森・佐保田選）

6　木材に漂ふ日の香木材にまつはる雀新木場あたり（秋葉四郎）（先生・香川・志満・榛原・熊谷・佐保田選）

3　貯木場に重々とうく太き木に秋暑き日のひたすらに

さす（熊谷優利枝）（香川・佐保田・先生選）

0　ひたすらに秋日のそそぐ貯木地の乾く木肌の白のしづかさ（熊谷優利枝）

2　貯木池の木の香の中にをりたちて憩ふものあり白鷺いくつ（佐保田芳訓）（先生・吉田選）

5　埋立ててなりし広原おのづから生ひたる葦の穂群かがやく（和歌森玉枝）（榛原・香川・志満・吉田・福田選）

1　人工の島に笹しげる丘ありて晴れし秋日に音なく光る（佐藤佐太郎）（秋葉選）

右の十五首は当日参加した人達の詠草で、吉田・志満先生・福田・熊谷の四氏は二首提出された。一首の上の数字は点数である。当日の事について、秋葉四郎氏の『短歌清話』に

「船橋の稲荷屋で昼食をすることになっている。（中略）船橋市街に入ってからは、変わってしまってどこに来たのか、少しも分からないという。稲荷屋で鰻と刺身を中心とした昼食。先生の『作歌の足跡』の出版祝賀。熊谷優利枝さんの医家芸術賞祝賀を兼ねて小宴。」とある。

当日、秋葉氏、熊谷さん、私の三人の車に分乗して行ったのである。

あたたかにしたたる如き秋の日をあびて人工の島に遊びき

佐太郎先生は歌会詠草の他にこの一首も後に作られて、当日参加した人達全員に揮毫して下さった。今から三十年以前の事であるから、私の記憶も不確であるが、先生の一首にある通り、秋の日と言えど、残暑きびしい日で、埋立地であるから、さえぎるものもなく直接日の光を浴びるような日であった。日傘をさして吟行したのである。午前中、佐太郎先生はその暑さに閉口して、やや不機嫌であったが、稲荷屋で、少々のビールと鰻を食べてからは、元気を取り戻されたような感じであった。当日の私の日記には、吟行会に出席したとの記述があるが、実はこの詠草の一首一首を記録していなかった。別紙として持っていたのであろうが散逸していたのである。吉田さんの形見として再発見した感じで、私の歌も記憶から消えていた。むろん自身の歌集にも入っていない。私は当時「歩道」に入会して十年目で、三十歳になったばかりである。したがって、私の一首は未熟である。私の一首を別としても、ここに記した即詠歌会詠草の一首一首は実に立派なものであろう。自身の歌に引きつけ

て、参考に出来るのではないだろうか。即詠歌会でこれほどの粒のそろった詠草は稀ではなかろうか。ここにも「歩道短歌会」の歴史の一端を見る思いである。この詠草には短歌は抒情詩であるとの強い信念で作歌した人の心がこもっている。

（「歩道」平成二十七年十月号）

# 佐太郎と道元禅師

## （一）

私は「佐太郎と鷗外」の文章の中で、佐太郎先生が生涯訪問したい土地があったと言って、長崎や、島根県津和野、あるいは中国の恵州、および海南島などの地名をあげている。これらの土地にはすべて行かれて、その思いを遂げた短歌を作っている。さらに地名をあげるとすれば、京都や福井県の永平寺がある。

寺庭に消《け》のこる雪をぬきいでて紅梅一木さく偈頌《げじゅ》のごとくに

右の一首は昭和四十三年四月念願の永平寺におもむき作った、佐太郎先生五十九歳の時のものである。この一首は『及辰園百首』の中に入っていて、先生の自信作なのであるがその自註に

「翌日、福井の永平寺へ行った。永平寺は曹洞宗の大本山で、道元禅師の開基である。たくさんの殿堂をつなぐ廊下を行くと、庭には屋根からおろされた雪がうず高く残っていて雪の中に紅梅が豊かに咲いている坪庭もあった。思いもかけないこの状景は常識をこえている。

たとえば禅僧が悟りの境地を韻文で言った偈のようなものだ。この連想は道元禅師が心にあるから自然に動いたものとみえる。」

と言っている。また、『及辰園百首』では

「私の結句もまた偈などのようにひびくところが無くもあるまい。こういう表現も写生のうちである。」と言っている。佐太郎先生は若き日には、もっぱら日本や西洋の詩集を耽読していたが、壮年になって道元の『正法眼蔵』に出合っている。先生の「私の愛読書」の中に

「道元禅師の『正法眼蔵』に『面々みな生死なるゆゑに恐怖すべきにならず』という言葉がある。また『生も一時のくらゐなり、死も一時のくらゐなり、たとへば冬と春のごとし』ともいっている。道元の言葉も人の心を鎮める力があるが私は当時まだ『正法眼蔵』を読んでいなかった。」とある。私は前に佐太郎先生は生涯、鷗外を自身の文学の指針にしていると書いている。また、色々な作家からも吸収消化して、短歌一首に生かしているとも書いている。しかしその根底となる人生の生き方については、誰も今まで書いていないし、指摘もしていないだろう。私は佐太郎先生の人生の処し方は道元であると思う。

　東林の総長老に贈る

渓声便是広長舌　渓声すなはちこれ広長舌
山色無非清浄身　山色、清浄身に非ざるなし
夜来八万四千偈　夜来八万四千偈
他日如何挙似人。他日如何にか人に挙似せん

右は蘇東坡の詩である。石井恭二の口語訳によると、

深川の音は雄弁でした、
山の姿を仮りて、すべて煩悩の身でないものはない
と語りかけ、
渓川の音は流れながら停止し、山は声を掛けてきた
のです。
無情ということが、やっと分かったようです。夜来、
偈を考え抜きました。
他の日、どうやって貴方にそのまま
お伝えしたものかと。

と訳している。ここで蘇東坡は詩の中に偈と言っている。

この蘇東坡の詩を引き合いに出して、道元は『正法眼蔵』の第二十五「渓声山色」を書いている。これも石井恭二の『現代文正法眼蔵』より引く。

「大宋国に、東坡居士蘇軾という人があった、字は子

瞻と云った。宋代第一の詩人であり、仏道においても勝れた修行者であった。その境地は深淵に遊び、層雲にも自在に昇降し得た。あるとき、廬山の東林寺に参禅した折りに、渓流の夜の音を聞いて悟りを得た。偈をつくって、常総禅師に呈した。」

道元は仏道者で、蘇東坡の詩集をことごとく読んでいるとは思えないのであるが、蘇東坡が、参禅した記録があるのかも知れない。また、道元自身も宋国に留学修業した事があり、宋の詩人に親しんだのであったろう。

蘇東坡のこの一篇の詩について、道元はさらに

「渓流の音を聞いて悟りを得たこの故事は、さらに後世に裨益することが多い。しかしあわれむべきことに、人は幾度とも覚者の説法を聞きながら、その教えを身に付けることが無いのである。ましてどうして蘇軾のように山色を見、渓流の音を聞くことがあろうか。悟りの境地を開示する一句なりと、半句なりと、八万四千偈に接しようと〔なかなか人は、〕悟りを身に付けることが無いのである。見事ではないか。」

と蘇東坡を賛えている。佐太郎先生の永平寺での一首も、道元が見ればある境地に立たれていると言うだろう。蘇東坡は禅のみにおいて悟りの境地に到ったのではなく、詩人としてものを見る眼があったからでもあろう。佐太郎先生は蘇東坡のように禅の修業をされたのではないが、「自然自己一元の生」の根本思想があり、詩人としてものを見る眼を常に磨かれたので高い境涯に到ったのである。

昭和四十三年十二月、川端康成はノーベル文学賞受賞の記念講演で「美しい日本の私」と題して、講演をしている。日本の古典文学、芸術を紹介して世界に発信している。その中で道元禅師の一代の和歌集である『傘松道詠』の一首を引用している。

春は花夏ほととぎす秋は月冬雪さえて冷《すず》しかりけり

『傘松道詠』六十首の中の一首である。日本人の芸術に対する伝統的なものの考え方捉え方を川端康成の独特の感性で語ったのである。この川端の講演により道元禅師が和歌を作る仏道者である事が、世間一般の人々にも知られるようになった。むろん佐太郎先生も道元の『傘松道詠』の存在は知っておられた。しかし、川端康成が引用した一首は、短歌作家から見れば、道元禅師といえどもややもの足りないのではなかろうか。禅における境涯が私などは出ていると思うのであるが、斎藤茂吉は、この『傘松道詠』について、『童馬漫語』の中で、「道元

禅師の『傘松道詠』を見たが、矢張り道歌がおほく、『あなたふと七の佛の古言を学ぶ六《むつ》の道を越えけり』などは先づよい方である。」と言い、さらに、

「予は僧侶の生活に興味を有つてゐた。本当に女人をいだかないかといふだけでも予は尊いと思つてゐた。そこで其の歌にも必ず尊い処があると期待して居た。ところが実際になると、普通の歌人の歌と違ふ点は道歌が多いといふ事だけである。」と言っている。非常に高いレベルからの卓見である。斎藤茂吉にしか言えない言葉であるだろう。佐太郎先生も道元禅師の和歌について言えば茂吉と同意見であったかも知れない。佐太郎先生は、この『傘松道詠』について、あえて触れないのである。佐太郎先生は、道元禅師が和歌をたしなむ仏道者である事だけをみとめられたのである。敬愛すべきは『正法眼蔵』なのである。

## (II)

道元禅師の『正法眼蔵』は、多くの人々が愛読して来た書物で、今日も人々に読みつがれている。特に文学者、哲学者はその魅力にとりつかれ、何十年もかかって読む者もいるくらいである。何百年も前に書かれた書物にもかかわらず、人をひきつけてやまないのは、いったいどういう事か、私には理解し難いが、世界思想史上の至宝であるからだろう。

作家中野孝次は、

「なぜ自分はこんなに『正法眼蔵』に惹かれるのか、とわたしはときどき自問したものである。第一に思い浮ぶのは、これは自分を救うように作用する、ということだった。『正法眼蔵』のある章句を、たとえば「全機」のなかの、

――しるべし、自己に無量の法あるなかに、生あり、死あるなり。

を、歩きながら口ずさむと、それだけで生死の不安から解放されるような気がした。そういう力づける章句がだんだん増えていくのがうれしく、わたしは『正法眼蔵』を読みつづけてきたことがわかった。」

と書き、さらに

「私は『正法眼蔵』を文学として読んだ、と言ってよさそうだ。わたしが惹きつけられてきたのは、ただ道元の文章の力、によってだったのだから」と言っている。

中野孝次は何年も『正法眼蔵』を読みついで、現代日本の生き方としてあるべき姿を『正法眼蔵』の中に求て、

『道元断章』(岩波書店)を書き上げたのであった。

作家で歌人でもある上田三四二も道元禅師に魅了されたひとりであろう。上田三四二は周知のように癌と戦いながら、歌人として、作家として活躍した。癌という病をかかえながら、常に死と対峙する日々において、道元禅師の『正法眼蔵』は、みずからの魂の救いになったのではなかろうか。その著『この世この生』の中で、

「道元の思考は沸騰する。主語と述語は引裂かれ、新しい結合は奔放をきわめつつ、論理はそこでは体をなさない。彼は聞く者を翻弄しているのか。道元はただ『而今の山水は、古仏の道成なり。』——今、此処に、あるがままにある山水が、そのあるがままにおいて真実相をあらわにしていることの道理を示そうと、苦闘しているのである。」

と言って、『正法眼蔵』を読み解いて行くのであった。私はこの言葉など『正法眼蔵』の本質を言い当てた言葉であると思っている。いずれにしても、作家それぞれの立場や、境地において『正法眼蔵』は、いかようにでも論じられるのである。

佐太郎先生は先にも言ったように、壮年になって『正法眼蔵』に出合っている。むろんその著書の根本を理解され、おりに触れて読まれたのである。ただ佐太郎先生の場合、他の作家と違い、短歌作家として常に身に引きつけて『正法眼蔵』を読まれている。

「道元禅師の『正法眼蔵』に『西国高祖曰《いわく》、雪山喩大涅槃、しるべし、たとふべきをたとふ。たとふべきといふは、親曾なるなり。端的なるなり』という一節がある。西国の高祖というのは釈迦を指すらしいが、その釈迦が、涅槃即ち悟りの境地というものは例えば雪山(ヒマラヤ)のようなものだといった。それは喩えるべきものを喩えたのだ。喩えはこのように親密で正確でなければならない、と道元は言っている。わたくしは『たとふべきをたとふ』という語気を愛しているが、わたくしたちの『如く』もまたそうでありたい」。

この文章は『短歌作者への助言』にある一節である。短歌の比喩についての「如く」の使い方に言及した言葉だが、その具体的な例として道元禅師の言葉を引いたのである。この一例のように、佐太郎先生は常に短歌について、あるいは短歌作者の態度のありようとして、道元禅師の言葉を引いている。「如く」の比喩についての引用も、よほど日頃から道元禅師の『正法眼蔵』に親しんでいなければ出来ないのではないか。

「ついでにもうひとつ道元のことばをひくことにする。『知識若し仏と云は蝦蟆蚯蚓ぞと云はば、蝦蟆蚯蚓を是れぞ仏と信じて日比の知解を捨つべきなり』。これは『正法眼蔵随聞記』にある道元のことばである。道元は『心は艸木と云はば、便ち艸木を心と知り、仏は瓦礫といはば瓦礫を便ち仏なりと信じて、本執をあらため去らば道を得べきなり』とも言っている。学道の人が悟を得ようとするならまず旧見を去らなければならない。我見に執してはならないと道元は言っている。

禅と短歌とは同じではないが、論理を越えて悟入するところがなければならないのは似ている。」

引用が長くなったが、これも『短歌作者への助言』の中の言葉である。禅問答のような道元禅師の言葉であるが、短歌作者にとって最も大切な作歌態度のあるべき姿を示している。

「論理を越えて悟入する」は、短歌を作る上での究極の難題であると私は思うのだが、佐太郎先生は「悟入」という項目を立てて、みずからの本の中で、説いている。

さて、佐太郎先生が、永平寺を訪問した時の一首、

寺庭に消《け》のこる雪をぬきいでて紅梅一木さく偈頌のごとくに

について、前に佐太郎先生が高い境涯に達せられたと、私は言っているが、その高い境涯とは、道元禅師の禅の世界の言葉で言えば、悟りを得たという事になるのではないか。短歌の世界において佐太郎先生はみずから言う、「悟入」されたという事なのである。

やうやくに老いつつ思ふわれの得し肯定は論理のたすけを待たず

この一首は、歌集『開冬』にある佐太郎先生六十四歳の時のものである。先生の境涯詠であるが、自身の短歌についての考えは、もはや理論立てしなくても良いというのである。この一首を見ても、佐太郎先生が「悟入」された事が見てとれるのである。

さとりてもこれにてよしといふ事の無き奥行に常にこだはる

歌は禅などと同じなり。自ら悟るものなり。されど一旦悟ればそれで終るものに非ず。修業はどこまでも続けてゆくべきものなり。教へつつ学ぶ者はあれど、教へ得る者少し。

右の一首は佐太郎先生最晩年の歌で、むろん先生の自画像の歌であるが、「さとり」という言葉が使われている。佐太郎先生全短歌でもこの「さとり」という言葉は最初

で最後である。この一首からも、佐太郎先生は短歌の世界において、みずから悟られたのであった。また、めったにない、詞書には、短歌の道は、禅と同じであるとも言っている。道元禅師の『正法眼蔵』が体内にあったからであろう。

「しかるに、発心は一度であってその上に発心することはなく、修行は無量であり、覚りは一度のものであると考えるのは、仏法ではない、仏法を理解していないのだ。仏法に出遇っていないのだ。」

これは『正法眼蔵』の六十三「発心提心」にある道元禅師の言葉である。佐太郎先生の詞書にある、「一旦悟ればそれで終るものに非ず」と同じである。この感覚は、体験した者でしか言えない言葉であるだろう。

道元禅師は、いまさら私が言うまでもなく禅の世界において、仏道修業を積みかさね「さとり」の世界を展かれた方である。その著『正法眼蔵』を読めばわかるのだが、その生き方は只管打坐のみであった。覚りを得るという目的の為に仏道修業をするのではないのであり、仏教において人々を救うというのでもない、ただ仏教の本質を希求されたのであった。

佐太郎先生は、私の浅学な私見になるが、短歌において悟入されたのは、道元禅師と同じように、ひたすら短歌のあるべき姿を希求され続けられたからであろう。先生が「悟入」されたのは、先生の才能であると言えばそれまでだが、私は才能だけではないと思う。また茂吉先生という、仏教でいう「高僧のほとり」にいたから「悟入」されたとも思えるが、それだけではあるまい。佐太郎先生の最晩年の言葉に「死ぬまで努力」が必要というのがあるが、道元禅師も「修業は無限」といっている。佐太郎先生の「純粋短歌」は佐太郎先生の短歌の道に「さとり」をもたらした、理論構築であった。

（「歩道」平成二十七年十二月～二十八年一月号）

## ヨーガ

佐太郎先生の晩年は、蛇崩遊歩道の散策が主な日課で日々の散策によって短歌を作られたのである。歌集『天眼』『星宿』『黄月』の三歌集には、蛇崩が頻繁に出て来る。

　街あゆむ心は寂し行く年を惜しむはおのがいのちを惜しむ

歌集『天眼』にある一首である。この歌のように、みずからの命を刻む短歌一首に魂を吹き込まれたのであった。自宅から往復数キロでしかない行動圏の中で、毎日変りばえもしないと思われる風景を詠い続ける事は、おそらく凡人には出来ない事だと私は思う。しかもその行動は、先生の晩年から死に到る十数年も続いたのである。晩年の名歌と言われる歌も大半は蛇崩での作品である。実に見事と言うほかはない。風景が同じように見えても先生にとって毎日が変化しているのである。

　杖ひきて日々遊歩道ゆきし人このごろ見ずと何時人は言ふ

　葉をもるる夕日の光近づきて金木犀の散る花となる

蛇崩遊歩道での作品を引けば、切りがないのであるが、その内容は死を見つめたものもあり、老境の悠然とした境涯を表現したものもあり様々である。二首目の歌などのように詩的感覚の鋭い歌もあるのである。

　さて、先生の日課といえば他にいくつかあった。

　私は佐藤家の二階にある、佐太郎先生の書斎にたびたび入らせてもらった。校正や編集をする、編集室の隣室にあるのであるが、弟子といえども、めったに入らせてもらえない。書斎には机の前に先生の一日の日程表が、かかげられている。その日程表には蛇崩への散策も書き込まれているが、朝一番になすべき事として体操と書かれてある。

　晩年の先生にとって、健康管理のために体操があった。私は先生がどのような体操をされたか、まったく記憶にない。編集室の片側の隣室には、懸垂をするための健康器具などが、いくつか置かれてあったから、それらも利用されて体操をされたのであったろう。

　道ゆきて今われの眼のあかるきは二日体操せしゆゑならん

　先生が自身の体操を一首にされた歌である。佐太郎先生の作品として取り立てて秀歌とも言えないが、感覚的にものをいう点では先生らしい所が出ている。上句の感じは作者ならではのものであろう。いずれにしても、佐太郎先生の蛇崩遊歩道散策への出発の前に体操があったのである。

私は昭和四十五年八月「歩道短歌会」に入会している。入会の経緯については、自身の歌集の後記や、本誌にもたびたび書いているので、ここでは省略するが、佐太郎先生が六十歳、私が二十歳であった。「歩道短歌会」に入会したと同じ頃、私はヨーガにめぐりあっている。ヨーガは今日では健康体操として多くの人に認知されているが、昭和四十年、五十年代には、知る人ぞ知るといった存在で、今日ほど人に知られた存在ではなかった。インド哲学者の佐保田鶴治らが日本にヨーガ普及運動を始め、いくつかのサークルが出来ていた。

佐保田鶴治は私の父の親戚筋に当る。父の若き日、当時、新進気鋭の学者であった鶴治先生の家に下宿し、京都の大学に進学する予定で日々を過した事もあり、鶴治先生との交流は親戚以上のものがあった。鶴治先生がインド哲学を研究して行く中で、最後に到り着いたのがヨーガなのである。私も当然鶴治先生の影響を受け、ヨーガに関心を持ち、道場にも通って、ヨーガの体位のいくつかをマスターしていた。

昭和五十七年四月、ヨーガがようやく世間に認知されるようになり、ＮＨＫの趣味講座として放映されたのである。講師を務めたのは佐保田鶴治である。この放映を佐太郎先生も見て下さり、幾分ヨーガに関心を持たれたのであった。私がヨーガをしている事を、以前からヨーガの歌を作っていた事もあり、佐太郎先生は知っておられた。この放映を契機に、ヨーガの良さを知ってもらい佐太郎先生にもすすめようと、私は佐太郎先生の前で、ヨーガの体位のいくつかをお見せしたのである。先生の日程にある朝の体操を、ヨーガ体操に変えてもらえばさらに健康の増進になると思ったからである。

すきの体位、コブラの体位、弓の体位、ラクダの体位、等々。そしてシャバ・アーサナ。私は何年間の間に取得した、自身の力を込めて、佐太郎先生に見て頂いたのであった。当時の私は今と違って二十代後半であるから、二、三日、ヨーガを休んでも体が柔軟で、筋肉も硬直せずすぐに元にもどるのであった。私の体位を見て佐太郎先生は、

「とてもじゃないけど、ついて行けない。」

と一言、言われたのであった。いくつかの簡単な体位を真似て、体操して頂いたが、先生は積極的に取り入れ

ようとは思われなかった。私のヨーガ体操があまりにもアクロバティックに見えたからであろう。

袖手不言、跏趺終日、両眉雖挙、亦用皆寂、
寂不為身、動不為人、天作時雨、山川出雲

袖手《しゅうしゅ》して言《ものい》わず、跏趺《かふ》して日を終わる。両眉を挙《つりあ》ぐといえども、またもって皆寂《しずか》なり。寂《しずか》なれども身のためにせず。動けども人のためにせざれば、天、時雨《しぐれ》を作《おこさ》しめて山川雲を出だす。

〔訳〕懐手《ふところで》を黙《だま》ったまま、結跏趺坐《あしをくんですわる》こと終日《ひねもす》。二つの眉をつりあげてはいるが、諸器はみな寂《しずか》そのもの。寂《しずか》ではあるが、自分のためにそうしているのではない。活動しても特定な人のためではない。（法に従ってのこと）だから、さながら天が時雨《しぐれ》を降らせ、山川が雲を湧き起こすようなもの。

右は蘇東坡の『東坡禅喜集』にある詩の一篇である。蘇東坡が参禅して自らが詩作したものを集めて『東坡禅喜集』があまれたのである。平成十五年に復刻されて、国書刊行会より出版され、訳は編著者の飯田利行のものである。佐太郎先生は周知のように、晩年蘇東坡に傾倒され、幾たびも全詩集を読まれている。その詩集の中には、当然この『東坡禅喜集』にある詩篇もあったであろう。私がヨーガの体位をお見せして、ほどなく佐太郎先生が蘇東坡もヨーガをしていた事を伝えて下さった。右の詩篇はその事を示す詩であるかも知れない。ヨーガでは、いくつかの体位をした後、瞑想し、心の安定を得るのである。

ヨーガとはサンスクリット語で、今日的に言えば心をコントロールするという意味である。蘇東坡の詩篇は、蘇東坡の自画像である。結跏趺坐《けっかふざ》は足を組んで坐る事で、禅における坐法である。この詩篇にある蘇東坡の姿は広い意味でのヨーガであろう。先日、私は国立国会図書館に行って、『東坡禅喜集』を一通り読んだのであった。ただ、詩集の中にヨーガを示す「瑜伽」という語は見当らなかった。

佐太郎先生が逝かれて、すでに四半世紀が過ぎた。私も年齢を積んで、若き日に佐太郎先生に出合った、先生の年齢に到った。私はヨーガといまだに縁が続いているという程度ではあるが、自身折々に気のむくままに続けている。無論多忙な日々を送っているので道場には通っていない。今の年齢になって長くヨーガを続けて思うの

は、若き日に先生にお見せした、アクロバティックなヨーガは必要ないのである。無論今の私は若き日の肉体ではない。ヨーガは年齢に応じたものをしていれば健康が維持出来るのである。あの時、佐太郎先生の年齢に応じたヨーガのいくつかをお勧めし、健康を維持して頂ければ、蛇崩遊歩道での名歌のいくつかがさらに増えたであろうと思う。

（「歩道」平成二十八年一月号）

## 淡水河

ここ数年、毎年台湾の台北に行っている。昨年は、息子の結婚式が台北であり、妻と娘、また義姉夫妻と共に披露宴にも出席した。嫁の親族、友人も出席してくれて、二百名近くの人が集ってくれた。一日中、北京語の飛び交う中にいて、何がなんだか解らないまま、披露宴が無事に終ったのであった。

今年も、季節的に十月が一番安定した日々が続くので、妻とふたりで台北に行き、いつもの店で中華料理を食べるなどの計画を立て、飛行機とホテルの予約をしたのであった。ところが、出発二週間前になって、妻のかかりつけの病院から連絡があり、先日の検査結果が芳しくなく、旅行はひかえるようにと、ドクターストップがかかったのである。妻と相談して、妻が気晴らしにあなたひとりでも行くようにとの勧めもあり、またキャンセルをすれば、すでに支払ってしまった、旅行代金が二重の損失になるので、私ひとりで行く事になったのである。

ひとり旅はいつもの事で、誰にも気を使う事なく、自分の旅のスタイルとしては一番合っているのかも知れない。飛行機は早朝便なので、自宅から車で、中央道と首都高速など経由して、羽田空港の駐車場に車を置いて飛行機に乗った。

私が台北にたびたび行くようになったのは息子が日本の大学を卒業したにもかかわらず、中国語を収得したいと言い出し、台北の国立大学に留学して以来の事である。息子の日頃の生活と彼を励ます為に訪れたのは十年前の事であった。それ以来、台北の街に親しみを持つようになった。中華料理店もなじみの店も出来た。また、人々の生々とした生活を見るのが好きである。例えば露店のならぶ朝市に活気があり、今回の秋の日でも、早朝から、取り立ての新鮮な果物が所狭しと並べられ、柿、林檎、葡萄、梨、等々日本でも馴染の果物が売られている。私の好きなマンゴーは季節が終ったために置かれていなかった。無論、川魚や海の魚など、ありとあらゆる雑貨も、売られていて、観光客などほとんど来ず地元の人達が利用しているのである。

夜市に到っては、台北の街の数ヶ所で展かれ、観光客がかならず訪れるという有名な夜市は、群集の中にいると言った感じで、露店での焼物や煮物の辛辣な匂いも立ちこめて、一時間も歩けば疲れてしまうほどである。

さて、私が台北に来ると必ず訪れる場所がある。淡水河の河口である。

渡船場《とせんば》に船待つ人のおほよそは富めりともなくみな用を持つ

佐太郎先生の歌集『地表』の一首である。東京の佃であるが、今日の東京では渡船場は姿を消している。しかし、ここ淡水では二十分くらいの間隔で、早朝から晩まで船が往復している。まさに「富めりともなくみな用を持つ」なのである。数年前、淡水の渡船場から、観音山のふもとにある、対岸の八里まで行った。淡水河を横断する船なのであるが、その時淡水河がその末端で東支那海と融合し、さらにさらに広い世界を展開していた。その日は夏の暑い一日で、東支那海に夕日が沈んでゆくのが見えた。数十分の時の移ろいの中で、淡水河もその先の東支那海も、空も雲もすべてが一体となって赤々と燃えるように夕映えていた。私もおそらく全身が赤くなっていたであろう。私はこの時の感動が忘れられず、また、広大な海が自身の心を癒してくれたので、台北に来るたびに淡水を訪れるのである。今回は、早朝便で羽田を出たので、午前九時には台北に来る事になった。息子の友人の勤めるホテルにチェックインした後、夕暮を見はからって、淡水の渡船場から船に乗った。淡水河を横切り、遠く東支那海が見渡せ、雄大な風景は相変らずであったが、残念ながら、空には厚い雲がかかり、夕日を見る事が出来なかった。ただ潮風が身にここちよかった。対岸の八里に着いて、間もなく折り返すように、淡水にひきかえす船に乗った。秋の日がとっぷりと暮れて淡水河は暗闇となった。船から、淡水河に沿って、立ち並ぶ露店や小さな店の灯りが耿耿と照らし出され、ひとすじの光となり、河に浮んでいるように見えた。船は岸に近づこうと進んでいるのだが、そのひと条の光はあたかも遠離るように思えたのである。美しい光である。私はその光をながめながらこの夏の出来事を思いかえした。

私は平成元年、私が最も信頼し、最も心を打ちあけられた、友であった室積純夫を亡くしている。短歌の道に互いに励まし合って来た友人以上の友であった。彼は家族が留守してしばらく家をあけた時、ひとり自宅で血を吐いて亡くなっていたのである。亡くなった当日、夫人がまっ先に私に連絡をよこし、私は車でただちに横浜の彼の家に行ったのであった。自殺か他殺かを調べる為、検察医の検査に時間がかかり、自宅にもどされたのは夕方になってからであった。私は彼の突然の死に涙が止まらなかった。何より、自身の心のよりどころとしていた友だけに衝撃が強かった。肉親の死以上の悲しみと言っていい。このような事が、自身の身の上に二度と起こらない事を祈って来たのだが、今年の夏、短歌の仲間ではないのだが、三人の友との別れがあった。ひとりは私の会社の部下で、私を尊敬してくれた、若い友人で、室積同様、自宅マンションで、ひとり逝ったのである。上京する親族の来る前に、検察医の検査を受けるべく、都内の病院に私が行く事になった。

あとの二人も学生時代からの友人で、共に心を許しあえる友というべき人であった。突然潮が引くように、私は心の絆を断ち切られてしまったのである。そう言えば、佐太郎先生も、最も信頼し、自身を尊敬してくれていると思っていた人達に別れられた。先生と弟子という関係であるから、私の場合と話は違うが、心の絆を断たれたという点では同じであるだろう。私は佐太郎先生の晩年の悲しみのひとつを、味う事になったと思った。淡水河に浮かぶひと条の光をながめながら、人生において生ある限り、享受すべきものであるとしみじみと思った。妻が気晴らしにと言った言葉が心にしみた。

真上より光さしくる石壁のしづかさ石の吐く霧うごく

空せまる太楼閣《たろこ》の谷は山を見ぬまできはまりて寒き石壁《せきへき》

乾坤のふかきところに雲はみゆ断崖一千米《メートル》のうへ

連想が佐太郎先生に及んだので、佐太郎先生の歌を引いた。右の三首は佐太郎先生が台湾に行かれ足跡を遺された、太楼閣渓谷の作品十三首のうちの一部である。歌集『形影』に収められている。佐太郎先生の作品の中でも私の好きな作品群である。短歌の表現とはこのように捉え、このように表現すべきであるとの暗示があるだろう。また短歌の単純化について考えさせられる点も多々あると思う。そしてなにより、ものを見る事の大事さを思わずにはいられない。一首一首の鑑賞は他日にするとして、気持が壮大になり、短歌の力強さが感じられるのである。太楼閣渓谷は台湾の花連という街がその入口で台北から一日観光のツアーもあり、行く事が出来るのである。

私は何度も台北に来ておきながら、この太楼閣渓谷には行っていない。本来なら、先生の歌を研究する為に、いの一番に行く所であり、私のこのむ淡水河どころではないのである。私は若き日に佐太郎先生に直接、短歌の指導を受ける幸運を得た。佐太郎先生は周知のように短歌に対しては、自身にも厳しく、人にも厳しい人であった。私は十数年もの間、短歌において褒められたという記憶は数えるほどしかない。ある時、短歌の添削をしてもらった時、「俺の行ったところには行くな」と言われたのである。直接先生から聞いた言葉のいくつかは記録してもあり、また記憶から消えてしまっているものもあるが、この言葉は今も心に残っている。佐太郎先生は人を見て法を説くという指導をされたから、私への言葉がすべての人にあてはまるわけではない。ただ自身にとって大事な言葉である事に今も変りない。私もある年齢に達したのであるから、先生のこの言葉から解放されて、台北にまた来た時には太楼閣へも行って見ようと思う。

（「歩道」平成二十八年二月号）

# 蘇東坡随感

秋葉四郎氏の『短歌清話』（佐藤佐太郎随聞）は、佐太郎先生の晩年の日常生活や短歌、あるいは思想を知るうえでの第一級の著作であろう。本誌における歌集合評においては、評者が必ずと言っていいほど『短歌清話』を引用しているいわばバイブルのごとき存在なのである。

平成二十一年九月『短歌清話』が出版された時、確か東京歌会終了後に秋葉氏を囲んで、ささやかではあったが、お祝いの宴をしたのであった。私も指名されたので、本の読後感などを述べた。何を言ったか今となっては記憶もおぼろになったが、私もこの本の中に幾度も登場すると言った後、この本の出版に到るまでには多額の軍資金が費やされていると言ったのであった。例えばこの本の中で秋葉氏は佐太郎先生に随行して海外旅行に九回行っている。私も五回随行させて頂いた。私はその旅費をおおよそ、三百万円近く出したと記憶していたので、秋葉氏に到っては、国内旅行も入れれば、十数回に及んでいる。私の三倍近くの費用と思ったので、一千万円近くの出費であると思い、その事を言った。下世話な話だと人は思うかも知れないがそうではない。『短歌清話』にある佐太郎先生は、旅行に行くにはお供が必要だった事もあるが、それまでの出費をしても佐太郎先生の姿を後世に伝えようとした意志が尊いのである。弟子としての強い気持がなければ出来る事ではあるまい。

さて、その『短歌清話』には、蘇東坡を語る佐太郎先生の姿が多く出て来る。晩年の佐太郎先生は殊に蘇東坡の影響を受けている。歌集『星宿』『天眼』などの歌集名は蘇東坡である。

昭和五十四年二月二十一日、編集会や雑誌の校正とは別に、佐太郎先生の依頼の仕事を持って、秋葉氏は佐太郎先生を訪ねている。記述の後段に、

「私が以前いただいた『蘇東坡』（葉書箋の表紙）に落款をいただいた。『お前はこんなものまで持っているのか』といって笑う。それが機縁で本物の蘇東坡の言葉を一ついただいた。

蘇東坡　題栖林壁
横看成嶺成峯　遠近高低無一同
不識廬山真面目　只縁身在此山中

解説して言う。『比較的有名な詩だな。横から看ると

嶺をなし、側は峯なす。遠近も高低も同じではない。廬山の真面目《シンメンボク》を識らざるは、只身此の山中にあるに縁る、というんだな』。」

私はこのような一行二行の文を読むだけであたかも佐太郎先生と対座しているような気持になるのである。ここに引かれた蘇東坡の詩は、蘇東坡四十九歳の時、廬山のふもとにある東林寺に参禅した時のものである。廬山の麓には、東林寺と西林寺があり、題栖林壁は、西林壁で、東林寺から西林寺が見えたのであろう。清話にある「栖」は「西」の誤植であるだろう。蘇東坡は詩人、作家として宋の時代の代表的な人物であるが、一方では禅の世界において、仏道修業をする求道者でもあった。宋の哲宗皇帝が蘇東坡に対して、諸侯と目どおりする時どんな服装をするのかと聞かれ、蘇東坡は「袈裟衣」である（詩文集『唾玉集』）と答えるほどであった。

私は前に道元禅師が蘇東坡の詩を引用して『正法眼蔵』の中に「渓声山色」を書き、蘇東坡が悟りを得たと賛えている事を書いた、この部分はあまりにも有名で私があえて指摘するはどではないのである。実は蘇東坡は、廬山の東林寺において参禅した時、以下の詩を書いている。

東坡遊廬山至東林、二偈曰、

渓声便是広長舌、山色豈清浄身、
夜来八万四千偈、他日如何挙似人、
横看成嶺側成峯、遠近看山了不同、
不識廬山真面目、只縁身在此山中、

東坡廬山に遊びて東林に至る二偈を作りて曰、
渓声すなわち是れ広長舌、山色豈清浄身《あにしょうじょうしん》にあらざらんや。夜来八万四千偈、他日如何《いかん》か人に挙似《こじ》せん。
横《よこざま》に看れば嶺《みね》となり、側《そばだ》たば峯《みね》と成る。遠近に山を看るも了《つい》に同じからず、
識らず廬山の真面目。ただ身の此の山中に在るに縁る。

右は『東坡禅喜集』にある、東坡の詩である。この本によると、私が道元禅師から引いたのは一偈であり、佐太郎先生が話されたのは二偈にあたるのである。一偈の解釈はすでにしているので、佐太郎先生の話の部分の訳は、

東坡《わたくし》は、廬山（江西省九江県）に遊び、東林寺で二首の偈を賦んだ。二首目、

（廬山に在って、この絶景を）左右横に眺めると連

峰となっており、かたわらで眺めると山の頂《いただき》が見える。このように遠目に眺める山と、近場《ちかば》に眺める山ではそれぞれに違いが出て来て、廬山の廬山たる真面目を認識することは出来ない。ただこの身がこの山中に在る在り方によって、廬山を知ることが出来るだけである。

右の訳は、平成十五年、国書刊行会より、『新刻東坡禅喜集』を出版した、飯田利行氏のものである。蘇東坡が参禅した時のものだけを集めて編まれたものである。二首目の詩について、佐太郎先生が引用されたのはさすがである。短歌作者として同感出来る深い内容があるのである。蘇東坡は、自ら仏道を求めて、参禅した記録を残したのであった。

私は昭和五十五年三月、佐太郎先生に随行して、蘇東坡ゆかりの恵州に旅している。その事については、「春の螢」と題して以前随筆を書いている。(『佐藤佐太郎私見』)佐太郎先生はこの旅行を楽しみにされて、出発前の東京歌会で、「近く中国に一週間ばかり旅行することになっていて、恵州に行くのが唯一の楽しみなんです。宋の詩人蘇東坡が、南方に流されたりして非常に苦労した人ですが、その晩年にあしかけ四年いたところが恵州です。」と話された。

恵州へは、蘇東坡ゆかりの杭州の後に行った。杭州は三月にもかかわらず寒く、日中はコートやマフラーあるいは手袋などを身に着けるくらいであった。その気候に比べ、恵州では、日本の桜に似た羊蹄花など街路樹には花が咲き満ち、日中は汗ばむくらいで、コートなど脱ぎすてたのである。佐太郎先生の言葉にある、まさに、南方なのであった。

さて、蘇東坡であるが、廬山の東林寺に参禅した時より、十年後に恵州に流刑されたのである。当地に着いた蘇東坡は悲嘆に暮れて日々を送ったのでない事は、多くの詩によって理解出来る。佐太郎先生もその詩に心酔されたのである。蘇東坡は恵州に着て間もなく、東坡を尊敬する禅の僧侶がいて、何百キロも離れた廬山の東林寺を往復して蘇東坡宛の手紙を届けている。『東坡禅喜集』にその内容が載っている。ここでは原文を出すと長くなるので、飯田利行氏の訳文を引く。蘇東坡の文章である。

「子瞻《そなた》は科挙の試験に合格し天子の門に上がり、朝廷に列することができたにもかかわらず、(今は)遠くさびしい地の果てに流されておられる。それは権力のある臣下が子瞻《そなた》が宰相の位に就くことをねたんだだけのこと。一代の人生というものは、太陽の光が物の隙間を通り過ぎるにも似て、間髪を入れる間もなく過ぎてしまいます。二、三十年間に築き上げた功名富貴も、目をぐるぐるとまわす間に一転して空《むな》しいものになってしまうのです。なんで一筆だけで、任務をなげ出してしまってよいものか。自分本来の面目を追求して、幾万劫年《いくまんこうねん》経《た》とうとも、いつまでも常に堕落することなく、――悪道に落ちこんでしまう必要はありません。」

という書信を受け取った事を蘇東坡は書いているのである。書信を書いたのは、東林寺の仏印禅師了元和尚である。この仏印禅師はかつて蘇東坡に法衣と仏戒をさずけた人で、蘇東坡はその袈裟をまとって禅の修行をしたのであった。さらに手紙は続く、

「子瞻《そなた》の胸中は万巻の書を蔵しておられる。筆を執《と》れば、一点のけがれもみうけられない。こうした境地に到達しているのだから、天命がどこにあるのかわかっておいでであろう。聡明に生まれついておりながら、なにをさすべきかなどと思案に暮れる必要はないではありませんか。三世（現・過・来）の仏たちは、いわば生まれついたときから一個の生命力の溢れる男たちなのだということを、子瞻《そなた》が身近に納得出来るのであれば、（これまでの）二、三十年の間に得た富貴功名など土くれよりも賤《いや》しいものだと思って努力し、前進なされますよう。御身御大事に」と。

蘇東坡は仏印禅師の便りを読んでどんなに励まされたかは言うまでもない事だが、高い境涯にある人の言葉はさすがである。この手紙は、もしかしたら、蘇東坡が恵州に到って自らの近況を仏印禅師に報告した返事であるかも知れない。いずれにしても禅の世界においても蘇東坡は禅師らと同等のあつかいを受けていたのであろう。

蘇東坡ゆかりの地、恵州での佐太郎先生は、自身確かめておきたい所がいくつかあって、一日の滞在であったが、生々とされていた。

嶺南に来て安かりし人思ひ蛍とぶ早春の一夜ねむりき

春動く羅浮を望みて立ちし人窮達不到の境に在りき

帰国した佐太郎先生は恵州での歌がなかなか作れず、私の記憶では四、五ケ月後に私達同行者に示して下さった。全部で十首作られたのである。ここに引いた二首は、蘇東坡への思いのこもったものである。恵州に来た蘇東坡を心安かりしと捉え、また窮達不到の境涯に到ったと表現された。八百年の時空を経て蘇東坡の境涯を見事に

言い当てた、不滅の二首なのである。

（「歩道」平成二十八年二月号）

# 萩原朔太郎記念館

斎藤襄治先生は私に幾たびとなくエールと激励を下さった。恩師ともいうべき先生のひとりである。私は若き日に「歩道」の雑誌発行の手伝いをしていて雑誌を毎月斎藤先生のお宅に届けていた。奥様が「歩道」の会員であったからでもあるが、たまたま先生と私の家は世田谷区の若林という所で番地は違うものの徒歩で十分程度で行ける距離であった。奥様は志満先生の添削を受けていて、東北大学を卒業後、仕事をされた聡明な方で私と短歌の話になると、時間を忘れて話が続くのであった。何回か伺っているうち、斎藤先生も話の中に加わって下さり親しくして頂いた。斎藤先生は京都大学の学生であった頃、ドイツ語を私の親戚筋にあたる佐保田鶴治に教えを受けたという話もされ、私により親近感を持たれたのであったろう。

「『それはそうと』話をかえて言う。『斎藤襄治さん知っているな。今度またペンクラブの仕事で、短歌の英訳をするそうで、私の歌を一首とあと二首誰の歌がいいか教えてくれと言うんだ。君なんか知っているか』。」

これは『短歌清話』にある、昭和五十六年十月三十日の記述の一部で、佐太郎先生が秋葉氏に依頼されているのである。角川の『短歌』の佐太郎特集に斎藤先生は佐太郎先生の短歌の英訳を発表された。斎藤先生は、かつて茨城キリスト大学の学長を務められ、アメリカのダートマス大学でも客員教授として活躍された。翻訳の仕事を自身のメインテーマにされていた。一九八八年五月発行の『日本の心を英語で』には、日本の文学を英訳されたものが、ぎっしりと詰っている。その本の中には佐太郎先生の短歌七首が英訳されて載っている。

能登の海ひた荒れし日は夕づきて海にかたむく赤き棚雲

The Bay of Noto,
　The vaging day now waning,
　The reddening cloud
　　Trails toward the sea.

右は歌集『地表』にある一首である。他の歌は翻訳についていて言うのが目的でないので省略する。いづれの歌も感性のある名歌ともいうべき歌で翻訳は難しかっただろう。斎藤先生は短歌を訳したことで佐太郎先生と交信があったのである。斎藤先生は作家三島由紀夫と親交があり、折々三島由紀夫の話を聞くのが楽しかった。また先生は写真が趣味でプロ級の技術を持っておられた。川端康成と三島由紀夫の国際ペンクラブで、ふたり並んで寛いでいる写真を頂いたのを今も記念に大事にしている。私もいつか名歌を作って、斎藤先生に翻訳してもらいたいものだと思ったこともある。斎藤先生は詩人の萩原朔太郎が好きで、朔太郎の散文詩「猫町」を翻訳し出版されている。この散文詩は発表されてから、批評家から誰ひとりとして問題にされなかったが、三十五年目にして、詩人の清岡卓行氏が注目すべき作品として取り上げた。斎藤先生はその時は自身の感性が認められたと嬉しそうに言っておられた。私も萩原朔太郎の詩は好きで読んでいたが、詩論については難解なところがあり若き日には理解出来ない所もあった。

萩原朔太郎は昭和十七年五月、享年五十五歳で死去している。

昭和十七年九月号の雑誌「四季」に斎藤茂吉先生が「萩原さんについて」という文を寄せている。

「萩原さんとは生涯のうち数回しか会つてゐない。詩集『月に吠える』の発行は、大正六年だといふから、さうすれば大正六年のことになるが、萩原さんが突然、私の勤めてゐた東京府巣鴨病院に私をたづねて来られ、私もその『月に吠える』といふ詩集の寄贈を受けた。そのとき萩原さんの話に、森鷗外先生を訪ねられ、詩集一本を呈上し、詩についていろいろ話をして、独逸人の詩集一冊借りて来たといふことであつた。」

と言って萩原朔太郎を追悼しているのである。さらに

「萩原さんの詩風は、平板を排して深刻に行く方で、従つて島木赤彦のものよりも与謝野晶子のものを上位に置くといふ風であつたから、おなじ流儀といふわけにはまゐらなかつたが、それでも自分は萩原さんを詩人として尊敬してゐた。それゆゑ、五十七歳の長逝は実に悲しみに堪へない。人生自然を観照する方嚮でも、日本語を取扱ふ為方でも、萩原流に純粋いつこくのところがあつて好かつた。」と言っている。

萩原朔太郎は周知のように、詩集以外に『詩論と感想』『詩の原理』『純正詩論』等々の多くの詩論を書き、詩とは何かを常に追求した詩人である。詩論集『詩の原理』の中で

「現歌壇のアララギ一派は、子規によつて始められた俳人の余技歌を亜流し、歌であつて俳句の境地を行かうとしてゐる。之れ既に形式をはきちがへた邪道であるのに、日本自然派文壇の誤つた美学を信奉して、一切詩的精神の本源を拒絶しようと考へてゐる。真に蒙昧愚劣、悯殺すべきの徒輩であるが、ただ彼等の中にあつて一奇とすべきは、巨頭の斎藤茂吉である。彼は医者の有する職業的の残酷さと唯物観とで、自然を意地悪く歪んで見てゐる。けだし茂吉は国産品のキュービストで、一種の和臭ニヒリストである。」

と論じている。アララギ一派が「詩的精神の本源を拒絶」しているだとか、また茂吉先生が「自然を意地悪く歪んで見て」いるとかの部分はずい分、荒けずりな物の言い方であろう。茂吉先生が「おなじ流儀といふわけにはまゐらない」と言うのも、このあたりの事を示しているのである。しかし朔太郎は朔太郎なりの詩に対する主張があったのである。

先日私は妻の叔母の三回忌法要があり、群馬県の伊勢崎市に行った。伊勢崎には再三再四、車で行っている。そのつど前橋にある萩原朔太郎記念館のことは意識にあったのであるが今まで立寄らなかった。前橋市の敷島公園には今、何万本の薔薇が満開であると聞き、妻が帰りに行きたいと言ったので当日、足を運んだ。薔薇園に

は多くの人がいて、休日を楽しむ家族連れもいた。エーデルワイズと名付けられた白薔薇も美しかった。敷島公園の片隅といって言いほどの敷地内に萩原朔太郎の記念館があった。萩原朔太郎の実家は、前橋市の名家で父親は地元の名医として知られていた。前橋市の北四輪町にあった、萩原医院は病院を兼ねた大きな敷地にあり、その中の朔太郎が使っていた書斎や離れ座敷、土蔵の三棟を移築、復元して、萩原朔太郎記念館として保存されているのである。板塀にかこまれた三棟は当時のままの姿で、実に素朴に思えた。むろん受付や、入館料などないのである。訪う人は私と妻のふたりである。

帰郷

わが故郷に帰れる日
汽車は烈風の中を突き行けり。
ひとり車窓に目醒《めざ》むれば
汽笛は闇《やみ》に吠《ほ》え叫び
火焔《ほのほ》は平野を明るくせり。
まだ上州の山は見えずや。
夜汽車の仄暗《ほのぐら》き車燈の影に
母なき子供等は眠り泣き
ひそかに皆わが憂愁を探《さぐ》れるなり。
嗚呼《ああ》また都を逃れ来て
何所《いずこ》の家郷に行かむとするぞ。
過去は寂寥《せきりょう》の谷に連なり
未来は絶望の岸に向えり。
砂礫《されき》のごとき人生かな！
われ既に勇気おとろえ
暗澹《あんたん》として長《とこし》なえに生きるに倦《う》みたり。
いかんぞ故郷に独り帰り
さびしくまた利根川の岸に立たんや。
汽車は曠野《こうや》を走り行き
自然の荒寥《こうりょう》たる意志の彼岸に
人の憤怒《いきどおり》を烈しくせり。

朔太郎の昭和四年、妻と離婚して、幼い子供ふたりと共に東京から故郷、前橋に帰る車中の姿である。かつて斎藤嚢治先生と語った詩の一篇が蘇ったのであった。この詩の冒頭の三行が、詩碑として記念館よりやや離れた所に立っている。昭和四年といえば、萩原朔太郎はすでに詩壇において名声を得て、一流の詩人として認められていたのであるが、この詩では自らを嘆いている。詩の為の詩ではなく、個の詠嘆があるから人の心を打つのだと私は思う。短歌でも同じではなかろうか。短歌のための短歌ではなく、個の詠嘆に徹することが大事であるとしみじみと思ったのである。萩原朔太郎記念館の誰ひとりいない朔太郎の書斎部屋の前にいると、私は斎藤襄治先生と再びめぐり会えた気持になった。芳訓さんへとの書き出しで始まる先生の手紙を、朔太郎の詩と共に思いうかべたのである。

（「歩道」平成二十八年三月号）

## 蘇東坡とヨーガ

佐太郎先生はその晩年、人生の師であると言つて蘇東坡に共鳴して、一冊の本を書き上げるほど敬愛していた。蘇東坡の生き方や詩に傾倒して、最後は蘇東坡そのもののごとく生きられたのである。師がこれほどまで魂を打ち込んで学んだ蘇東坡について、佐太郎先生に教えを受けた者のひとりとして、無関心ではいられない。かと言って、佐太郎先生のように、蘇東坡の詩句を自身の身に付けて、短歌一首に表現出来るほどの力量もないのである。ただただ蘇東坡に親しみを覚えるというのが本音である。私は佐太郎先生に随行して蘇東坡ゆかりの、中国、杭州、恵州、広州などに旅しているので、その思いは、親しみ以上のものがあると思う。

嶺南に来て安かりし人思ひ蛍とぶ早春の一夜ねむりき

この一首は、昭和五十五年三月、中国恵州に行った時の佐太郎先生の十首の中の歌である。「嶺南に来て安かりし人思ひ」は蘇東坡のことである。恵州に流謫された蘇東坡を安かりしと言っている。また蘇東坡はこの恵州において、最愛の女性である朝雲を亡くしている。これらを考えると、恵州における蘇東坡は安かりしという境涯ではなかったのである。一首にある蛍について、私は以前に文章に書いている。恵州の豊湖のほとりで、その飛ぶ所を同行の室積純夫君と見て、捕獲して佐太郎先生に見せたのであった。したがって、佐太郎先生は「蛍とぶ早春の一夜」は実際見ていないのであるが、一首に思を込めて詠まれたのであった。「春の蛍」はいままでの短歌にはないと言っておられた。私は恵州行以来、蘇東坡に春の蛍を詩に作っていないかその時々に探したのであった。南国の恵州および海南島あたりにありそうな気もしたのであるが一行も見付られなかった。

明月入華池　明月《めいげつ》華池《かち》に入《い》り
反照池上堂　反《かえ》って照《て》らす池上《ちじょう》の堂《どう》
堂中隠几人　堂中《どうちゅう》几《き》に隠《よ》る人《ひと》
心與水月涼　心《こころ》は水月《すいげつ》と涼《すず》し
風螢已無迹　風螢《ふうけい》已《すで》に跡《あと》無し
露草時有光　露草《ろそう》時《とき》に光《ひかり》有り
　以下略

　明るい月光は花々の咲いている池の水面にさし入って、その照りかえしが池のほとりの広間（新堂）に鮮やかにうつる。広間の中で机によりかかっているひと（あなた）の心の奥まで、その水にうつる月さながらに澄み切っている。風に飛びかう蛍の光はもはや見えなくなったが、草の葉におりた露がときおりちかちかとまたたいている。（小川環樹訳）

　蘇東坡の鮮于子駿《せんうししゅん》が「鄆州《うんしゅう》の新堂《しんどう》の月夜《げつや》」に和《わ》すの一節で夏の蛍である。蘇東坡が蛍を詩に入れている。春の蛍でなかろうがより親しみを覚えたのである。生前この一節の描写を佐太郎先生に示せば、おそらく蘇東坡の詩と言えども、たいした事はないと言われたかも知れない。私の詩の読み方などこの程度なのである。

　私は若き日よりヨーガをして来ている。若き日には、ヨーガ道場に通い、サークルにも入って活動していたが、自身の親戚筋の、ヨーガの師が亡くなってから、その活動も自然に遠のいた。しかし、時々はひとりで今もヨーガを細々と続けている。

「そういえは、今日の講演で言おうと思っていて、忘れた。」「蘇東坡はヨーガをやっていたんだ。何でもそうだが、徹底してやらなければだめだけど、蘇東坡はそう熱心でもなかったらしい。弟子の黄山谷が書いている。何にでも手を出して、長くつづかないというところがあったようだ。素人くさいところが、蘇東坡はいつまでも抜けないところがあった。そこがまた詩人としておもしろいところだな。」これは昭和五十六年、歩道全国大会の帰りの車中で佐太郎先生が秋葉四郎氏に語った言葉で『短歌清話』に出ている。私は以前先生より蘇東坡がヨーガをしていた事を聞いて以来、蘇東坡をより身近に感じていたのであった。佐太郎先生は黄山谷の書物より、そのように思われたのであるが、蘇東坡は終生ヨーガを続けていた。今日の我々はヨーガと言えば、アクロバティックな動作であると思いがちであるが、蘇東坡の時代の中国ではヨーガではなく禅である。これもヨーガの流派なのである。林語堂の名著『蘇東坡』において「ヨーガと錬丹術」の章で蘇東坡が呼吸法を熱心に研究し続けていることが描かれている。

「初期のヨーガ、バクティ・ヨーガ、さらにインド仏教におけるヨーガの展開を見てきたが、ここで中国韓国、日本を中心にひろまった禅について考察しておきたい。禅はわれわれ日本人にはなじみの深いものであるが、これは一種のヨーガであるばかりではなく、初期仏教のヨーガ、古典ヨーガと基本的には同じものをめざしている。」立川武蔵の『ヨーガの哲学』の一節である。蘇東坡は禅においてヨーガ修業者であり、仏道修業者であった。道元禅師が『正法眼蔵』のなかで、蘇東坡を讃えたのはその証である。

「さとった人（又は仏法）が充満すれば、何処も彼処も、差別相が円融して唯一絶対の真実の世界となる。うそいつわりの迷いにみちた幻《まぼろし》のように虚《むな》しい身《ひと》には、何処《どこ》にも彼処《かしこ》にも真実《まこと》がない。」

「浄因の浄照という名が示すように能く照りわたる。照らすからこそ清浄であることはいうまでもない。そして、このようなかたよりのない正しさが、人には分からないだけのこと。持つて生まれた肉体《からだ》は仮に親から授《さず》けていただいたもの。したがって不変の真実のものとはいえない。このことは、古来今に至る聖賢方《がた》ですら、はっきり弁別できなかったことである。私は人間というものをこのように視ている。つまり、平凡で無智な者もみな人の子。甲者に喜びを感じたり、乙者に憤《いきどお》りを感じたり（愛し）子ですら（時には）敵のように感じたりする。人間というものは、自分は正しいと思っており、物事は、いうまでもなく相対的なものだと思っている。だからこそ東坡《わたくし》は、こうした考え方に即応することが本質に迫ることだと思っている」（飯田利行訳）引用が長くなったが『蘇東坡禅喜集』にある蘇東坡の言葉である。さながら道元禅師の『正法眼蔵』を読む思いである。

蘇東坡は多くの詩作品のなかで、「人生　寄するが如きのみ」という言葉を幾たびも作っている。その事について、「山本和義君の論文がある。人の一生は、つかのまのもので、しばしの宿りであるとの思想は古くから有った。それは一見、悲観的に聞える、だが蘇軾にあっては『人生　寄するが如き』ことは、厭世の情につながるのではなく、反対に、その短い一生のうちに、ひとは幸福を追求すべきだ、否、幸福はどこにも在るとの主張に導くものであった『人生は寄すが如し　何ぞ楽しまざる』。山本君の指摘は正しいであろう。」

岩波の中国詩人選集『蘇軾』にある、小川環樹の言葉である。この蘇東坡の詩句の解釈も蘇東坡が禅において、みずからの境涯をひらいた事がその根底にあるからだろうと私は思う。

佐太郎先生は、先に引いた一首で、恵州に流謫された蘇東坡を春の蛍と共に「心安かりし人」と表現された。人が見て決してそうとは思えない情況にいたにもかかわらず指摘されたのである。蘇東坡の全集や、幾たびも詩集を読む事で、蘇東坡の本質を言い当てられたのだと思う。そして人生の師であるとの思いで蘇東坡のごとく、晩年を送られたのであった。

（「歩道」平成三十年二月号）

# 不易流行

五十数年振りに私の古里というべき港区虎ノ門三丁目に帰って来た。かつては住んでいて、小学校、中学校、高校と通ったのであった。私が小学生の頃は神谷町から飯倉にかけて、東京大空襲をまぬがれて焼け残った街がいくつかあった。愛宕山の下に展がる街もそのひとつである。私は父母に連れられ、大阪から、小学生の時移り住んだ。古里に久し振りに帰って来たと言うのは、当地に古くからある、大学病院に緊急入院したからである。決して嬉しい事ではないが、自分の少年の頃に馴れ親しんだ風景に心が癒された。私の居る病室は十五階であるが、この病院の最上階は二十一階であり高層のマンションといった感じである。私の病室の窓からは、東京タワーが間近に見え、増上寺が見え、青松寺が見え、愛宕山がその右に見える。小学生の頃は愛宕山は当地のシンボルで路上をゆく人は仰ぎ見る存在であったが、高層ビルの病室からは、ただの森としか思えないようなものになっている。私はこの変化に驚き、近未来都市になってしまったという感慨を持ったのである。

愛宕山の隧道を抜けると榮閑院という寺がある。その門前に江戸時代中期の蘭方医・杉田玄白の墓がある。小学生の頃この墓を毎日通り学校に通った。後に吉村昭の小説『冬の鷹』を読むに至って、杉田玄白と共に翻訳に協力、共著した前野良沢の実績の方が大であるとの内容を知ったのは後の事である。杉田は名声にこだわったとある。私は精密検査の時間の間に、愛宕隧道を抜けて神谷町に向って歩いた。むろん私の住んでいた所は高層ビルに建て替えられ、当時の同級生の住んでいたと思われる所もビル建替の立退きでだれひとりも居なかった。アイスクリーム屋とガラス屋だけは今も残っていた。

昭和四十六年、佐太郎先生は、目黒区上目黒に移居された。その前は港区南青山に住んでいた。佐太郎先生の弟子の方で、今もその場所がどこであるか、指摘する人もほとんどいなくなっている。私が住んでいた所は、昔は港区西久保巴町という所であり、佐太郎先生の住んでいた所へは、地下鉄で二駅程度の距離であった。佐太郎先生にめぐり会う前、私は先生と同じ東京都港区に居たのである。

新橋の広場に来たり僥倖を待つ人々のなかにいこひ

つ

歌集『冬木』にある、昭和三十九年の一首である。佐太郎先生はヨーロッパ旅行を終えて二百首に及ぶ大作を作られたのであるが、それでも「数を惜しんで作るやう心がけた。」と言っている。その旅行後の日常生活での一首である。小題「夕空」は、

地下道を出で来つるとき所有者のなき小豆色《あづきいろ》の空のしづまり

の一首で始まっている。この「所有者のなき小豆色の空のしづまり」はヨーロッパ旅行の経験があったから、出来たと言っている。さて、「新橋の広場」の一首であるが、「僥倖を待つ人々」はいったい何か不明であろう。私は当時、中学生であったと思うが、ＪＲに乗る時は新橋駅を使っていた。当時新橋駅前の広場には、中央競馬会の馬券売場があった。土曜日、日曜日となれば、広場には群集となって、人々が居た。私の中学校の担任の国語の先生は、東京大学を出たエリートで、私をかわいがってくれた人だった。毎日、漢字のテストをしてから授業をする、厳しい人だった。その先生を土曜日、日曜日に新橋の広場で時々見かけるようになった。酒が好きで、よっぱらった状態で新橋駅前の馬券売場に居るのであるが、私は先生に声をかけるのをためらったが、時々は話もしたのである。懐しい思い出である。担任の先生の職場での厳しすぎると思う授業態度、日常生活でかい間見る先生の生き方に私は不思議なものを感じたのであった。後に佐太郎先生は鷗外の言葉を引用して「人はエンタチフのみでは生きられない」と言っているが、その事を理解するには、中学生には無理というものだろう。新橋広場における佐太郎先生の一首について、短歌の鑑賞においては一首により沿い鑑賞すれば良いので、私のは余談である。佐太郎先生は「僥倖を待つ人々」も人の生活の一端であると認めている。今も新橋には中央競馬会の大きなビルがあるが、当時の場所より移転している。

唐突に東京港の汽笛の音きこえくるとき騒がしからず

昭和四十年、小題「冬木」の中の一首である。私は短歌を始めて、佐太郎先生の歌で、自身と同じ体験のあるものとして、先生も感じられたと思うと懐しいのである。当時、晴海埠頭に碇泊して船が、夕暮時になると時間差はあるものの汽笛を鳴らすのであった。

朝明けて船より鳴れる太笛のこだまは長しなみよろふ山

この一首は茂吉先生の長崎での一首で、すでに知る人ぞ知る茂吉先生の若き日の名歌である。むろん佐太郎先生も意識にあったであろう。東京港より鳴る汽笛の音は、唐突であったから、茂吉先生とは別の感じを持たれたのである。私は港区に住んでいてその音を聞いている。「騒がしからず」は港にその汽笛の余韻を残し、寂しく響くのであった。

白き幕ことごとく風にはためける建設場の上に人をり

ビルデイング建設を覆ふ白き幕みな風はらむ遠景にして

昭和四十年、小題「新冬光」にある二首である。昭和四十年頃より港区はビルの建設が始まり、毎年多くのビルがたった。森ビルというビジネスオフィスの会社がビルを建てたのである。私の住んでいた隣町に初代の社長がいて、中学生の頃よく見かけた。このころより、平成二十九年に至る現在まで、高層ビルの数も五十以上所有しているらしい。有名な六本木ヒルズのビルも森ビルである。

さて、佐太郎先生の歌であるが、昭和四十三年、日本初の高層ビルで地上三十六階の霞が関ビルが建った。この二首は立ち上がってゆく一年目のもので、青山の地からも、毎日見えていたのである。そういう素材も身近に感じ、当時の姿を捉えている。私は霞が関ビル建設の期間、千代田区にある高校に通っていたが、毎月、上へ上へと一段ずつではあるが丘陵の校舎から胸をふくらませる思いで見ていた。当地の佐太郎先生はビルという言葉は短歌に取り入れられないとの思いから、「ビルデイング建設」という言葉で表現されたのである。

ここに書き進めて来た文章は、古里というべき地にもどり当地の変りようを見ての感想にすぎない。短歌の鑑賞としては不十分と思うのであるが、思うままの心である。ここに引用した歌は、岩波版、『佐藤佐太郎歌集』には一首も出ていない。先生の歌として見劣するものと思えないが、先生にはより多くの歌があるからだろう。芭蕉はその論の中で、「不易流行」を言っている。ここに引いた、佐太郎先生の歌もいわば流行である。当時新鮮であった短歌の素材も時代と共に色あせてゆくのである。霞が関ビルは、ビル群の中で当時はそびえ立っていたが、今はまぎれていて、どれがビルであるかわからないほどになっている。先生も我々も時代と共に移り行く素材であるとの認識であり、その事を承知しての事である。しかし、日常であれ、旅行であれ、永遠を希求する思いで作歌に励むのである。

（「歩道」平成三十年五月号）

## 最上川

私は学生時代に歩道短歌会に入会して、短歌を作り始めた。父が短歌を作っていたので影響をうけたのである。その事については対流圏にも書いている。父の友人でもあった、香川美人氏にもその後色々と世話になって、自身が少しでも成長できたのは、父ではなく、香川氏のお陰であると思っている。父は私が少年の頃、茂吉の歌の話をするとき、

最上川逆白波《さかしらなみ》のたつまでにふぶくゆふべとなりにけるかも

の一首を引いて、茂吉はすごい、茂吉はすごいと言っていた。少年の日の私は茂吉の歌はこの一首しかないのかと思うほど聞かされたのである。

歩道に入会したのは昭和四十五年である。この時、茂吉の歌集『白き山』はなかなか入手困難で、神田の古本街を探した記憶がある。あったとしても高価であった。その後、岩波書店より『つきかげ』などと共にたて続けに出版された。私はすぐに歌集『白き山』を入手することが出来た。しかし歌の数があまりにも多く一気に読み

進む事が出来なかった。若かったのである。しかし、父の言っていた「逆白波」の歌だけでなく、最上川の冬の歌を含め、茂吉一代の傑作である事を感じたのであった。

その後、私は結婚して、日本酒好きの妻と二人で酒を飲みながら、冬の最上川を下りたいものだと思うようになった。いつだったかそのツアーがあって、申し込んだのであるが、妻が体調を崩したので、実現出来なかった。

歌集『白き山』と最上川は、短歌作者にとっていろいろな思いがあるだろう。平成三十年一月号において、清水雅彦さんが文章を寄せている。まさに最上川と『白き山』である。私は清水さんの文章をいつも読んでいるが、今回の文章はすばらしいと思ったのである。母上が山形県出身である事から、清水さんがより最上川を身近に感じられたのである。そして

「重症の病になった茂吉が、大石田の自然と人々の親切さに心安らにくらした、その記念でもある。単純な歌の中に、茂吉の心情が徹っていて心がふるえる。」という言葉に私は同感したのである。

最上川の歌については、作家阿川弘之も書いている。「躁の宗吉が書いた茂吉像」の中で、「——大歌人であることは、疑いようが無い。松本高等学校以来北の親友で、佳き長篇小説をたくさんものにしている辻邦生が、ある時、『君やぼくが、何年もかかって大長篇を書いたにしろ、茂吉の歌一首におよばないね』と嘆いたそうだ。全く、然り然りと言わざらめやもである。

このくにの空を飛ぶとき悲しめよ南へむかふ雨夜かりがね

かりがねも既にわたらずあまの原かぎりも知らに雪ふりみだる

いずれも敗戦後の、雁の渡りを主題にした絶唱だが、私ども世代の敗戦文学の大作は、これら三十一文字に到底及びそうもない。」

とまで言っている。阿川弘之は、『山本五十六』や『志賀直哉』などの長篇小説をいくつも残している。私の好きな作家である。辻邦生も、『春の戴冠』や『西行花伝』等々、晩年の傑作である『西行花伝』は四〇〇字詰め原稿用紙、三〇〇〇枚の大作で、私は三度読了をこころみたが、今だに達成していない。そんな作家達が茂吉の最上川の歌を賛えているのである。

かりがねも既にわたらずあまの原かぎりも知らに雪ふりみだる

の一首について佐太郎先生は、『茂吉秀歌』の中で、

「『あまの原かぎりも知らに雪ふりみだる』は大きくて単純で強い。ただ雪だけをいうから、上句で『かりがねも既にわたらず』と具体を添えたが、細部にとらわれずに大きくいったのが良い。この大きな句によって下句との調和がとれている。

また、生物のひそんだことをいうのに、雀などの小禽でなく『雁』をもってきたのが大歌人の力量で、『かりがね（雁）』の『わたる』のは九月から十月頃だが、歳晩の歌にこだわりなく渡る雁をいって、鳥の中の鳥として雁をいっている。そして自然の歴史としての時を歌にふくませているのである。この歌に限らず、歌に『時』をたたみこむのが作者の作歌だが、そのために言葉に遠韻がながれている。」

と言っている。佐太郎先生の鑑賞はさすがで、私は何度読んでも胸のすく思いである。「遠韻」という言葉があるが、佐太郎先生、晩年の言葉で、佐太郎先生自身歌境の深まっての鑑賞である。

私は、最上川をいつか、妻と二人で行きたいと未だに思っている。妻が健康になり、私も健康であるうちに行ってみたい。

（「歩道」平成三十年七月号）

## 歌集『白き山』について

久々に歌集『白き山』を読んだ。昭和二十年と二十一年の二年間の歌の総数は八五三首で、その数だけでも圧倒される。若き日には、二日や三日で読み切れなかったが、今は違う。楽しみながら読むことが出来たのである。まず感じたことは、歌集全篇が写生の徹底を実行している。一首たりとも概念的、空想的な歌はない。そしてすべての歌に単純化がなされていて、言語駆使が自在で、天衣無縫とはこの事をいうのだろうと思った。

最上川と名のついた歌は九十六首ある。最上川とわかる歌を合わせればさらに多くなる。鳥海山と名の付いた歌は三十二首あり、鳥海山とわかる歌は、最上川と同じでさらに多くなる。東京を離れ、上ノ山近くの自身のふるさとで、終戦後の晩年を送る日々は悲しみ深いものであったが、最上川や鳥海山が茂吉の心を癒してくれたのである。なにより茂吉は歌が旨いのである。さらに最上川や鳥海山以外に七十三の固有名詞を駆使して、すべてが生きている使い方をしているのは、見事というほかはない。

私の父は、私が少年の頃口癖のように、茂吉はえらい、茂吉はえらいと言って

最上川逆白波のたつまでにふぶくゆふべとなりにけるかも

の一首を引き合いに出していた。この歌の一首については、佐太郎先生の『茂吉秀歌』の解説がある。

「これも、降雪の歌で、吹雪が最上川に白い逆浪を立てて暮れてゆくところ。歌は蒼古で新鮮な万葉調で、単純に線が太い。『逆白波』という造語がいいが、一首の味わいは、この語によって簡潔のうちに豊富になっている。流れにさからって立つ波を逆波というのは普通のことだが作者はすでに『東風《ひがしかぜ》ふきつのりつつ今日一日最上川に白き逆波《さかなみ》たつも』（昭和三年）という歌がある。また、杜甫に、『逆素波』という語がある。そういうものをすべて忘れて想起することなく、ただひたすら写生して、『逆白波』と造語したのである。表現は力をそそぐことによって争われない新鮮さが付着する。『けるかも』は万葉調の典型といってもいいが、この作者といえども、しばしばは用いていない。それは『万葉集』との時代のへだたりが、いよいよ遠くなったためだが、しかし、この歌のように力量と用意があれば生かすこともできる。」

さすが佐太郎先生の鑑賞で、「力をそそぐことによって争われない新鮮さが付着する。」などなかなか言えない。

さて、結句の「なりにけるかも」の歌についてであるが、歌集『白き山』の中に他に二首ある。

われをめぐる茅《ち》がやそよぎて寂かなる秋の光になりにけるかも

最上川ながるるうへにつらなめて雁飛ぶころとなりにけるかも

合計三首である。茂吉の力量と言語駆使の力量から見て「なりにけるかも」とあえて使ったのだと私は思うのである。普通であれば、使わないだろう。これから先は私見であり笑止千万と思う方は読まれなくてよいと思う。斎藤茂吉は「なりにけるかも」を新機軸として使いたかったのではなかろうか。そして万葉集でありながら、近代短歌を同時に充すものを目ざして表現されたのである。この三首共、芭蕉の言う、不易流行という意味では、不易の内容である。不易の内容でなければ、万葉集と近代短歌の同時は望めないのである。茂吉の思いの叶うものであったと思う。

鳥海山と言えば思い出すことがある。

鳥海の山遠く稲田穂を舗けばかがやく海のごとき夕映

昭和四十七年八月二十六日、七日歩道全国大会が羽黒山で催された。羽黒山から見た鳥海山を詠んだ佐太郎先生の一首である。私もその現場にいて、夕映の中に鳥海山と鳥海山の裾野にどこまでも広がった、黄金色に実った稲田穂が、これほどまでに美しいのかと息をのむほどだった。佐太郎先生の一首は、茂吉の二番煎じの歌ではないのである。先師の同じ素材であっても、写生がなされていれば違った世界が展開できるのである。

かつて私の父が、茂吉はえらい、茂吉はえらいと口癖のように言っていたのは遠い過去であるが、今は自身にとって身に迫る言葉となった。

（「歩道」平成三十年八月号）

## 描写力

私が歩道短歌会に入会したのが二十歳の時である。この誌上にも何回か書いている。短歌を作る以前に、高校生時代から、大学受験が迫っているにもかかわらず、小説が好きで、古本を買い求めて読み始めていた。辻邦生のパリ留学時代の日記など面白く、彼の随筆の文章が思想そのものであると感心して読んだのである。また吉村昭の歴史小説が好きで彼の小説や随筆は、高校時代より相変らず今も読み続けている。吉村昭は、平成十八年七十八歳で没している。逝去する三年前、毎日新聞の連載小説『大黒屋光太夫』という長篇小説を完成させている。私は三十年近く彼の愛読者であったことから、この作品は彼の代表作であると賛えた旨の手紙を初めて送ったのであった。返事を頂きその一葉の端書は、書斎の机の前の棚に飾っている。吉村昭の作家の原点は森鷗外である。『わが心の小説家たち』の本の中で、

「私は史実を尊重して歴史小説を書く森鷗外を評価します。そして、私自身もそのような姿勢を守りたいと思うのは、やはり私が戦争の小説を書いたせいでしょう。」

と言い、

「森鷗外は、豊かな学識、そして深い人間観という作家としての才能を持っておりました。私は物故作家の中では森鷗外が一番好きです。」と言っている。いかに鷗外を敬愛していたかがわかるのである。歴史的史実を絶対歪めない姿勢は森鷗外から学んだ吉村昭の作家態度となった。また、この本の中で吉村昭は、

「私は志賀直哉の小説と文章を尊敬しています。そこから私は出発したわけです。

複雑な文章を書くことを得意とする作家もいますが、私は一字でも少ない文字を使って、対象を的確に描写したいと思っています。これは、まさに志賀直哉の姿勢そのものなのです。」と言っている。若き日の吉村昭は、志賀直哉の文章を、事あるごとに筆写して、文章修業したのであった。またこの本の中で、志賀がいかに描写力が凄いか、いくつかの例を引いている。

暮方《くれがた》にわが歩み来《こ》しかたはらは押し合ひざまに蓮《はす》し
げりたり

佐太郎の歌集『歩道』にある一首である。佐太郎は後の自註のなかで、志賀直哉も同じような所を描写していると指摘したのであった。

「亀山で乗換えた。線路に添うて流れる幅の広い川は親しみ易い感じがした。遠い百姓家に咲いて凌霄花《のうぜんかづら》が雲を洩れてさす陽を受け、遠いのに度強《どぎつ》く眼に映った。小さな貯水池に密生した菱の葉がそれ以上はびこる余地がない為めに他《ほか》の菱の葉を水面から押し上げているのを見た。」志賀直哉の「菰野」という文章の一節である。当時私は佐太郎研究を続けていたから、指摘を受けて探しだし、「青」という雑誌に発表したのであったろう。

さて、話はもどるが、吉村昭は志賀直哉の『暗夜行路』の文章の中から、

「日の当たった暑そうな対岸の往来、人家、その上に何本かの煙突、そして彼方《むこう》に真正面に西日を受けた大文《だいもん》字《じ》から東山《ひがしやま》、もっと近く黒谷《くろたに》、左に吉田山《よしだやま》、そして高く比叡《ひえい》の峰が一眸《ぼう》のうちにながめられた。」

を取り上げ、泊った宿屋からの眺めを、このように簡潔に文章化している事を賛え、見る眼の鋭さを指摘したのであった。佐太郎の短歌一首も同じだろう。現代は写生を軽くあつかう風潮があるが、それらにまどわされる事なく、我々は我々の信念を貫けば良いのである。ここに取り上げた、鷗外の「史実を歪めず見る」事も、描写力という事も、すべて、我々のめざす「写生」の短歌と同

じである。ことさら写生を言わず、対象に立ち向った時にはひたすら謙虚にものを見続ければ良いのである。

（「歩道」平成三十年九月号）

## 地以上即天

私はネットで佐太郎先生の色紙や短冊あるいは、歌集等々を購入している事を歩道誌に書いた。先生の直筆の色紙等々は歩道の会員に比して多く持っていると思うので、本来はこれ以上いらないと思うのだが、格安で出ていると、つい欲しくなるのである。先日も「地以上即天」の短冊が出ていたので、購入した。佐太郎先生の作歌の原点はいまさら言うまでもなく、写生を希求し、短歌を詩として昇華し、永遠性を具現する事にあるが、「地以上即天」佐太郎先生の信念の一端でもある。即ち、すべての世界を敬虔な態度に立ち見ることなのである。先日も佐太郎先生の短冊が出ていたので購入した。

さき程より見つつ行くなるひくくして水の遠くに日あたる山を

二本購入した、一方の短冊である。佐太郎先生、三十代の字で貴重なものである。歌集『軽風』の昭和七年、香取行の一首である。この一首など短冊で示さなければ見過してしまう歌かも知れないが、若き日の佐太郎先生の歌には角度があると改めて感心した。

という言葉がいい。

（「歩道」平成三十年九月号）

田澤湖にひびきて風の渡るとき橡の若葉もひるがへるなり

この一首、以前に購入した短冊である。昭和二十四年、佐太郎先生田澤湖における一首であるが、この一首は歌集に入っていない。しかしこれほど単純化された歌はないと思うまで簡明な歌であると思う。

むらさきの藤の花ちる峡《かひ》のみち女《め》良谷川にそひてわが行く

昭和三十年、歌集『地表』にある、石見鴨山での一首で、私は先輩の形見に頂いたのであった。難しい事を言わず、女良谷川に沿って行ったと言った事と藤の花が散るという事で成り立つのである。

北上の山塊に無数の襞見ゆる地表ひとしきり沈痛にして

今度、名古屋のいつもの古書店から色紙が格安で出ているので購入した。佐太郎先生の直筆の歌を見ていると、自身の歌に希望が湧いて来る。

佐太郎先生は『茂吉秀歌』のなかで「良寛でも茂吉でも『あはれ』なみずからの生活をいっているが、ただひたすら悲しんでいるのでもない。その生活をみずから味わっているのが語調に出ている。『写生』は見ることだ―」

# 先生の推敲

佐太郎先生は、例えば旅行より帰られた時、作歌は感動のままに、あるいは旅行先の鮮明な印象を捉えた心の熱いうちに作歌される。これは何も佐太郎先生に限らず我々も同じではなかろうか。昭和五十五年三月、私は佐太郎先生に随行して、蘇東坡の流謫地、中国恵州を旅した。この旅では、佐太郎先生はあらかじめ、調べておいた、いくつかの蘇東坡への思いを積極的に見てまわった。愛妻であった朝雲の墓にも立寄られたのである。恵州行の歌は全部で十首作歌されたのであるが、この時作品発表までに半年の年月が経っていた。佐太郎先生の作歌の中でも、これだけの月日がかかったのは、後にも先にもない。先生は、私がなぜこの一首、一首を作るかの必然性が出なければ意味がないと言っていた。蘇東坡との自身との関係においてである。

春動く羅浮を望みて立ちし人窮達不到の境に在りき

の一首においてその思いが達したのである。

花赤き木綿のかげに寒食のとき人憩ふ恵州あたり

この一首は恵州十首の中には入っていないが、佐太郎先生は発表の最後の最後まで推敲したのである。

鳥海の山遠く稲田穂を鋪けばかがやく海のごとき夕映

この一首は佐太郎先生の昭和四十七年八月二十六日、七日の歩道全国大会、羽黒山の作で、当初は「鳥海の裾」であったのが「山」に推敲してスケールの大きな一首になったのである。

私はたびたび取り上げている。本年「歩道」八月号の「対流圏」にも書いている。佐太郎先生と同じ現場に立っての経験があるからである。

ここに一葉の写真がある。九月六日作歌とある、佐太郎先生の推敲歌稿である。八月二十六日に羽黒山で歩道全国大会があったので時間を置かず作歌されたのである。

一首目、

黄の花のとろろ葵さく残暑の日門をとざして家ごもりけり

は、東京歌会に出された歌で、「とざすわが庭」という言葉が消されている。佐太郎先生は羽黒山では四首作歌されているが、二首目はその中の一首である「山」と「裾」では、感じが全然違うだろう。

衰へて南谷にもくだらねば河骨のさく池めぐりあゆむ

三首目の歌であるが、この一首は羽黒山の四首には入っていない。

二十年衰へて来し羽黒にて南谷にもくだることなしの一首の初案は

二十年経て来し羽黒に衰へて南谷にもくだることなし

であった。その前にある「木々ふかき羽黒――」の歌は未完に終っている。

佐太郎先生の作歌は、自身が納得される、ぎりぎりの所まで推敲されたのである。

私は二十代の時より、東京歌会の司会、および詠草の印刷を先生に指名された。ある時期より歌会の前々日に発行所に佐太郎先生の詠草をもらう為直接出向くようにした。佐保田君が来るから、一首作らねばと、家族に言っていたそうだが、一首がなかなかまとまらない事もあり事務室で待った時もあった。

葉をもるる夕日の光近づきて金木犀の散る花となる

この一首は、佐太郎先生の晩年の代表作であるが、東京歌会に提出された時は、

夕つ日の射す光あり近づきて金木犀の散る花と知るであった。

帰り路の坂をあゆめば夕つ日は連翹の黄の花群にあり

の一首も東京歌会においては、

帰り路の坂をのぼれば夕つ日は連翹の黄の花群にあり

が初案であった。

東京歌会において三十年以上担当していると、佐太郎先生の詠草について、感慨が尽きない。

むらさきの彗星光る空ありと知りて帰るもゆたかならずや

昭和六十年の一首であるが、

彗星の尾の見えがたき夕空の下を帰るも楽しからずや

が東京歌会に出されたものである。まだまだ引用すれば例が出て来ると思うが、佐太郎先生は推敲をする事によって、歌に厚みを加えられたのである。

「以上は歌の出来た経過をいったのだが、その経過は同席した友人たちが知っているわけだから、それを広く他の会員に伝えてもいいと思ったのである。私たちが歌

を作るのは、対象のなかにひとつの意味をみとめてそれを表現しようとするのだが、出来た歌がそれをどの程度に出し得ているかということを顧みて、途中で妥協せずにとことんまで追及するのがいい。私のやり方がそれだといっては不遜になるが、その方向を示す参考として諸氏に伝えるのである。」

佐太郎先生の『短歌作者への助言』の「推敲」の中の一節である。

また別な所では「短歌はいつも苦吟しなければならぬものでもないし作歌は楽しいものであっていい。自分の生活なり感想なりが素直に出ていればそれで一応は満足してよいのである。作歌の初途にある人、年老いた人は境涯に応じた作歌があっていい。」とも言っている。

悔多きわれの頂《かうべ》を撫《な》づるものありとおもひて夜半《よは》にさめゐき

昭和四十八年の佐太郎先生の一首であるが、結句は「さめをり」であった。

陰《かげ》を布《し》く木のなき庭に芥子《けし》の花さきて寒《かん》の日のこころ軽さよ

の初案は、

陰を布く木のなき庭に芥子の花さきて寒の日の光ゆたけし

であった。佐太郎先生はぎりぎりの所まで推敲されたのである。

「予が嘗て自分の歌を直すという事を云ったに就いて、或る人は冷笑したと聞いた。或る人は作歌の態度というものをそんな處に置いて考えて居るものと見える。予等はもうそんな中途に物ぐさ喰って居られないのだ。短歌などの場合には全体の言葉すらも、ぶち破って直す事が出来る。幾重の殻を破り、磨きに磨いてほんとうの『いのち』の表現に達する事が出来る。直すとは其境に到達せんとする意力のあらわれである。」

これは斎藤茂吉『童馬漫語』の「歌の推敲・改作」にある言葉である。我々は常に「写生」を根本にすえ、ぎりぎりまで自身の歌を推敲したいものである。

（「歩道」平成三十年十月号）

# 作歌の視点

私の若き日に最も仲の良かった、室積純夫が逝って今年で何年になるだろうか。あの激しい気質を時々懐しく思い出すことがある。先日、書庫を整理していたら、中原中也の詩集が出て来た。中原は室積の出身地、山口県湯田温泉で、室積と同郷である。室積は中原中也に心酔し、自身もいつか、詩人になりたいと思っていたのである。ある時、全国大会の時であったろう、大先輩の由谷一郎に中原中也の話をしていた。由谷一郎は、夭折した中原中也を詩人として認めた上で、佐太郎の方が上であると言ったのである。宝積は半分納得したものの、不承知であった。それほどまでに中原中也を敬愛していた。

　正午

ああ十二時のサイレンだ、サイレンだサイレンだ
ぞろぞろぞろぞろ出てくるわ、出てくるわ出てくる
わ
月給取の午休《ひるやす》み、ぷらりぷらりと手を振って
あとからあとから出てくるわ、出てくるわ出てくる
わ
大きなビルの真っ黒い、小ッちゃな小ッちゃな出入
口

――以下略

中原中也は、大正十四年、十八歳の時、上京して詩人をめざしたのである。私は小学生四年生の時、大阪から東京に移り住んだ。その時のカルチャーショックと言えば、人口の多さと、道路の幅の広さと、言葉の強さである。とりわけ、人口の多さには驚くばかりで、山の手線のどこのターミナル駅でも人の流れは絶えなかった。中原中也のこの詩は、サブタイトルに「丸ビル風景」とあり、見事に東京の一場面を映し出したと言っていい。

昼すぎの東京駅の乗車口に個々に動く人群《ひとむれ》を我は見
おろす

八月の日の日向にもこみあひて東京駅にあつまりし
群集

この二首は佐太郎先生の若き日の歌集『軽風』にある歌である。中原中也の詩同様視点があるのである。二十代の作品である。いずれにしても地方から上京した者にとって驚きであったろう。

ぞろぞろと群れて歩める人々はこの巷《こうぢ》にて鋪道に出
でき

歌集『歩道』のなかにも群集の歌がある。

群衆の中に居て

萩原朔太郎

げに都会の生活の自由さは、群集の中に居る自由さである。群集は一人一人の単位であって、しかも全体としての綜合した意志をもっている。だれも私の生活に交渉せず、私の自由を束縛しない。

これは萩原朔太郎の散文詩である。萩原は敬愛するフランスの詩人、ボードレールの生き方を学んでいた。大都会の中にあって、孤独と自由は詩人のひとつのテーマであったのである。

ある時

山村暮鳥

都会の雑音がきこえる
都会の雑音はまるで海のようだ
そこにわたしたちの小さな巣もある。
その巣でしきりにわたしをよんでいるだろう
とうちゃん
とうちゃん
雑音にまじるその声

——以下略

山村暮鳥の詩集『梢の巣にて』の一節である。大都会の片隅でひそかに暮らす家族を表現した詩であるだろう。

新聞に銀座どほりの写真ありその歩道には人みちみちて

斎藤茂吉歌集『小園』にある昭和二十年、疎開先で新聞を見ての一首である。茂吉の歌の中でこのような一首は、ただ事歌として扱われて良いかも知れないが、私はこの歌には茂吉の感情があるように思う。茂吉は若き日に、斎藤家に婿養子として東京に移り住んだ。何十年もの間、銀座や渋谷、浅草などの喧騒の中に身を置いて生きて来たのである。旅行詠と同様これらの市街での作品を数限りなく残しているのである。疎開先で見た、新聞記事に、いまさらながら、東京への思いが募ったのではなかろうか。

短歌や詩の素材は何であってもかまわないが、やはり作者の身に迫るものでなければなるまい。中原中也、萩原朔太郎、山村暮鳥、佐太郎、茂吉、皆その視点は同じではなかろうか。我々は常に身に迫る素材を心がけて一首を作る努力をしたいものである。

（「歩道」平成三十年十一月号）

## 尾長鳥

私は昨年おもいもよらぬ病気になり入院加療に半年の時間がかかった。突然の入院に勤めていた大型店の社員やパートの仲間が心配してくれた。以前の私は自営業で、カーテンの縫製を主体に、父と母と共に、数人の人を使って営業をしていた。母亡き後は、取引先の社長が、心配し誘ってくれて、店でインテリアコーデネイターとして勤めるようになった。勤めに出て十五年が過ぎた。店では毎年梅雨の頃、夏の商品として藺草が入荷される。その匂いは店内に満ち、今年も夏が来たのだと実感するのである。藺草には中国産と国産がある。国産の藺草は、取引先の関連で福岡県柳川市のものである。店ではデザインもさることながら、最高級の品物として勧めるが、柳川は水路が美しく、北原白秋の生地であると私は客に付言するのである。私は現在、東京の郊外多摩川の左岸海より五十四キロの地の福生という街に住んでいる。佐太郎先生存命中は、世田谷区若林に住んでいた。北原白秋も一時期世田谷区若林に住んでいた事がある。そういう事があるので白秋に親しみを感じるのである。

「庭の芝生は広く、簡素な中門の竹柵にはまだ咲かぬ庚申薔薇《こうしんばら》の蔓と棘とが絡んでいた。その右と左とが、春は一列に山吹の花明りとなるのであった。黄の八重であった。

中垣のこなたへ明る山吹の八重咲きの花は雨ふかき花

という歌のできたのもその春雨の頃であつた。

ここの庭ひろびろと雨のおりにけり朝いでてみる山吹の花」

北原白秋の昭和七年二月十五日付の「短歌新聞」に「世田ケ谷の春」と題して寄稿した全文である。北原白秋は昭和三年四月、世田谷区若林二三七に転居している。白秋はこの世田谷時代には、歌人としても、詩人としてもすでに世に知られていて、周知のごとく斎藤茂吉とも交流があった。

真夏なり諸《もろ》にすだくとおそれなき熊蟬のわめきむらぎもに沁む

白秋の一首である。茂吉はこの歌について

「初句に『真夏なり』と置くのなども、後世ぶりで駄目だが、こうゆうものを平然として置くところが、新詩社で学んだだけあってその残滓が時々顔を出すものと見える――

（中略）

また正岡子規などの真面目な主張によって、折角こういう具合の悪い置き方が無くなりかけたところ、大家といわれる白秋君によってそれが平然と試みられているというのは、正に逆行の観がある。」

斎藤茂吉の「白秋君の歌を評す」の一節である。茂吉は白秋をまだまだ批判しているのであるが、ここではこれ以上触れない。佐太郎先生も対白秋については同じ考えであったろう。

昭和十五年九月、佐太郎先生は処女歌集『歩道』を八雲書林から出版された。この時、八雲書林から大家と目される北原白秋の歌集『夢殿』、『黒檜』等々が出版と同時に発売された。私が、歌集『歩道』の初版を入手したので、佐太郎先生に署名を願った時であろう。社主の鎌田敬止に白秋の歌集より、あなたの歌集の方が売れていると、聞いた事を嬉しそうに言われたことがある。

私は白秋を研究したわけでないので、以前住んでいた、世田谷時代に白秋の事を散歩の途次、偶然区の銘板によって知ったのであった。名のある歌人が、かつて住んでいた事を思うと楽しかったのである。

偶然知ると言えば、今住んでいる福生でも同じ事があった。私の家から、徒歩十分程で、多摩川の堤に出る。堤に出る手前に三キロ程の長さの自然林が今も残っている。昭和十九年、当時福生に住んでいた、野鳥研究家であり、歌人、詩人であった中西悟堂が居た事も銘板で知ったのである。中西はこの自然林を主体に「野鳥村」の設置構想を持っていたが戦争となり幻の構想となったのである。

　冬槻《つき》のうれを離れて飛ぶ尾長あとよりあとより次の槻へと

　水色のつばさを搏《う》ちつつ尾長らはこもごもに啼きて多摩川を越ゆ

　その翼開きつ閉ぢつ尾長らの長尾《ながお》のびやかに広き川越ゆ

中西悟堂の尾長と題する、短歌三首である。これも銘板のプレートに載っている。今も多摩川の自然林を散歩していると尾長はたびたび飛来して来る。

　窓外に来る尾長鳥二つゐて咲ける辛夷《こぶし》の花をついばむ

佐太郎先生歌集『星宿』にある一首で、先日歩道の合評に出ていたのを気にとめたのである。

私は今まで、佐太郎先生と他の歌人の作品を比較して、優劣を言った事はない。佐太郎先生は同時代の歌人など問題にすることなく、ひたすら、斎藤茂吉を目標にしていたからである。中西悟堂の尾長は素直な作品でリアリズムがあり尾長の生態が表現されている。しかしこういう作品と佐太郎先生の一首を見てみるとひと味違うと思うのである。佐太郎先生の一首には「辛夷の花をついばむ」という特殊性があり、身に引きつけて表現しているのである。この身に引きつけて表現するのは普段より意識しなければ出来ない事だと私は思う。北原白秋にせよ、中西悟堂にせよ、身に引きつけてとまでは行っていないように思うのである。短歌の根底である自身の思いを表現しなければ全体として浅くなるであろう。

（「歩道」平成三十一年一月号）

# 花の歌

年の始めの元旦に一年の計画を立てる。色紙に書いてその年の目標を立て、十二月三十一日にはその色紙の裏に実践出来なかった事を反省するのである。中学生の頃より続いているので、色紙の枚数は五十数枚になろうか。平成三十年元旦も色紙に書いている。東京都心の病院に入院加療して越年しているので病室でひとり実践計画を立てた。病気治療をしっかりとして再び社会生活への復帰を誓ったのである。また毎年の事であるが、佐太郎先生の歌集等々を入手する事も書いている。今年は佐太郎先生の色紙、短冊も欲しいと思いその事も書いた。しかるに十二月に至らない前に、ネットで安く、佐太郎先生の色紙一枚、短冊二枚を入手する事が出来た。私の知らない時代の先生の字を楽しむことが出来た。

「塚本邦雄に『茂吉秀歌』というのがあるな。『赤光百首』というのか。読んだが、大したことない。だいたい『赤光』から百首の秀歌を選ぶのは無理だ。そんなにいい歌はないよ。塚本邦雄なんて、随分頭がいいけども、だから、頭がいいといっても大したことはない。ぼくら感謝しなくちゃならんよ。斎藤先生の側にいて育ったということは……」

これは『短歌清話』の昭和五十三年七月三十一日の記述の一部である。『短歌清話』はいまさら言うまでもなく、秋葉四郎氏の佐太郎随聞記で、いたる所に、佐太郎先生の金言が散りばめられている。今回、佐太郎先生の色紙を買い求めた、京都の古書店が茂吉先生の短冊もあると知らせて来た。

ほのかなる茗荷《めうが》の花を目守《まも》る時わが思ふ子ははるか
なるかも

の一首で、歌集『赤光』の中の歌なのである。塚本邦雄の『茂吉秀歌』に取り上げてはいるものの一首独立して鑑賞はしていない。しかし、佐太郎先生は『茂吉秀歌』にはねんごろな文章を載せている。

「これも淡泊な愛恋の情調を詠んでいる。作者は『茗荷の花に心を牽かれて、田園の少女をおもふといふ歌である。』（作歌四十年）といっている。また、長塚節がこの歌をほめて、

「茗荷の花は地味な目につかぬものである。――中略――しみじみと見なければ、目につかぬ花である。其のしみじみとして居る時にわが思ふ子を思ひうかべた」

と言って、長塚節の文章を引用し、また、佐太郎先生自体、青春時代の茂吉の一首を讃えている。

いちはつの花咲きいでてわが目には今年ばかりの春ゆかむとす

正岡子規の一首である。

斎藤茂吉はこの一首について、

「短歌に於ける永遠性はこういう具象的なものからにじみ出でてくるものでなければならぬ。そういう考を私は持っているのであるから、作歌に際しては飽くまで、『現実の時』を心掛けようとおもうのである。」

と言っている。私は若き日にこの一首を読んだ時、「いちはつの花」が解らなかったのであったが、病と戦う子規の心情に心ふるえたのである。

菊芋の黄の明らけく咲くほとり足をいたはるためにいこひき

佐太郎先生、最晩年の歌で、昭和五十九年作として歌集『黄月』にある。蛇崩遊歩道の散歩の途次菊芋の花に心よせたのである。今、資料がないので記憶によって書いているが、菊芋の花は、確か岩手の菊澤研一氏が佐太郎先生に指摘されたものであったと思う。今までの短歌になかった花であると私は思う。

子規の「いちはつの花」、茂吉の「茗荷の花」、佐太郎先生の「菊芋の花」等々、人があまりかえり見ない花を詠うのは、常に短歌の素材はないかと作者が意識しているからだと私は思う。

さて、この度も茂吉先生の短冊を京都の古書店より取り寄せたのであるが、無論妻に内緒のつもりでいた。古書店からの連絡で妻に知られてしまい、「あなたには浪費ぐせがある。」と言ってすこぶる機嫌が悪い。

（「歩道」平成三十一年二月号）

# 献呈本

自分自身が本を出版した時、読んでもらいたいと思う敬愛する人に本を送る。未知の人からの献呈本はもらう方にとって、ある意味では迷惑な話であろう。ましてや著名な作家にとっては多忙な身であるからその感じは強いのではないか。私は平成十四年十二月二十日、奥付で『佐藤佐太郎私見』を上梓した。作家の小島信夫先生や、阿川弘之先生など数人の人にも送ったのである。

御書著「佐藤佐太郎私見」を拝受し乍ら年末年始のごたごたにまぎれて御礼状も差出さずに打過ぎ失礼の段お許し下さい。これより寸暇を待て楽しみに拝読のつもりです有難うございました。平成十五年二月十六日

阿川弘之先生よりの返信である。送る方にとってこれ以上の喜びはないのであるが、読んでもらえると思うだけで、作者にとって励みになるのである。しかし、著名人に贈送した場合、返信がないのが普通であるだろう。

私は昭和五十八年、第一歌集『青天』を出版し、数人の人に送っている。

御歌集『青天』御恵投下さいまして御礼申します。御歌風も飾り気なく質実にて好ましく感銘いたしました。御会いしたこともありませんが機あればと思います御自愛祈ります。御礼まで不一　　八月九日付

昨夜も『青天』をよみ一層貴方の歌のよさがわかりました御精進を祈ります。　　八月十日付

歌集『青天』を送った先生方のひとりである宮川寅雄先生の返信である。宮川先生は、佐太郎先生が中国恵州に旅行する時、また解放されていない土地の恵州行に尽力されたのである。当時日中交流協会の理事をされていた。「歩道」の先輩である和歌森玉枝さんの友人で、確か先生と共に会う約束をしたのであったが宮川先生の都合で会えなかった。和歌森さんの勧めで私は歌集を送ったのである。いずれにしても私のごとき無名の作歌者にとって励みになるのである。歌集『青天』を出版した後、十数年が経過した頃、私の歌集が慶應義塾大学の図書館に保存されたと友人が知らせて来た。私は当時大学の塾長であった、詩人でフランス文学者の、佐藤朔先生に歌集を送っていた。佐藤朔先生は現代歌人で佐太郎先生の作品が好きであるとの記事を見たからである。また、ボードレールの『悪の華』の詩の訳文を引用させて頂いた。佐藤朔先生亡き後、数千冊の本が図書館に文庫として保

存されたのである。私の歌集『青天』は破棄されずに残ったのであろう。こんな自身の事をつらつらと書けば自慢話になるので慎まなければならないい

平成二十九年「歩道」六月号に「北杜夫宛『斎藤茂吉言行』」と題して私は文章を寄せている。昭和四十八年、佐太郎先生は北杜夫に本を献呈したのである。北杜夫宛の献呈本を私が入手したのはいつであったか忘れてしまったが、ネットで調べているうち偶然みつけた。北杜夫は赤いペンで自身の感心した所を何行も何行も線を引いている。晩年の著書の茂吉四部作において、佐太郎先生の『斎藤茂吉言行』を多く引用している。『茂吉晩年』の昭和二十六年頃の茂吉の姿は茂吉言行そのままと言っていいほどである。茂吉四部作は佐太郎先生亡き後に出版されているので、佐太郎先生は自身の著者が活用されている事は知る由もないのである。

さて、ここに一葉の写真がある。歌集『形影』の扉に署名された佐太郎先生の字であるが、書家で歌人の松井如流に献呈されるべき本であった。なぜ私の手元にあるのか私にはまったく記憶がない。佐太郎先生は重複して書かれたのではなかろうか。先日、ネットで佐太郎先生が作家で俳句を作る、瀧井孝作に献呈した、歌集『星宿』が売りに出ていた。瀧井孝作が、佐太郎先生のどのような歌に興味を持ったのか知りたかった。売りに出した古書店に問い合せると、読んだ形跡はあるものの書き込みも何もないと言って来たので購入を止めたのである。佐太郎先生が晩年になって本を献呈されたのは交流の一環である。私はかつて、上田三四二氏より歌集をあずかり、佐太郎先生に届けた事があった。上田氏は佐太郎先生に読んでもらいたかったのである。

大正二年二月、斎藤茂吉は処女歌集『赤光』を敬愛する先輩の長塚節に献呈している。

『赤光』を見ると品位……芸術界ばかりでなく人間界の万事に於て第一の要素である…というものを理解して居ない事が直ぐ分る。それにも拘わらず僕が『赤光』を尊敬しているのは他にある『ほのかなるものなりければ少女ごはほほと笑ひてねむりたる…』の如き却って純潔な作を出したからである。君が白秋氏の摩羅の歌の如き芸術的要素の欠乏した極めて劣等などをそう弁護するには至らぬ。どんなに君が作者の製作当時を連想して絶叫して見ても肝腎の製作その者が値打なければ何にも成らぬ。中澤臨川氏は白秋氏の彼の一首を論じたので、決して君を一言でも譏って居ない。君の議論の全体の筋は面

白いが、今少し冷静にならないと判断を誤る。君には殊に此の失態がおおいと思う。」

長塚節の「茂吉に與う」という文章の一節である。長塚節は、歌集『赤光』を読んで『赤光』書き入れを、大正九年発行のアララギ一・二・三・四月号に載せている。茂吉にとって真摯に受けとめてもらった事に、後の発展にどれほどの励みになったかと私は思うのである。本当に評価してもらいたい人に評価されるのは作家として本望であろう。世の中にはその逆の批判も多い。

（「歩道」平成三十一年三月号）

## 好きな作家

読書は自身にとって至福の時間である。ましてや良い本にめぐりあい、その本がみずからの血となり肉となったならば最高の嬉びであろう。我我は短歌作家だから歌集はもとより、小説、その他の書物も多岐に渡り読む。読書家として思い出すのは「歩道」の大先輩の吉田和氣子さんである。吉田さんは毎月新刊本を買うのにおしみなくお金を使った。九十歳になった頃であろうか、今度出た「リグ・ヴェーダ何々」の本を買った時あなたもヨーガにかかわる人だからと言って二冊購入して、一冊送ってくれたのである。九十歳になって、リグ・ヴェーダの本を読むとは驚きであると同時に感動したのである。何か短歌に活用出きればと思われたのであろう。佐太郎先生の若き日の短歌一首にリグ・ヴェーダが出て来る。

私も吉田さん同様、多くの本を読んできた。若き日から今日まで好きな作家の作品を読み継いで来ているその中のひとりで、特に好きな作家は吉村昭である。先日半年以上入院した病院の東京慈恵大学病院の創立者の高木兼寛を描いた小説「白い航跡」は病気の治療方針で対立する森鷗外との葛藤も描いている。両者が没したのち高木の意見が正しいと判明したのである。吉村昭の最後の作品といっていい「大黒屋光太夫」はロシアに十年もの間生きのび、ロシア皇帝に直接ロシア語で願い出て、日本に帰還したのである。この本は長篇であるが三・四回は読んでいる。吉村昭の歴史小説は、彼が尊敬する森鷗外が源流で、リアリズムに徹した作品なのである。私は彼の作品をほとんど読んでいる。

読者家で博覧強記といえば、岩手の菊澤研一氏である。私は時々、佐太郎先生の短歌一首がどこの歌集に収載されているかを問うとすぐに返事がくるのである。色々な話をするなかで、作家辻邦生や阿川弘之など私と菊澤氏の共通する好きな作家がいたのも解ったのである。先日古書店に立寄った時、庄野潤三に目が止った。菊澤研一氏が愛読している作家のひとりである。格安だったので二冊買った。その一冊の『野菜讃歌』のなかに私が気にとめた文章があった。

「フランスの作家シャルル・ルイ・フィリップは私の好きな作家の一人です。もし皆さんの中でまだフィリップの作品を読んだことがない人がいたら今すぐに本屋へ行って、文庫本の中からフィリップの名前を探し出し、何でもいいから見つけたものを買って来て読んでみて下さい。『小さな町にて』『ビュビュ・ドゥ・モンパルナス』『母と子』『母への手紙』『若き日の手紙』、今ざっと頭に浮べただけで、これだけは確かにどれかの文庫本に入っています。

しかし、私はこの中で『ビュビュ・ドゥ・モンパルナス』のような作品は、おそらく皆さんの年齢ではまだ充分に理解し、味わうことは困難ではないかと思います。私自身がこの作品に感心するようになったのは、つい最近のことですから。」

「フィリップの手紙」と題した文章の書き出しの一節で五十年以前のものである。

私は平成二十五年七月号「歩道」に歌集『歩道』とフィリップの事を書いている。

市役所につとめ貧しかりフィリップを友の如くに思ひ出しをり

佐太郎先生は若き日にフィリップの文学を読破していて、地方から上京し、パリという大都会になじむことなく、ひたすら自身の文学世界を築いた作家を友の如くと言って賛えているのである。この一首は歌集『歩道』にはなく、昭和五十二年に上梓した『佐藤佐太郎全歌集』

に昭和十四年の補遺として入っている。庄野潤三の言う若くして理解しがたい作品も佐太郎先生は読み取っていただろうと私は思う。

「フィリップのコントもまた小粒ながら真珠の光を放っているのである。私は彼がこれらの『片々たる仕事』にも作家の精魂を傾け、それらの各々を一個の珠玉にまで磨き上げたことに敬意を表したい思いである。」

これは岩波文庫の訳者であり、解説を書いた、淀野隆三の言葉である。いずれにしても、フィリップは若き日の佐太郎にとって好きな作家であると言ってよいだろう。

（「歩道」平成三十一年四月号）

## 東京歌会

私が歩道短歌会に入会したのは、昭和四十五年八月である。対流圏に入会の年月をいくたびか書いている。当時、大学生であった私は、志満先生の勧めもあり、発行所をおとずれて、歩道誌発行の手伝いをすることになり、それをきっかけに佐太郎先生に歌を見てもらうようになった。また、毎月の東京歌会にも出席し、先生の批評を聞き勉強になった。本で読む歌論と違って一首、一首が真剣勝負なのである。

「それから謄写の技術は佐保田君でもできるかどうか問われ、佐保田君に東京歌会の印刷をやらせたいようであった。そして印刷はやっぱり謄写がいいだろうなと言う。」

『短歌清話』昭和五十一年五月十六日の秋葉氏の記録の一節である。私は東京歌会の詠草を謄写版で刷ると同時に、司会も佐太郎先生の指名により担当するようになった。すでに周知のように、佐太郎先生晩年の名歌は東京歌会の詠草として提出されたものが多い。佐太郎先生は自信作を示されたのである。

ふたざまに陸と海みゆる山の上昼たけて海は重くなりたり

昭和四十五年十一月十五日、東京洋服会館においての東京歌会の先生の詠草である。私は入会して間もないので、この歌が弥彦山から佐渡ヶ島を望まれた歌で、スケールの大きな一首であると理解することが出来なかった。先日「弥彦山」という文章を書いているが弥彦山の一連の歌は、佐太郎先生の自信作だったのである。

東京歌会での先生の指導は的確で一首の良い点や悪い所があればその理由まで解かれ、毎月、私は目からうろこの思いで聞いたのであった。昭和六十一年九月二十一日、

夜更けて寂しけれども時により唄ふがごとき長き風音

佐太郎先生最後の出席となった東京歌会での詠草である。『短歌清話』下巻の五三八頁に当日の写真が出ている。東京歌会での先生の我々に対する指導は決して、上から目線でものを言う態度ではなかった。ただ一首に俗臭があると不快感を示されたのである。今記憶で書いているので確かかどうか不安であるが、私の友人の西見恒生氏の一首について、先生は激昂されたことがあった。茂吉の「猫はぼろ切か何か」という歌の二番煎だったからであったろう。

歌会終了後は、先生と、秋葉氏や熊谷さん等々で珈琲を飲む事もあり、夕食を共に食べたりもするのである。佐太郎先生最晩年のいつだったか、歌会終了後、出席者の大半が参加して、恵比寿のビヤホールまで行き、先生を囲んでビールを飲んだ。先生は歌会終了後も自身の短歌に対する思いを語って下さるのであるが、この日は一言も発言されず、ただビールを飲まれていた。

歌会に臨まれる佐太郎先生の姿勢は東京歌会だけではなく、地方の歌会に出られても同じであった。全国大会とは別に佐太郎先生は地方の歌会にも出席されたのである。昭和四十六年十月三十日、若手県国保会館での歌会に出席された。私も出席して、その歌会の詠草を今も大事に持っている。五九首ある一首一首について書き込みがあるが、それは先生の批評された言葉の断片である。「素材が特殊」「これだけではものたりない」「つまらない事を歌っている。」「なかなかいい」

「怒りたる心鎮まりがたくして―」の歌の上句に対し、佐太郎先生は「私のような心境だな。」と言われた。

いつだったか愛媛の山上次郎氏が中川一政氏製作の佐太郎先生の陶印を進呈された。講談社版『佐藤佐太郎全

歌集』の特製本にその印が使われている。昭和五十二年発行であるから、それ以前に進呈されたのであったろう。佐太郎先生は山上氏に感謝し、喜ばれたのである。その時、佐太郎先生は、私を喜ばせようと思うなら、良い歌を示せと言われたそうである。その事を山上氏は自身の歌集後記に書いている。佐太郎先生の主眼は短歌一首なのである。

硝子壁の外の明るき鋪道にて風に音なく街路樹ゆる
る

妻出でて子の保育所に行きしのち嬰児のゐる部屋に
憩へる

夜の驟雨に駅の出口の騒しく人群れてゐる中にわが
来し

天井に旗のごとくに襁褓など干すひややけき部屋に
眠りぬ

この四首は昭和五十六年の私の三十代の歌で、写真は私の歌を佐太郎先生が原稿として提出して下さったのである。当時「歩道」には特選欄があり、毎月、全国の会員の詠草から秀歌が選ばれるのである。最終決定は佐太郎先生にゆだねられていた。私の原稿を佐太郎先生が書いて下さったのは、編集会に私が間に合わなかったからである。いずれにしても佐太郎先生は見所のある歌を作れば認めて下さった。

短歌作家にとって選歌はその人の発展にとって最も大事な事である。斎藤茂吉は師である伊藤左千夫の選を受けた。佐太郎先生は斎藤茂吉の選歌によって、未来をきり開いたのである。これは個人対個人の事であるが、東京歌会などでの選歌も同じだろうと私は思う。佐太郎先生の短歌に対する考え方で、選歌がなされ、その結社の方向が決まる。

歩道東京歌会の第一回はいつであると定めがたいが、斎藤茂吉も二度ほど出席している。佐太郎先生存命中、私は十八年余担当したが、今も歩道の伝統として選歌が大事であるという精神が受けつがれている。

「私が斎藤先生に教を受けたことをふりかえって思うと、私は先生の選を絶対に尊敬して、ありがたく感じていたし、歌句に朱筆を入れて添削していただくと、それがまたむしょうにありがたかった。訂正された結果が私の意図と一致しないようになる場合がかりにあっても、私はそれで歌が良くなればいいと割切っていた。」

佐太郎先生の『短歌指導』にある言葉である。

（「歩道」令和一年五月号）

# 客観写生

作家加賀乙彦は自身医者であり、小説を書く体験から同業の先進の人々の事を描き『鷗外と茂吉』という本を出した。その本の中には鷗外、茂吉、木下杢太郎、水原秋桜子、上田三四二、藤枝静男、など医者であり文学に業績を残した人が語られている。加賀乙彦は茂吉の「実相観入」について、

「実相に観入、すなわち写生という行為は、単に対象を客観的に写しとるだけではなく、対象の本質を深くさぐりだしていこうとする主観的姿勢をも指しているので、ぼくなどがわかる用語で言い換えれば、対象をよく観てそこに真実を透視する、堅実なリアリズムの手法であるということになります。」と解説している。我々にとってことさら新しいものであるとは思えないが私は同感して読んだのである。

またこの本の中で、加賀は産婦人科医であり俳人の水原秋桜子についても語っている。水原は茂吉の歌集『赤光』を読み、圧倒され、「死にたまふ母」の連作を全部暗記した。と記している。短歌にも心はゆれていた水原であったが、結局は俳句一筋の道をたどるのである。その俳論「文芸上の真」は、茂吉の解く「実相に観入」するというのと同じであると加賀は指摘している。

「――文芸上の真――は、言うまでもなく文学において絶対に必要なるものである。これは決して自然そのものではない。『自然の真』が心の捉え方の確かな芸術家の頭脳によって調理されさらに技巧によって練られたところのものである。」と水原秋桜子は言っている。水原は「ホトトギス」で自らの実力を発揮した俳人であるが、高浜虚子の「客観写生」にあきたらず袂を分ったのである。

「私は敢て客観写生ということを言う。それは、俳句は客観に重きをおかねばならぬからである。俳句はどこまでも客観写生の技倆を磨く必要がある。」高浜虚子の言葉である。俳句と短歌の違いはあるものの、写生において主観、客観の問題は永遠の課題であるだろう。

柿くへば鐘が鳴るなり法隆寺

正岡子規の奈良の句である。子規は我々の信奉する「写生」の源流である。この一句、旅の宿での夕食の後、御所柿を食べている時、東大寺の鐘を聞いた。写生において主客は作者の感性に帰着する。

（「歩道」令和一年六月号）

# 弥彦山

ひとりで旅のツアーに参加し、途中弥彦山の麓にある弥彦神社に参拝した。一泊二日の旅行日程にくみ込まれていて、厳粛な気持になり神社の前に立った。妻の病気が治癒することを願ったのである。しかるに、その半年後、私自身がおもいがけない病気になり一年の入院加療が必要となったのである。あっという間の短い旅であったが雪の降る阿賀野川を舟で下ったのは忘れ難いものであった。

昭和四十五年秋、佐太郎先生は弥彦山を訪れている。

ふか谷はおのづから紅葉しげからん中空にひととき見おろしてゆく
弥彦山海に迫りて終りつつさやかに寂し沙の渚は
雲のゐる佐渡のあたりは寂しけれ弥彦の山にのぼりて見れば
この山の谷をへだてし嶺の青とはのしづまり秋の日に照る
秋の日の光にちかき山の上に晩れ咲く黄の花をあはれむ
ふたざまに陸と海みゆる山の上昼たけて海は重くなりたり
榛の木の列さまざまに見えをりて遠き山ちかき刈田も寂し
山の木々雪ふるまへのしづけきにまじる緑は心いたし
菊の花ひらくころにてゆくりなき刈田に隣る黄のさやけさよ

佐太郎先生は弥彦山に登り九首作っている。私が弥彦神社に参拝した時、自由時間が一時間程あった。参道の別の道を行けばロープウエイの乗場があり弥彦山に登れたのであるが、往復の時間を考えると断念するしかなかったのである。一首目の「中空にひととき見おろしてゆく」はロープウエイからのものであろう。弥彦山から佐渡を見渡した一連の作品は目立たない作品のようであるが、実に立派で、芭蕉の

荒海や佐渡に横たふ天の川

の一句を思わせるものがある。

冬の日の眼に満つる海あるときは一つの波に海はかくるる
島あれば島にむかひて寄る波の常わたなかに見ゆる

寂しさ
神島の女坂より雲と濤かすけき伊良湖水道は見ゆ
佐太郎先生は少年の頃より海を見つめ続け、海によせる思いは歴代の詩人や歌人より強いものがあり、作品そのものも群を抜いている。
明治四十年、長塚節は弥彦山に登っている。短歌は作っていないが、「弥彦山」という文章を残している。
「余が弥彦山を知ったのは斯くしてこの信濃川の長橋に立ってであった。どうしても一度登攀して見たいという念が此時油然として起った。」と言い、新潟の停車場で降り立って信濃川まで来た時、遠く弥彦山を見てその思いが募ったのである。節は一度、佐渡にわたり寺泊にもどっている。寺泊より徒歩で弥彦神社に到り、弥彦山に登ったのである。
「渺茫たる日本海はすぐ山の脚もとからひらいて居て、悠然たる佐渡が島が此海を掩うて長く横たわって居る。島の上には一抹の白雲が斜に棚引いて一二の峰が僅に其雲に相接している。」
節の「弥彦山」の文章の一部であるが、節は弥彦山で見たものを淡々とあるがままを書いている。
佐太郎先生の
雲のゐる佐渡のあたりは寂しけれ弥彦の山にのぼりて見れば
ふたざまに陸と海みゆる山の上昼たけて海は重くなりたり
の二首と同じなのが面白い。
節の文章はさらに続き、
「弥彦の峰のつづきが角田山となって又一つ立って居るので北方の一部だけは隠されて居る。地図で見ると五ケの浜や角見の浜が此角田山の附近に散在して居る。『此等の浜は何辺か』と看守人に聞いたら『此所からでは隠れて居てしかとは方角も分らぬ』といった。」とあり節は自身が疑問に思った事をただ物を見るだけではなく納得するまで追求するのである。
弥彦山海に迫りて終りつつさやかに寂し沙の渚は
佐太郎先生も節と同じ角度で一首を作っている。
「更に一遍ぐるっと見廻して見ると低くて小さなつまらぬ山と思った此の弥彦の眺望の濶大なのには今更の如く驚かずには居られぬのである。」と言って、弥彦山での体験をつづっている。佐太郎先生は『長塚節全歌集』の解説のなかで、
「節の旅行は芭蕉・子規あたりの影響であるが、一面

は性来の傾向であり、それに健康の増進も意図したのであった。各地の自然・風俗・人情を見ることを楽しみ、名物を食うことを楽しんだので、酒を飲まず煙草を喫わず道楽というもののない節にとって、旅行は殆ど唯一の形而下の悦楽だったといってよい。」と言っている。節の旅行を「形而下の悦楽」と捉えたのは佐太郎先生だけではなかろうか、そして、佐太郎先生の旅も形而下の悦楽の一面があると言えるだろう。

「弥彦から吉田へ出る間は稲刈りがはじまって居る。路傍には榛の木が立ちならんで居る。」弥彦山を降り来た節はまだまだ描写を続けるのである。

　榛の木の列さまざまに見えをりて遠き山ちかき刈田も寂し

若き日の佐太郎先生は自身最も長塚節に似ていると、どこかで語っているが、晩年に到っても繊細で感覚的なものの捉え方は不変なのである。

（「歩道」令和一年六月号）

## 暁光

平成三十一年一月号の「歩道」に長谷川淳子さんが「痕跡」と題して文章を寄せている。

「―痕跡―と書かれた桐箱と他に画仙紙半切の三分の一の書きおろしのままの作品三点、色紙四点、『五紀巡游帖』の合作ノート一冊、手紙一通が無造作に入れられていました。手紙の文面よりこの所有者は薩摩慶治氏であったと考えられます。」と書いている。

長谷川さんは、自身の個展会場の主人から、佐太郎先生の作品をゆずり受けたのである。その文章の中に私の出版した『佐藤佐太郎の作歌手帳』にも触れている。昭和三十九年、佐太郎先生のヨーロッパ旅行の旅の記録の歌の数々の直筆である。我々にとって後世に残すべき宝なのである。

私は佐太郎先生の晩年の弟子で昭和四十五年から逝去される昭和六十二年まで先生の身近にいて、仕事をさせて頂いた。そのあいだ、事あるごとに、先生より直筆の歌を頂けた。先生の直筆の色紙や半折は充分と思えるほど持っている。しかしこの対流圏にも書いているが、ネットで出ている色紙等々があれば購入してしまう。ふたたび先生とめぐり合えたような気がするからである。

　田澤湖にひびきて風の渡るとき橡の若葉のひるがへるなり

これはある時、購入した短冊の佐太郎先生の一首で、昭和二十四年五月秋田の歌会に行き、田沢湖に立ち寄っている。歌集『帰潮』のなかにその時の歌五首が載っている。

　山をふく風のひびきは湖《みづうみ》のうへを渡りてきこゆるものを

五首のなかの一首である。先の歌と比較してみて私は甲乙つけがたいと思うのであるが、「橡の若葉」の歌は歌集に入っていない。たまたま買った短冊に資料的な発見があって嬉しかったのである。

佐太郎先生の生涯の作歌を考える時、先生は常に進歩伸展されていたように私は思う。「純粋短歌」がその根底にあるが、みずからの歌について自らを厳しく律していた。したがって歌集出版時には「気に入らない歌は惜気なく、どんどん捨てて編集した。」(佐藤志満)のである。

## 暁光

　金星の光のごとくしづかなる希望《のぞみ》ゆらぎて暁になる

　笹むらに音をつたへてあかつきの風ふく時に吾はめざめつ

　光さす東の空はおごそかに渦のごとくに動きはじめつ

　あかつきの天《そら》よりわたる日の光あなかたじけな吾にとどきて

　ただひとつ乞ひねがはくは現身《うつしみ》のうちに怒《いかり》のたつことなかれ

この五首は昭和三十九年の新年の歌である。四百字詰原稿用紙に五首書かれ掛軸にしたものである。私はこの対流圏にも書いているが、佐太郎先生の短冊や、色紙がネットで出ていると買い求めている。色紙を数枚買った、名古屋の古書店が掛軸も数点あると知らせて来た。そのうちの一点である。旧所有者は榛原駿吉氏である。榛原氏は歩道の大先輩で尊敬していた人だけに私は懐しく嬉しく思ったのである。

　みづからのためにみづから言ふ言葉もとむる友は心さやけし

「郵政」の友に、という詞書のある一首で、歌集『星宿』にある。佐太郎先生と榛原氏との師弟関係は長く「郵政」

の機関誌の編集に携っていた榛原氏は、短歌欄の選者を佐太郎先生に依頼されたのである。この一首も榛原氏をふくめ、例えば石井伊三郎氏等々の友を言っているのである。

さて、曉光五首についてである。

この五首のうち

あかつきの天《そら》よりわたる日の光あな忝けな吾にとどきて

の一首のみが歌集『地表』に載っている。私の想像であるが「郵政」新年号の選者詠の五首ではなかろうか、今は榛原氏に聞くすべもない。

「彼は、茂吉を模倣しているに過ぎないと自らけんそんしているが、すでに茂吉と違ったもの、茂吉にないものを打出して来ている。彼に『自分の開拓の跡を公平に見てもらいたい』という意味の控え目な言葉があるが、恐らく大茂吉の跡つぐ歌よみに――なりつつあるのではなかろうか」

これは昭和二十八年十月二十日の朝日新聞の「人さまざま」の文章で、佐太郎先生の歌人像である。

周知のように佐太郎先生は、斎藤茂吉の選によって成長、発展して来た。歌集『軽風』『歩道』『しろたへ』は茂吉の目を通している。ある時期より茂吉を通さずみずからの力だけで作品を発表している。歌集『帰潮』に到っては茂吉を経ずして独自性の世界を展開していると指摘できるのである。

この曉光五首についても独自性もさることながら、一種の風格が出て来ていると私は感じている。

ただひとつ乞ひねがはくは現身《うつしみ》のうちに怒《いかり》のたつことなかれ

この一首佐太郎先生の当時の境涯を言い現したものであるが、先生が終生思いつづけたものである。俗に言えば「怒りん坊」なのであるが、ここに佐太郎先生の気質の一端が見えるのである。短歌について自らを厳しく律したことはすでに言ったが、その作歌姿勢は常に「通俗」を排する事でもあった。その作歌姿勢と連動して、日常の生活においても、佐太郎先生にとって通俗と思えるものに怒りを覚えたのである。「純粋短歌」を貫くことは、いかに至難であるかと私は思うのである。

（「歩道」令和一年七月号）

## 令和

平成が終り、新元号が令和になり年が改った気持になった。自身の新しい門出のようである。平成最後の年におもいもよらぬ病気治療しているのでなおさらその感じが強い。

　春動く羅浮を望みて立ちし人窮達不到の境に在りき

　この一首は佐太郎先生の中国恵州での作品で、この対流圏でもいく度も取り上げている。蘇東坡を敬愛する先生の心情が出ている。

　今回、元号改正の考案を依頼された学者のひとりに石川忠久氏がいる。中国古典文学の碩学で、岩波版、「佐藤佐太郎集」の第六巻の月報に文章を寄せている。

「平成六年春、恵州を訪れた折、西湖という美しい湖のかたわらに今も残る、朝雲の墓に詣《もう》でた。明るい春の日射しの下、羊蹄花の紅い花に護られて眠る朝雲をしのび、しばし感慨に耽ったことだった。」

　私達が佐太郎先生に随行して恵州に行ったのは、昭和五十五年二月であるから、石川氏が恵州を訪ねたのは我々より後のことである。私は石川氏の月報の文章を読んで、私も恵州に行ったので今も印象に残っている。

「恵州旅行会社のホテルで昼食をすまして、二時半から遺跡を見た。まず西湖畔の六如亭という、東坡の侍妾・朝雲の墓を弔った。—中略—塔を仰ぐ斜面に木綿の木が高く、紅い花が一、二咲き残っていた。」

　これは佐太郎先生の「恵州行」という文章の一節で、石川氏は朝雲の墓に咲いていた花が羊蹄花とされているが記憶違いではなかろうかと文章を読んだ当時、指摘したかったのであるが、今日に及んでいる。

　夜雪《やせつ》　　　蘇軾

石泉凍合竹無風《せきせんとうごうしてたけにかぜなし》
夜色沈沈萬境空《やしょくちんちんばんきょうむなし》
試向静中閑側耳《こころみにせいちゅうにむかってしずかにみみをそばだつれば》
隔窓撩亂撲飛蟲《まどをへだててりょうらんとしてひちゅううつ》

石の上を流れる泉も凍り、竹に風も吹かず静かである。夜の気配は深まり、まわりすべては森閑としている。こころみに、静けさの中にそっと耳を澄ますと、窓の向こうで虫の当るような音がしきりに聞こえる。

虫の飛んで窓を打つような音、あるかなきかのかすかな雪の音を聞きつけた、という詩である。

石川氏の蘇東坡の詩の解説である。かつて読んだ『漢詩日記』の本の中に蘇東坡の詩が何篇か出ているものである。「夜雪」の解説はさすがだと思っている。感覚が働いているのである。石川氏は蘇東坡だけではなく、李白や杜甫の研究者でもあり、漢籍の大家として、政府から元号を依頼されたのであったろう。「万保」「万和」「広至」「久化」「英弘」が考案として出ていたが、石川氏の案がその中にあったらしい。元号の考案など我々の思いの及ばぬものであり、ただ博学のみでは無理というものだ。

さて、新元号が「令和」になった経緯は多くの人の知る所であるが、万葉集から考案したと万葉学者の中西進氏が語っていた。『万葉集』からの引用は我々にとって嬉びである。中西氏はかつて、「万葉集とは何か」という文章の中で、「短歌といえども相聞性を強く有し、より古い古代の旋頭歌をとどめていても、当然であろう。こうした古代性の中から、まず短歌によって内面を抒情するという新しさを、古代人は獲得したのである。」と言い、『万葉集』は抒情詩の集であると言っている。

佐太郎先生の『純粋短歌』の冒頭の「短歌は抒情詩であり、抒情詩は端的にいえば詩である。短歌の純粋性を追尋するのは、短歌の特殊性を強調するのではなくて、短歌の詩としての盛るべき内容を考えようとする。」の一文にも短歌の本質が語られている。

私は中西進氏から二通の葉書を頂いている。

若き日歩道を愛読しました。

静謐な抒情を尊びました。

この葉書は数年前に私が歌集を寄送した時に頂いた返事である。

無尽蔵な宝庫のように思いました。

昨年出版した「佐藤佐太郎の作歌手帳」を送った時の返事である。

いずれにしても今回の元号改正の件で、石川忠久氏や、中西進氏が佐太郎先生と少しではあるが接点を持てたのである。

まどかにて黄金《こがね》をのべし如き世は何時《いつ》になりなば来《きた》らんとする

佐太郎先生の若き日の一首であるが、令和の時代がたおやかな日々でありたいものだ。

（「歩道」令和一年八月号）

# 長崎追想

私の好きな作家のひとりに吉村昭がいる。歴史小説の取材のために吉村昭は百回以上長崎を訪ねたそうである。吉村の原点は森鷗外で、歴史をゆがめず、何も付け加える事なく専心して事実を伝えている。最晩年の『大黒屋光太夫』は彼の代表作であると私は思っているが、すでに井上靖の小説『おろしや国酔夢譚』があるので光太夫の事を書く必要がないと思われたのであるが、光太夫とロシアに漂流し同行して帰国した、磯吉の記録の発見が機転となり書き出したのである。

吉村昭の歴史小説に長崎がたびたび出てくるので日頃より長崎に親しみを感じていた。私は実際には二度しか長崎には行っていない。歩道全国大会に参加して長崎に行った。また会社の旅行で三泊四日で、長崎を中心に天草まで足をのばす旅に参加した。その旅行では、夕食が終った後、ひとりで大波止より船に乗り、伊王島まで往復して長崎の夜景を楽しんだ。長崎港を行く船から「並よろう山」に家々の灯りが点り空に向って並んでいた。私はその灯りをながめながら斎藤茂吉を思った。斎藤茂吉は大正六年十二月十八日に長崎に赴任し、大正十年三月十六日に長崎を去っている。満三年三月の間を長崎で過したわけだが、その期間にいくつかの名歌を残している。

　西坂を伴天連《ばてれん》不浄の地といひて言ひ継ぎにけり悲しくもあるか

大正九年五月二十五日茂吉はひとり西坂を訪れて歌にしている。

「西坂は天主教徒処刑の地で、歴史家にとっては並々ならぬところである。自分は流感経過いまだ体が本当でなく、それでも病院学校を休むことなく勤務していたが、同僚との会合や宴会などを避けて、一人でこういう処を訪れなどしていたのであった。」と茂吉は「作歌四十年」で語っている。長崎ではいろいろな所を訪ねているが、西坂も茂吉の心ひかれる歌材であった。

この一首について佐太郎先生は、

「その教徒が処刑されたところだから『不浄地』である。時の人が『伴天連不浄地』といい長くそのようにいい継がれてきたことに作者の感動があった。『伴天連不浄の地』という名詞を大切な要素として一首に取りいれ、『地といひて言ひ継ぎにけり』と詠歎している。これも記述的な単純さのなかにありありと主観のひびきを伝えている。」と『茂吉秀歌』で言っている。佐太郎先生ならではの鑑賞だろう。

昭和二十四年四月、佐太郎先生は念願であった長崎を訪れている。歌集『帰潮』にその時の歌七首が載っている。

新しくととのふ土に日は照れり二十六人殉教の丘

長崎での一首である。前にかかげた、斎藤茂吉の歌と同じ場所である。この一首も記述的であるが、主観のひびきがあると言えるだろう。

「この一首の『新しくととのふ土』は多分、ザビエル四百年祭の会場として整地された広場の情景を指すものであろう。かつて殉教者の鮮血を吸ったこの丘の土である。その整地された土をうつつなる春の日がしずかに照らしている。ここは彼の二十六人の殉教の丘なのだ、とする事実確認の感をこめた歌なのである。」

青田伸夫の『帰潮』全注にある解説である。

「長崎は僕があしかけ五年いたとこだからね。道の石畳などもまだあったかな。あれは砥石になる。街の人はあそこで刃物をといだりしているよ。長崎はエキゾチックなものが充満している。僕は白秋なんかとちがったところを見ようとおもって、なるべくエキゾチックなところをさけていたが、それでもそういうところはいたるところにあるからね。」

佐太郎先生が長崎を訪問したことを斎藤茂吉に報告した時の会話で『斎藤茂吉言行』に出ている。

さて、長崎であるが、作家の吉村昭が幕末を小説に取り扱っているので頻繁に出て来る。以前は『戦艦武蔵』等々の戦記小説を書いていたが、取材する人々が高齢になり、亡くなったりしてゆくので取材出来なくなった。かねてより敬愛していた森鷗外にならって歴史小説を書き出したのである。歴史小説の第一作目が、『磔』ハリツケという題名で殉教した二十六聖人のことを描いている。

慶長元年（一五九六年）豊臣秀吉の命により、京都や大阪でとらえられた切支丹の教徒二十六が長崎にはこばれ磔刑に処せられた。彼らは、一部舟に乗せられたが、大阪堺より長崎まで徒歩でつれて来られたのである。小説の中で、一行が唐津に入った時ルトビコ茨木という十二歳の少年に長崎奉行の高官が自身に仕えるのであれば命を助けると言ったが、少年は現世に未練は無いと言って断った。小説ではこのほかにもこまかな事を書いている。短歌では、斎藤茂吉の「伴天連不浄の地」を主眼にするのである。また、佐太郎先生の「二十六人殉教の丘」で一首が成るのである。斎藤茂吉や佐太郎先生の西坂の歌を長崎の観光名所の歌と思ってはならない。過去の悲劇を承知してのことなのである。ここに短詩型文学の特長があると私は思うのである。ことこまかな事を言わず本質を言うのである。

　ゆふぐれの寒くなりたる丘のみち栗山大膳の墓をとむらふ

　昭和二十八年十月、佐太郎先生は盛岡の歌会に臨み、栗山大膳の墓を訪れている。栗山大膳は歴史上の人物で、九州福岡藩の家老であったが当主に進言した為盛岡に眠るのである。森鷗外の歴史小説に書かれている。佐太郎先生は栗山大膳の生き方に賛同されたのであったろう。

　春動く羅浮を望みて立ちし人窮達不到の境に在りき

　昭和五十五年三月、佐太郎先生は待望の中国恵州を訪れている。長く親しんだ宋の詩人蘇東坡ゆかりの地である。恵州では十首作っているがそのなかの一首である。流刑地恵州にあった蘇東坡は人生において、どん底と思える境涯にあっても、生活を楽しんで、詩を作ったりしているのである。「窮達不到」の蘇東坡に共鳴した一首である。

　短歌は端的で直截な表現になるので作者がなぜこの一首をなしたのか読み手も考えなければならない所も多々あるが、それも短歌の魅力である。

（「歩道」令和一年九月号）

# 新宿御苑

令和元年六月七日付の週刊文春に穂村弘氏の私の読書日記が載っている。佐藤佐太郎の『童馬山房随聞』を読んでの感想である。『童馬山房随聞』は昭和五十一年に岩波書店より出版された、四十三年前のものである。岩波から再版もされていないから、今日では入手困難な本と言っていい。（編集部註『佐藤佐太郎集』全八巻に茂吉随聞、茂吉言行として再録している）私は佐太郎の茂吉随聞は文庫になり多くの若い人に読み継れて欲しいと思うのである。次世代の穂村氏が文章を寄せてくれたのは稀なことである。文章の中で茂吉が佐太郎に語った作歌の根本ともいうべき内容を見事にすくい上げている。

「芸術は二二んが四ではおもしろくない。もうすこし濁らなくては、古泉のものにはそういうものたりないところがあった」

茂吉が佐太郎に語った一節は古泉千樫の

　鷺の群かずかぎりなき鷺のむれ騒然として寂しきものを

の一首を批判しての言葉である。

「でも、『芸術は二二んが四ではおもしろくない』と云われても、どうすればそれを超えてゆけるのか。なかなか難しいところだ。この本にはそのヒントがある。あちこちに茂吉特有の感受を見出すことができるのだ」

と穂村氏は言っている。そして本の中よりいくつかの例を引いているのである。読書日記の表題「二二んが四」を超えては結論は出ていないが、

　閑さや岩にしみ入る蟬の声

の芭蕉の一句を引いて「この句は二二んが四」を超えた次元に到達し得たんじゃないか。と結んでいる。また穂村氏は、

「本書は、先生（茂吉）の偉さや立派さだけが描かれているわけではない。奇妙さや可笑しさがきちんと掬い取られている。茂吉の薫陶を受けた佐太郎は『二二んが四』を超えた濁りの大切さを熟知しているのだ。」と指摘している。

佐太郎の茂吉随聞は『童馬山房随聞』『斎藤茂吉言行』に二著を合せれば二十年に及ぶ記録であり、茂吉を知る上での貴重なものでその本は無限の宝庫と言えるだろう。

茂吉と佐太郎の師弟関係は昭和二年にまみえて以来、

茂吉の没する昭和二十八年まで続いた。茂吉の言行の記録は昭和五年から始まっている。佐太郎は茂吉にとって後期の弟子であるが茂吉の最晩年までより添って終生茂吉を敬愛していた。

昭和二十五年十一月、茂吉は山形の疎開地より帰京し、終の棲家となった新宿区大京町に移り住んだ。

昭和二十五年十二月二日土曜日、佐太郎は午後訪問している。目の前にある新宿御苑に急遽ゆくことになった。

枇杷の花　　斎藤茂吉

くれなゐの木の実かたまり冬ふかむみ園の中に入りて居りける

銀杏《ぎんなん》のむらがり落つる道のべにわれは佇む驚きながら

風の吹くまともにむかひわがあゆみ御園の橋をわたりかねたる

枇杷の花白く咲きゐるみ園にて物いふこともなくて過ぎにき

よわりたる足をはげまし歩み来てわが友の肩に倚りゐたりけり

当日、茂吉と佐太郎が御苑に行った時の茂吉の五首である。佐太郎の創刊した、「歩道」に茂吉は寄稿した。歩道第七巻一月号の後記に

「新年号のために斎藤茂吉先生から新作五首を頂いて巻頭を飾ることが出来た。先生には健康が勝れず居られる中に恵与いただいたので、何とも感謝に堪えない。私たちはこの恩恵を忘れない。先生は新年を迎えて在来の数え方で七十歳になられた。」

と佐太郎は書いている。茂吉がいかに佐太郎の歩道に期待していたかがわかる。帰京後、歩道短歌会の歌会にも茂吉は二回出席している。

さて、新宿御苑に行ったふたりであるが『斎藤茂吉言行』にその日の事が記録されている。

「枇杷の木に花が咲いていた。『去年も枇杷の花がさいていた。僕はたしか歌に作ったような気がするが』。池のそばに小さな建物がある。風向きをさけてあたたかい縁に腰をかけて三十分ばかり休んだ。『ここはしずかでいいね』。『このごろは男と女とつれだって歩いているが多いようだな』。『ここもだんだん寒くなって来れないが、春にでもなったらまたつれて来てもらいましょう。いいところだからね。僕もどうなるかわからないが。頭がはっきりしなくて、ときどきぼおっとなるもんだからね。頭がもうすこしはっきりするといいんだが、どうだろう、

よくなるかな』。そのほか先生はいろいろ悲しい話をされた。先生自身の作歌のこと、私の作歌のことも話されたが、メモが簡略で再録できない」。

と書いている。茂吉の最晩年の姿がここにある。

「メモが簡略で再録できない」。とあるが後の『茂吉解説』において「そのときの先生の言葉を私は『遺言』を聞く思いで聞いた」。「実は焼きつくように胸に残っている」。と書いている。茂吉はアララギにおいて代表的な活躍をして、アララギを牽引して来た。しかし土屋文明が編集の中心となり、（土屋幕府）が出来てから、アララギの写生に茂吉の希求した方向とは違ったものになって行ったのである。

「一二一んが四」を越えた所に写生の本質があるのであるが理解されないもどかしさを、茂吉も佐太郎も持っていたのである。


（「歩道」令和一年十月号）

## 佐太郎先生の校正

岩波書店において編集者として活躍していた、佐太郎先生は二十代で『鷗外全集』の編集を担当した。その事自体驚くべき事であるが、いかに佐太郎先生に力量があったかと思うのである。その後多くの作家の編集を担当して、そのいくつかは本の装丁まで手がけるようになった。

「鷗外の伊沢蘭軒には『逸事』とか『軼事』とかいう語を用いて逸話という語は用いていない。全篇三百七十章を通じて一箇所もないということを書いて居られた。私は荷風先生が鷗外を精読して居られるその度合に敬服したが、後に『伊沢蘭軒』を読んで行くとたまたま『逸話』という語に逢着した。その小発見を先生に報告したものかどうかと思いながらとうとう話さずにしまった。」

これは佐太郎先生の「永井荷風先生」の文章の一節である。永井荷風は鷗外を最も敬愛した作家のひとりで、いわば鷗外専門家で、鷗外をことごとく読破していたのである。佐太郎先生の小発見は小発見ではないだろう。佐太郎先生は師である斎藤茂吉の岩波版の歌集、歌書をも担当していた。茂吉は歌集、歌書に誤植のあることを嫌い、そのつど訂正表を作って新刊に入れていた。佐太郎先生は出版には誤植はつきものだと、私は先生よりもらされるのを時々聞いた。いずれにしても本の校正における実力は編集者として立派な仕事をしていたのである。

私は昭和五十二年に「歩道」の編集委員に指名され、雑誌の校正も編集室にて月二回、初校と再校に参加していた。佐太郎先生も校正の時、編集室に顔を出して頂き、佐太郎先生の校正を間近に見ることができたのである。

天ぷらを揚げる匂ひをまき散らし仕立船らしビールなど飲む

天ぷらを揚げる匂ひのただよふは仕立船らしビールなど飲む

歩道作品（I）西か東かの作品を佐太郎先生の校正されたものを私がコピーしたものである。いつのものか確かではないが先生の歌に対する言葉の感覚が読み取れる。

雨音をへだてて車の往き来する底ごもる音枕にひびく

雨音のなかに車の往き来する底ごもる音枕にひびく

「へだてて」を「なかに」に変えることで一首の言葉の運びがより自然になっている。

魚焼きし匂ひ沁みゐるわか家のいたく侘しく目覚めたるとき

魚焼きし匂沁みゐるわが家を侘しと思ふ目覚めたるとき

この一首は今も蒲郡在住で作品を作り続けている竹本英重氏のもので佐太郎先生の校正というより添削と言ってもよいだろう。

雲の上《トル》に氷河より落つる滝見えて空に音なく朝日に光る

氷河より落つる滝見えてカナダなる空に音なく朝日に光る

「カナダなる」と言葉が入ったのは他の歌を見てのことである。

哀歓は果つるなきかな残年の久しからずと思ひたりしに

哀歓は果つるときなし残年の久しからずと思ひをりしに

心理詠的な一首も先生の添削を経ると味わい深いものになる。

うすれゆく朝靄のなかゆらぐごとく黄槿の淡き黄の花ひらく

熊野川に沿ひつつ行けば峡遠く山並けぶる雨霧わきて

「うすれゆく――」の歌を原稿から再び選歌されて「熊野川――」にさし替えられたのである。

庭這ひてあまたの草にからみつつ残る南瓜の黄の花淡し

大井川広き砂地を河口の細き流れは海にそそげり

この一首も「庭這ひて――」の歌を「大井川――」にさし替えられたのである。たまたま私は先生の校正されたものを、自身勉強のためと思い持ち帰ったのである。四ページの校正にこれだけびっしりと書き込まれているのを見て、いまさらながら佐太郎先生に感動するのである。

（「歩道」令和一年十二月号）

## 歌集『冬木』の旅の歌

○

佐藤佐太郎は十代より短歌を作り始めた。七十七歳で没するまで、写生一筋の信念を貫き生涯八千首余りの短歌を残している。周知のように斎藤茂吉門下の逸材であるが、斎藤茂吉や塚本邦雄は、天才であるとまで断言している。佐太郎の歌集といえば『歩道』『帰潮』を思い浮べる人が多く、あたかも佐太郎の代表作であると思っている人もいる。生涯十三の歌集を上梓しているがその中で集中に旅の歌が多いのは歌集『地表』『群丘』であり、『冬木』が圧倒的に旅の歌が多い。私は昨年『佐藤佐太郎の作歌手帳』と題して文庫本を出版した。佐太郎のヨーロッパの旅行記録の手帳を元に、二百首の作品を作った事を紹介している。佐太郎のものを見る目の鋭さに改めて感心したのである。

「この旅行では私ははじめ歌を作らないつもりだった。ところが実際には三冊の手帳に見聞をメモし、人が眠っているバスの中でも私は見るものを見ていた。全くの走り書きにすぎないが、それでも折角経験したのだから、短歌に作るという結果になり……（中略）帰路にサウジアラビアの上空を過ぎて砂漠を見たのは、私にとってひとつの収穫といってよいだろう。」

佐太郎の歌集『冬木』の後記の言葉である。佐太郎は当時、総合誌の「短歌研究」にたびたび百首詠の大作を発表していた。その事を受けてヨーロッパでの作歌を求めたのである。なにより師の斎藤茂吉の歌が心中にあった事も考えられるのである。

○

斎藤茂吉がヨーロッパ留学に出たのは、大正十年である。歌集『遠遊』『遍歴』の二歌集により、その日々を知ることができる。歌集もさることながら、当地の滞在記録を随筆にまとめた「接吻」や「ドナウ源流行」等々の文章の面白さは茂吉一代の名品として評価されている。

サン・ピエトロの円き柱にわが身寄せ壁画のごとき
僧の列見つ

茂吉が留学中、ローマを訪れた時の一首である。佐太郎は『茂吉秀歌』にこの一首について、

「壁画のごときと形容したのはヴェネチア、フィレンツェ、ローマと見てきて古代の宗教画を背後にしているのできわめて自然な連想であるが、単に自然で無理がないというだけでなく、古代も現代も区別がないような、サン・ピエトロの特殊な雰囲気を捉えた表現である。」

と言っている。

昭和三十九年のヨーロッパ旅行において佐太郎は三冊の手帳に見聞をメモしたとあるが、幸い私はその三冊目の手帳をゆずり受けた。佐太郎は、手帳や日記がある程度たまると消却している。手帳の一・二はその時同時に消却したのである。三冊目の手帳は自身の記念の記録として残しても良いとの思いがあったのであろう。手帳によれば佐太郎は十月二十一日、ローマに到着している。

もみあげに汗ながれゐる僧に逢ふミサ果て小童をさ
きだてて来る

ローマで三十首作っているがその中の一首である。ヨーロッパを旅していれば、いずこの街にも寺院がありミサを終えた僧に逢うことは稀でない。かつての茂吉の僧の歌が心にあったのであろう。

○紫ノ胴ニ白イガウンノ小童ヲ先キダテテミサ終ヘテ
僧帰ル、モミアゲノアタリ汗

手帳のメモを元に一首を作ったのである。佐太郎の視点が面白く、味わいが深い。名著名高い塚本邦雄の『茂

吉秀歌』には

サン・ピエトロ寺《じ》のドオムの上にのぼりたり中空にして羅馬《ローマ》みおろす

茂吉のローマでの歌はこの一首を引用しているにすぎず、僧についての歌は取り上げていない。

諸国より来りて柱廊をゆく人ら黒人の僧の一団もゆく

○バチカン宮殿セントピーター寺、壁デ囲マレテヰル、城門ドーム（白）ヲモツ寺ヲメグル、円柱群ノ廻廊寺ノ前ヲ黒服ノ僧ガ歩イテヰル……○黒人ノ僧ノ一団モアリ

佐太郎は自身のメモを短歌一首に昇華した。

○

さて、佐太郎は生涯どれほど旅に出たのであろうか。芭蕉は旅に病んで夢は枯野をかけめぐると言っている。先進の正岡子規、長塚節、斎藤茂吉等々、歌人俳人は芭蕉の境涯のごとく旅に出たのである。そして原点に立ち帰り自身をみつめるごとく自然と交渉したのである。

中庭に降る雨を見てをりしときローマの空に秋の雷鳴る

佐太郎はフィレンツェを離れ、その日にローマに到着している。

○ローマも雨。○二時頃「ホテル・チィツアノ」に着。23号室○中庭に降る雨音わびし。○ローマの空に秋の雷鳴る。○強雨の中に鐘の音きこゆ

ローマにようやく到って「秋の雷鳴」を聞いている所になんとも言えない旅情があるだろう。旅情と言っても甘くないのである。

九階の朝の食堂にきれぎれの波立ちある地中海みゆ

昨夜《ゆふべ》より風雨となりて木々なびくサンタルチアの海《うみ》岸《ぎし》のみち

○ナポリの朝、風雨、木ノ間ニナビク木見ユ、九階ノ食堂カラ波キレギレニ立ツ地中海ミユ

この二首はナポリでの作であるが、一見平凡のような歌に思えるかも知れないが、現地に立たなければ歌にならないのである。「サンタルチア」「地中海」という固有名詞が一首に生きているのである。

○

佐藤佐太郎には短歌の骨格である「純粋短歌」という歌論がある。端的に言えば短歌に詩を希求することであるが、それは茂吉の言う「実相に観入して」成り立つと

いう考え方である。十代より作歌の時すでに萌芽していたが、壮年時代に歌論を確立したのである。佐太郎は我々後進に向って、志を持てと言っていた。短歌は小工芸的な文芸ではなく芸術で、人が一生をかけて取り組むだけの価値があると主張していた。歌集『冬木』のヨーロッパの旅の終りに見たサウジアラビア上空からの砂漠の歌は「純粋短歌」の極致と言っていいだろう。さらに言えば近代短歌史上においての傑作であるだろう。「痕跡」と題した一連の作は十五首ある。

限りなき砂のつづきに見ゆるもの雨の痕跡と風の痕跡

夕光《ゆふひかり》あまねきときに見るかぎり無塵無音の朱き砂のみ

みるかぎり起伏をもちて善悪の彼方の砂漠ゆふぐれてゆく

○見下スト木ノ根ノヤウニ文様ガアル、雨ガナガレタノデアル○山無数ノ影ヲモツテ赤ク光ル○赭イ砂漠ノ中ニ白イ筋ハ水ノアトデアル

一首目、いままでにない壮大なスケールの歌である。二首目、「無塵無音」の朱き砂に一首の命がある。三首目、かつてニーチェの影響という人もあったが佐太郎の言葉

である。ローマを立ち、サウジアラビア上空までの七時間半、佐太郎は飛行機の機内より外を見つづけていた。

（「歩道」令和二年一月号）

# 讃嘆の声

佐藤佐太郎の作歌信条は、写生を根本とした「純粋短歌」である。佐太郎は十代で短歌を作り始めているが、初期の頃より詩を希求している。短歌一首において何が必要で何がいらないか自覚して作歌していたのである。十代の頃の詩人山村暮鳥との出合は佐太郎短歌の原点であると私は思っている。

「真実であれ。真実であることを何よりもまづ求めろ。」暮鳥の詩集にある言葉である。「実相に観入して直観される『真実』は、一つの感情価値である。それは実在をゆがみ無く観得たときに感ずる意識の充足である」佐太郎の純粋短歌にある一節である。初期の頃より暮鳥のごとく真実を求め続けたのであった。

暮方《くれがた》にわが歩み来《こ》しかたはらは押し合ひざまに蓮《はす》しげりたり

佐太郎の歌集『歩道』にある一首である。平成三十年十二月、コレクション日本歌人選として『佐藤佐太郎』が出版された。著者は大辻隆弘氏で、佐太郎の五十首余りの歌を評論している。その中に取り上げられた歌である。

「仕事からの帰り道、私は池ぞいの道を歩く。池から生えた蓮の茎と葉が闇のなかで押し合うように揺れ合っている。その生々とした気配が私を不安にする。」大辻氏の解釈である。最後の不安にするの部分は、はたしてそうだろうか、佐太郎は蓮がこれ以上はびこる余地がないほど茂っている事に感動したのである。この一首の蓮の表現について、佐太郎は自註で志賀直哉の小説に同じ描写があるとあった。

「遠い百姓家に咲いてゐる凌霄花《のうぜんかづら》が雲を洩れてさす陽を受け、遠いのに度強く眼に映つた。小さな貯水池に密生した菱の葉がそれ以上はびこる余地がない為めに他《ほか》の葉を水面から押上げてゐるのを見た。」志賀直哉の小説『菰野』の一文である。佐太郎と志賀直哉の視点が同じなのが面白い。コレクション日本歌人選の中で大辻氏は佐太郎の歌を評して、憂鬱・不安・疲労などと佐太郎の短歌のいくつかを、その心情を指摘しているが、佐太郎自身そんな思いを抱いて短歌は作っていない。

「私は何時ごろからか歌は『讃嘆』の声であるだろうと思った」と『しろたへ』後記で言っている。短歌において真実を希求し、ゆきつく所は讃嘆である。

（「歩道」令和二年二月号）

# 写生の追求

令和元年十月二日付、朝日新聞の「天声人語」に斎藤茂吉の歌が載っている。昭和四年の秋、朝日新聞の好意によりコメット機に乗り、「空中競詠」と題して、歌を競ったのである。この時茂吉は即詠四首を新聞に載せたが、後に本格的に作歌して五十七首の歌を作っている。当日飛行機に乗ったのは、茂吉の他、土岐善麿、前田夕暮、吉植庄亮の人達である。飛行機は立川飛行場より飛び立っている。

　雲のなか通過するときいひしらぬこの動揺を秀吉も
　　知らず

「天声人語」では茂吉の一首を引用して「太閤秀吉でさえ味わえぬ空中遊泳の興奮を詠んだ」と解説している。「歌壇の歴史に残る空中遊泳から今秋でちょうど90年。秋晴れの年後、本社ヘリに乗り込み、歌人たちの航路をたどった。」と「天声人語」の筆者は飛行機に乗ったのである。

「当時はなかった米軍基地にオスプレイが駐機し、神宮外苑には完成間近の新国立競技場が見える。隅田川や丹沢の山並みはそのままだ。」とレポートしている。「天声人語」の筆者も飛行機で俯瞰する喜びを感じたのであろう。このレポートの中に、米軍基地にオスプレイが駐機とあるが、私の住んでいる福生市の日常で、米軍横田基地より何日かに一回、街空を旋回している。福生に住んで三十年たつが、わが街にオスプレイが飛ぶとは思いもよらぬ事である。

　まむかうの山間《さんかん》に冷肉のごとき色の山のなだりはし
　　ばらく見えつ

「天声人語」では隅田川や丹沢の山並みはそのままだ、と記している。この一首は茂吉の一首で丹沢上空からのものであろう。佐太郎は『茂吉秀歌』において

「これも『虚空小吟』のうちである。飛行機の上から鳥瞰するために見ることのできる自然山河のすがたである。山が重なりあっているあいだに、ひとところ赭い地肌のあらわれた傾斜がある。それは山崩れのあとなどであろうが、あるいは火山の傾斜であってもいい。いずれにしても「山間」にあるというのが、寂しい感じであり、また自然の厚みでもある。」と鑑賞している。九十年前の作品とも思えない一首である。あるがままの自然の姿を追求しているから、いまだに新鮮である。

「空中競詠」と言えば、佐太郎の飛行機から俯瞰する短歌の世界は、茂吉を継承して見事な展開をしている。

昨年、私は「佐藤佐太郎の作歌手帳」と題して文庫本を上梓した。佐太郎の数ある飛行詠の中でもその極致と言ってもよい、サウジアラビア上空よりの砂漠の歌は茂吉の「虚空小吟」を越えた作品であるだろう。

限りなき砂のつづきに見ゆるもの雨の痕跡と風の痕跡

くれなゐの砂漠のはてと夕映の間に暮れてゆくところあり

みるかぎり起伏をもちて善悪の彼方の砂漠ゆふぐれてゆく

「痕跡」と題した作品は十五首あるがそのうちの三首である。

「ヨーロッパ旅行の帰途、エジプトのカイロをたった飛行機は紅海を越えてシナイ半島からサウジアラビア北部のあたりを横断した。おいおいに夕映が濃くなって、刻々に美しく変化する地上を私は暮れ果てるまで凝視していた。」

『作歌の足跡』にある佐太郎の文章である。作歌の足跡は佐太郎自身の自注で作歌の秘密が暗示されている。一首目「地上の砂漠に道のようなものも見えず、人が住んでいるかどうか確かでない」と言い、さながら地球の原始的な世界を現している。二首目「夕映は地表を赤く美しく染めて、その反映が空を美しく染めている。あるいは空の夕映が美しく地上を染めている。」と述懐している。すでに歌に作ってから二十年以上も過ぎているが、きのうのように鮮明に覚えているのである。三首目について、「そういう砂漠だから、人間世界のことなどしばらく意識になかった。」と言い、「〈善悪の彼方の砂漠〉と言ったが、こんな言葉は今日では常識だからあやしむに足りない。」と言っている。かつて「善悪の彼方」の言葉にニーチェの影響という人もいたが、佐太郎の言葉である。

茂吉、佐太郎の飛行詠は現実の世界を直視し、あるがままの姿を表現したものである。その根底にあるものは、写生であり、写生の追求である。

平成三十年十二月、笠間書院よりコレクション日本歌人選の一冊として、佐藤佐太郎が出版された。著者は大辻隆弘氏で、佐太郎の短歌、五十首余りを取り上げ、解説、鑑賞している。

舗道には何も通らぬひとときが折々ありぬ硝子戸の

そと　『歩道』

白藤の花にむらがる蜂の音あゆみさかりてその音はなし　『群丘』

ただ白き輝《かがやき》として人うごく永久《とは》に音なき月のおもてに　『形影』

冬の日の眼に満つる海あるときは一つの波に海はかくるる　『開冬』

佐太郎の四首を引用して大辻は解説している。

「私たちは存在するもののなかで生きている。それらのものはそれぞれ意味を持ち、その意味はすべて自分が生きることに関連づけられている。佐太郎が見つめるのは、その連関のなかの一つの物象がなくなり、私たちのまわりに当り前に存在していた意味の連関が一瞬、そこで断絶してしまう瞬間であろう。（中略）佐太郎の眼は、不在なるものを見ることによって、この世界の無意味な実相のようなものを垣間見てしまうのである。」

佐太郎の前記四首について、大辻が感じ取った感想である。佐太郎の見る眼に感心しての事であろうが、佐太郎は不在なるものをめざして、一首を作っていない。飛行詠の示す通り、ひたすら写生しているのである。

昭和二十三年、六月六日、歩道短歌会の東京歌会に斎藤茂吉が出席した。

「親鸞の言葉に、自分のいうことは法然そのままだからあらためて弟子に授けるものはないといっている。とにかく歌は実相に観入するしかない。その下に実相観入という信念をもっていれば、栄養は万物から取る。骨髄に徹しているものを一つもっていれば師匠は無限である。いまごろなにも南無阿弥陀仏でもあるまい、写生じゃあるまいというが、お題目をとなえるごとく写生写生ととなえればいい。腹のすえどころさえもきちんとしていれば、あとは自由自在にゆく。」

歌会で指導した茂吉の言葉で、『斎藤茂吉言行』に載っている。茂吉最晩年の言葉である。今日の我々の指針であり、写生の追求は今も変りないのである。

（「歩道」令和二年二月号）

# 亡き人の手紙

私は二十歳の時、「歩道短歌会」に入会した。父の友人である香川美人氏の紹介で、佐藤佐太郎先生に直接お目にかかる事が出来た。歩道発行所の手伝をするようになり、先生宅に三日か四日に一度通うようになった。そんな私の姿を見て佐太郎先生は毎月、歌を添削指導して下さった。佐太郎先生は当時歌壇では大家的な存在だったので、私は自身の歌は見てもらえないものと思っていた。二十歳の青年にとって思いがけない嬉びであった。佐太郎先生が亡くなられるまで十八年間、毎月歌を見てもらった事になる。私は歩道に長く短歌を作り続けているので、東京歌会の詠草や、友人、先輩からの通信などの手紙が文箱に十数個近くたまっていた。先日整理していたら、おもいがけない人の手紙が出て来たのである。

昭和二十二年六・七月合併号の「歩道」はガリ版刷の雑誌である。出詠者五十九名の作品が並んでいる。佐太郎先生の作品もあり歌集『帰潮』時代である。その号の出詠者のひとりの福永和彦氏の手紙があった。おもいがけない人とは福永氏である。当時彼は大学生であったが、その詠草から病気がちであった。

御病気の由何卒御大切に願ふ。元気になつたら一度遊びに来て下さい。歌も出来たら少しでもよいから送られよ。

七月十六日　佐藤佐太郎

佐太郎先生は、福永氏の歌稿を見て葉書を送ったのである。福永氏は大学卒業後、職業に専念する為、短歌を断念し「歩道」を退会した。しかし、ある時期に復活し、他の結社で作品を作り続けていた。その事を知人から聞いた私が、草創期の「歩道」の事を問う手紙を出したその返事である。

昭和二十三年六月六日の歩道短歌会の歌会に斎藤茂吉先生が出席され、歌の批評もされたのである。

かの光る春の満月をめぐりつつしらじらとして風か吹くらし

この一首は佐太郎先生の当日の詠草であるが、歌会でどれほどの評価を得たかさだかではない。しかしこの一首に茂吉先生が言及している。

「僕の〈赤光〉のまえに古泉の〈屋上の土〉という歌集が出るはずだったが、〈赤光〉が出たら評判がいい。そうすると出しにくくなる。そのうちどんどん歌壇は進歩していますからね。とうとう出せなくなった。とにかくどんどん変化していきますから、そういう意味で〈春の満月〉でもいい。変化しようとしない者はこういうことはやらないからね。変化しそうして進歩する。」

茂吉先生、最晩年の言葉である。佐太郎先生の歌会詠草は必ずしも高点歌とならずその革新的な表現が読み取れない事もあったのである。

　桜の木の下に乳色《ちちいろ》の水たまり梅雨《ばいう》のはれし昼すぎにして　　佐藤佐太郎

この一首は昭和二十二年七月の東京歌会の先生の詠草である。猪浦敏夫氏が歌会記録を書いている。

「七月二十日、定例歌会めずらしく涼しい日であった。各自骨を折ってこまかい批評を交換し有益をおぼえたが、此の日最も問題として取上げられたのは、佐藤先生の一首で、『乳色の水たまり』の句であった。ほとんどがこの一首を取らなかった上句の示す□□□を作者の意図しているごとくにうけ取り得なかったためである。これは当日の参会者のみの問題でないから、各位それぞれ吟味を御願いする。」

と言っている。空白の個所はガリ版刷の為、読み取れなかった。

この一首も先の茂吉先生批評の通り革新的な歌で的確な評価ができなかったのであろう。後に青田伸夫は『帰潮』全注において、

「〈乳色の水〉は雨の溜り水が光線の反射の具合でそう見えたのであろう。梅雨の晴れ間の一瞬目なのだが、存在物の、概念を超え意味に充ちた瞬間としか言いようのない光景だ。『純粋短歌』に〈かつて照明されなかったものを照らし、かつて聞かれなかったものを聞くのは詩の特徴としての発見である。〉という言葉がある。」と言っている。

さて、福永和彦氏についてであるが、彼は数年前に逝去されたと知人が知らせてくれた。私は福永氏と通信があったものの一度も会う機会がなかった。歩道草創期の会員で、歩道を去っていった人も多いが、彼との交信によって、佐太郎先生の『帰潮』時代の一端を知る事が出来たのである。佐太郎先生は短歌においてプロを希求していた。

（「歩道」令和二年三月号）

# ノーベル文学賞

先日の新聞のコラムにノーベル文学賞についての記事が載っていた。

〈一九六九年のノーベル文学賞選考で「天平の甍」「敦煌」などで知られる作家の故・井上靖氏が候補者に推薦されていたことが二日、選考主体のスウェーデン・アカデミーが開示した資料で分かった。

川端康成が受賞した68年の選考まで、候補に含まれていた作家の三島由紀夫と詩人の西脇順三郎は、69年の選考では推薦されていなかった。〉

詩人の西脇順三郎が文学賞候補として名前がある事に驚いたのであるが、確か中学生か高校生の時であった。私は彼の詩に衝撃を受けたのである。

天気
(覆《くつがへ》された宝石)のやうな朝
何人か戸口にて誰かとさゝやく
それは神の生誕の日。

三行の詩であるが、今までの詩とは違うものを感じたのである。西脇順三郎はオックスフォード大学に留学しているから、多くの西洋の詩人にも学んだのであろう。詩にその影響があると思う。感性が人とは違うのである。

ノーベル賞について佐太郎先生が我々に語ったものが『短歌清話』にある。

昭和四十九年十一月五日。—前略—「みんなは斎藤茂吉を知っているか。大学の先生で、私の歌を英訳する人だ。東京オリンピックのときも、ジャパンタイムの日本紹介に私の歌を英訳していた。今度研究紀要に私の歌の英訳を載せたいと言って来たんだが」。「俺なんかには英語が解らんから何とも言えないが、いい翻訳家が出れば、ノーベル賞に日本の歌人も対象となるだろう。日本の詩として短歌の価値が解ってくれれば、最もノーベル賞に相応しいからな。それに俺の歌なんかは感覚的だから西洋詩に近いし」。

佐太郎先生は、短歌が日本の詩と認められることを望んでおられた。この会話から自身の短歌も西洋の詩とくらべて遜色がないという自信があった。ノーベル賞は斎藤茂吉先生が授かるべきだと考えておられた。

佐太郎先生の話に出て来る斎藤襄治先生であるが、かつて私は「萩原朔太郎記念館」という文章を「歩道」誌に書いている。襄治先生とは親しく交流して頂き、三島由紀夫等々の文学者についての話を聞いた。川端康成、三島由紀夫、井上靖の文学作品のいくつかを翻訳されて、『日米文化のはざまに生きて』という本も出されている。先生は、アメリカのダートマス大学の教授として活躍されていたから、ノーベル賞作家のフォークナーとも親しく、来日した時、日本の作家達との座談会では通訳をされていた。

　争ひの声といふとも孤独ならず鮭《さけ》の卵《たまご》をかみつつ思ふ

They are not lone souls
　That quarrel.
I taste the blackfish eggs
　As I quietly bite into them.

能登《のと》の海《うみ》ひた荒れし日は夕づきて海にかたむく赤き棚雲

The bay of Noto,
　The raging day now waning,
The reddening cloud
　Trails toward the sea.

輝きを空に反《かへ》せる海ぞひにひえびえとして続く草原

Coldly along the sea
　That casts its glow
Into the sky
　Stretches a grass field.

露出してするどき石に鴉啼く曇日さむき草山のうへ

The crow caws
　In the chilly and cloudy sun,
As it perches on a sharp edge of rock
　Exposed on the grassy hill.

宵々の露しげくしてやはらかき無花果の実に沁みとほるらん

The dew that nightly falls
　Must sweeten
The flesh of the figs
　Beneath.

鉄のごとく沈黙したる黒き沼黒き川都市の延長のなか

The swamp is dark and silent
　As steel,
And yet the dark stream moves
　Into the reach of the city.

波あらき渚にいでて積む雪の白しづかなる境をあゆむ
I go out to the beach
　Washed by heavy seas.
How quiet the border of snow and waves
　As I tread softly on the sand!

ここに引用した短歌七首は斎藤襄治先生の英訳である。佐太郎先生の短歌は感覚的で中味があるが、英訳でどれほど人に伝わるか私にはわからない。

平成十二年、関東学院大学名誉教授ウイリアム・アイ・エリオット氏によって、佐藤佐太郎百首『The Spoon Clinks』が上梓された。佐太郎先生の短歌はもっともっと英訳されてもよいように思う。佐太郎先生の『及辰園百首』や、昨年私が出版した『佐藤佐太郎の作歌手帳』の、サウジアラビアの砂漠をうたった短歌など多くの人に知ってもらいたいのである。

詩人西脇順三郎は私が敬愛する作家である。彼がノーベル文学賞にノミネートされるのであれば、佐藤佐太郎先生も候補に上っても良いと思うのは、弟子の師を敬愛するあまりの欲目であろうか。

（「歩道」令和二年四月号）

# 長塚節終焉の地

佐太郎先生の昭和十年の歌に

暑かりし一日《ひとひ》をはりて中空《なかぞら》の雲にかすかの赤《あけ》のこりけり

の一首がある。この歌について自註に「前の歌に『したたりにけり』とあつたが、ここには『赤のこりけり』と言つてゐる。かういふ歌調は当時私の慣用の手段であつた。私は早く長塚節の影響を受けたが、それが一たん体内に潜んで、この頃自分の調子として再び現はれたやうに自ら解釈してゐる。」と言っている。

実は先日、歩道の合評でこの一首が取り上げられていて、私も評したのである。

佐太郎先生は長塚節の影響を受けたと言っているが、あの繊細な歌の数々は長塚節と同根のものであろう。

令和二年二月、緊急の必要があって私は日帰りで博多に行く事になった。早朝六時台の羽田発の飛行機に乗り福岡空港には午前九時前に着いた。中洲川端で今回の用を済ませ、呉服町で墓参を済した。復路の飛行機まで時間があったので地下鉄に乗って馬出九大病院前で降りたのである。以前、長塚節の逝去地であり歌碑があると聞いていた。大学病院入口の警備員室で聞いたが長塚節など知らないとの事であった。病院の構内を歩きまわり、ようやく長塚節の略歴の立看板と小さな歌碑が駐車場の中に立っていた。長塚節は大正四年二月八日、九州帝国大学医科大学南隔離病棟六号室で死去しているが、この場所が当時の位置にあたるのであろう。

白銀の鍼打つごとききりぎりす幾夜《いくよ》はへなば涼しかるらむ

高さ一五〇センチ程の歌碑にこの歌が彫られている。ほとんど解読出来ない。かつて佐太郎先生は『長塚節』の本の中で、

「鍼師が打つ銀の鍼のやうに冴えて沁み透るきりぎりすの声がきこえる。まだ暑い夏だがかういふ夜を重ねてやがて涼しい秋になるのだろうといふ気持の歌である。白銀の鍼打つごときといふ句は、久しく節の胸中にあつた。すくなくとも明治四十四年にさかのぼつてそれを立証することができるが、それを生かすべき機会が来なければ生きないのであつた。上句を、押へて口を閉づるやうな緊張で続けて、さて下句を、『幾夜はへなば涼しかるらむ』と波動的に転じた声調は心ゆくばかりである。」

と解説している。

白埴《しろはに》の瓶《かめ》こそよけれ霧ながら朝はつめたき水くみにけり

窓の外《と》は甍《いらか》ばかりのわびしきに苦菜《にがな》ほうけて春行かむとす

牛の乳をのみてほしたる罎《びん》ならで挿すものもなき撫《なで》子《しこ》の花

霧島は馬の蹄《ひづめ》にたててゆく埃のなかに遠ぞきにけり

朝まだきすずしくわたる橋の上に霧島ひくく沈みたり見ゆ

とこしへに慰《なぐさ》もる人もあらなくに枕に潮のをらぶ夜は憂し

むらぎもの心はもとな遮莫《さもあらばあれ》をとめのことを暫し語らず

長塚節の悲恋の歌をふくめて、
「晩年の『鍼の如く』と題した一連の大作は節一代の傑作であるばかりでなく、短歌史上不滅の傑作であつた」
と佐太郎先生は断言している。

作家藤沢周平は小説『白き瓶』において長塚節を描いている。これ以上長塚節について書く事がないと思うほどの大作である。藤沢は『小説の周辺』の中で（煙霞の癖）の強い節の歌について

「節の自然は、最後にいたってこのような鬼気迫る様相で立ちあらわれて来るのだが、節の作品がとらえている自然ほど、なつかしいものはない。私が歌人のなかで、ただ一人節とその作品を記憶するのは、その作品の中に、いまは次第にほろびつつある郷里の自然、機械はまだ登場せず、いたるところに神と人間との合作とも言うべき風景が見られた村を、まぼろしのように見るせいかも知れない。」と言って、節の短歌を賛えている。長塚節は死の寸前まで、旅を続け、短歌一首を作ることでみずからを浄化し、自身の魂を表現したのだと思う。

大正四年二月七日、臨終に立ち会った父に節は語っている。

「お父さん、私のような無学のものが九州の果てに来て、久保博士を始め、助手の諸君や看護の人々にまで、肉親も及ばぬ程の厚遇を蒙《こうむ》るのは、ただ真面目な仕事をして来た報いです。人間は真面目でなければ駄目です。真面目に骨を折るより外はありませぬ。」

師である正岡子規にめぐりあって以来、短歌一筋に命をかけて、短い生涯をひたすらに生きた長塚節最後の言葉である。

（「歩道」令和二年五月号）

# 五月のうた

桜の花の時期が過ぎ、梅雨に入る前の五月は日本の四季の中で最も過しやすい季節であろう。暑くもなく寒くもなく、心豊かに時間が過ぎてゆく感じである。

あかしやの花さく陰の草むしろねなむと思ふ疲れごころに　長塚節

三十七歳の若さで逝去した長塚節は、不治の病と闘いながら、いちるの生への希望を持っていた。命ある限り良い短歌一首を求めたのである。この歌は九州大学病院に治療に行く前の東京での作であろう。アカシアの花ともあと何年めぐりあえるかという思いもある。

白妙のもちひを包むかしは葉の香をなつかしみくへど飽かぬかも　正岡子規

子規は明治三十五年、三十五歳で没しているが、一首は前年の歌である。作家伊集院静は小説「ノボさん」の中で「三度の食事もそうだが、子規は餅、菓子、といった甘いものに目がない。子規は酒をほとんど飲まず人生を送って来た。下戸《げこ》の甘いもの好きである。」と書いている。かしわ餅は健啖家であった子規の好物のひとつであったろう。

むらさきの藤の花ちる峡のみち女良谷川《めらだに》にそひてわが行く　佐藤佐太郎

歌集『地表』にある、石見鳴山での一首である。五月の風に吹かれ「女良谷川《めらだに》」を行くという、固有名詞が利いている。なんでもないような情景であるが、言葉が単純化されて味わいがある。

白藤の花にむらがる蜂の音あゆみさかりてその音はなし

同じく歌集『群丘』の一首である。この一首について『及辰園百首』で「大和当麻寺の中之坊の庭園に白藤がある。花にむらがっている蜂の翅音は耳を聾するばかりだが数歩へだたるとその音は聞こえない。私は夢幻の世界を通り過ぎたようだった。」

と自註している。実体験からくる言葉はいまさらながら強い。

この一首について、大辻隆弘氏は『佐藤佐太郎』の中で「ふと数秒前のことを思い出すことによって、その数秒前から今までの時の経過を感じる。この歌はそのような構造をもっている。思うに、この歌の背後には、斎藤茂吉の高名な『赤茄子の腐れてゐたるところより幾程もなき歩みなりけり』『赤光』の歌の影響があるだろう。時間意識をどのように描写するかという点においてこの二首はよく似ている。」と言っている。『赤光』の影響はさておき時間意識の描写についての指摘に同感したのである。いずれにしても、藤の花の美しさは万人が感じるところであるが、視点や切り口が甘ければ平凡な歌に終るだろう。この一首の「白藤」にシロフヂのルビが付いている。白い花は佐太郎の歌にたびたび出て来る白椿、辛夷、泰山木等々名歌が多い。

砂照りて咲くアカシアの白き花わがあゆみ来る砂丘の終り　　佐藤佐太郎

この一首は、鳥取砂丘での作で、砂丘の末端に白いアカシアの花が咲いていたのである。白い花にめぐりあった感動が伝わって来る。

最上川五月《ごぐわつ》のみづをよろしみと岸べの道に足をとどめつ　　斎藤茂吉

最上川は、茂吉にとって晩年の心をいやしてくれた川で、ふるさとの川でもある。歌集『白き山』の名歌の多くは、雪の日々の歌である。『白き山』の集中最上川と固有名詞を表現したものは九十首におよぶ。

五月雨《さみだれ》をあつめて早し最上川　　芭蕉

かつて芭蕉は五月の雨に満々と水をたたえて流れる最上川を賛えている。茂吉の一首も、冬の最上川と違うが、またよいのである。

（「歩道」令和二年七月号）

# 岡井隆の散文

　私は昭和四十六年に「歩道短歌会」に入会した。対流圏にもその事はたびたび書いている。当時の「歩道」は会員数も多く大結社であった。佐太郎先生存命中で、先生の歌を慕って人が集ったのである。私は歩道の事務の手伝をしていたから実感したのである。ある時、愛知の会員に岡井弘という人がいたので、佐太郎先生に聞くと、「岡井隆のおやじだ。」と言われた。弘氏が歩道会員である事に驚くと同時に岡井隆氏にも親しみを覚えたのである。当時、岡井氏は前衛短歌の旗手として歌壇に知られていた。私は短歌を作り始めたばかりであったので彼の本を買い求め勉強した。昭和三十八年に発行された、新書「短詩型文学論」を読んだ。

「わたしは、この試論をはじめるにあたって、韻律論議を中枢に据える。ここから出発することにする。短歌を短歌たらしめているものは、この『一定の韻律』である。うたは究極のところ、しらべに帰着する、こういう直観が、いまのところ不動のものである以上、これ以外にわたしには方法がないのである。」

　文学論の中にある一節であるが、同感したのである。本は刺激的であった。

　平成十三年、岩波書店発行の『佐藤佐太郎集』第二巻の月報に岡井隆氏は「佐藤佐太郎の散文芸」と題して文章を書いている。斎藤茂吉追悼号（アララギ）の佐太郎先生の文章「食物」を取り上げて好意ある文章であった。

「一体、歌がうまくて、しかも文章も好いという人は、そんなに多くいるわけではない。斎藤茂吉は、むろん、この二つを兼ねそなえた人だった。歌と散文は、両輪であり、近代の歌人の条件でもあった――」と書いている。そして佐太郎も両輪を兼ねた歌人であり、影響を受けたと言っている。岡井氏は生涯どれほど文章を書いたであろうか、私はその折々を読むにすぎないが、その出来の善し悪しは別にして、自身の思いのこもったものであると思う。

午後の日のさすとき部屋に湛えたる悲哀のごときものあふれ去る

手術室よりいま届きたる肺臓のくれないの葉が見えて飯《いい》はむ

この二首は岡井氏の初期の歌で、前衛の原点であり、これらの歌が良いと私はかつて総合短歌雑誌に書いている。

（「歩道」令和二年十月号）

## 那智の滝

先日、岩波文庫の『日本近代随筆選』を読んだ。三人の選者によって編集された随筆集である。森鷗外の「サフラン」や幸田露伴や永井荷風、等々の随筆が載っている。その中の斎藤茂吉の「遍路」を読んだのである。四〇〇字詰九枚程度の短文であるが、斎藤茂吉の文章に感銘した。斎藤茂吉の年譜によれば、大正十四年、八月三日から、岡麓、土屋文明等と奈良、高野山に遊び、文明、武藤善友と熊野大雲取を越えて、十日帰京したとあり、随筆「遍路」はその時のものである。茂吉はこの熊野越と題して、三十首の歌を作っているが、時事日報の依頼をうけ、随筆も書いたのであった。

「この山越は僕にとっても不思議な旅で、これは全くT君の励ましによった。然《しか》も偶然二人の遍路に会って随分と慰安を得た。なぜかというに僕は昨冬、火難に遭って以来、全く前途の光明を失っていたからである。すなわち当時の僕の感傷主義は、曇った眼一つでとぼとぼと深山幽谷《しんざんゆうこく》を歩む一人の遍路を忘却し難かったのである。」と書いている。青山脳病院全焼ののちの苦難の茂吉の心境が反映している。

　目のわるき遍路《へんろ》が鳴らす鈴《すず》の音《ね》は一山《ひとやま》かげになりてきこえず

この山越では二人の遍路に会って言葉を交すのであるが、そのひとりである。

昭和四十三年、佐太郎先生は那智勝浦を訪れている。

　十年《ととせ》経てふたたび来れば移りゐる雲ひとつ那智の滝のしづかさ

　高きより光をのべて落つる滝音さやさやとさわがしからず

　冬山の青岸渡寺《せいがんとじ》の庭にいでて風にかたむく那智の滝みゆ

那智の滝において三首作っている。「冬山の青岸渡寺――」の一首は多くの人に親しまれた佐太郎先生の名歌である。『及辰園百首』にも入っている。

『風にかたむく那智滝』といふ句はその場で出来た。多年の短歌の習練を積んで来たが作るときは表現に苦しむ。しかし稀にはこのやうに簡素な表現がたちどころに成ることもある。」と語っている。

この歌に触発され、上田三四二は那智の滝におもむき歌を作っている。

「作者は折からの冬景に、風を受けて滝がうつつに傾くのを見たと感じたのである。『風にかたむく』が見どころだが、作者自身の心もその時そこでかすかに傾いた。」

この一節は大岡信の『折々のうた』の解説である。三句目の「庭にいでて」の字余りも問題になった所であるが、佐太郎先生は意識して使っている。

さて、斎藤茂吉の随筆「遍路」についてであるが、斎藤茂吉も那智の滝を見ている。

「那智には勝浦《かつうら》から馬車に乗って行った。昇り口のところに著《つ》いたときに豪雨が降って来たので、そこでしばらく休み、すっかり雨装束《あましょうぞく》に準備して滝の方へ行った。滝は華厳《けごん》よりも規模は小さいが、思ったより好《よ》かった。石畳の道をのぼって行くと僕は息切れがした。」

「遍路」冒頭の一節であるが、旅の出発点であったので、滝をながめる時間がなかったのであろう。茂吉は（規模は小さいが、思ったよりも好かった。）とやや通り一遍の感想で終っている。大岡信の言葉を借れば「心が傾か」なかったのであろう。

斎藤茂吉、佐太郎先生の作歌の態度は「実相観入」である。当然我々も目標としている。佐太郎先生は、かつて、写生に徹すれば、短歌の素材は向うからやって来ると言っていたが、那智の滝は佐太郎先生にとって、またとない遭遇であったと思う。

（「歩道」令和二年十月号）

## 茂吉先生の色紙

昭和五十二年六月、佐太郎先生は以前より行きたかった所のひとつである、アラスカに旅をされた。歌は多くは作らなかったが、二十四首の歌を残している。

「咋日はフェアバンクスに一泊、美しくはないがいいところです。珍らしい写真をうつした。」アラスカから寄書きを頂いた佐太郎先生の一文である。

ポーテージ氷河の末に広からぬ湖ありて氷塊うかぶ

アラスカ詠の中の一首であるが、私も、アラスカにひとり旅をして見た光景だったので心にひびいた。

また、写真とは南北戦争時代の軍服を著ての記念写真である。

先生は当地のホテルでアラスカの薔薇を写生している。当時、アラスカの季節は夏時間で白夜に近く、観光が終り、夕食が終っても時間があったからであり、日頃の歩道の選歌等々の仕事から解放されたからであろう。

昭和五十二年六月二十五日、秋葉四郎氏の『短歌清話』に以下の記述がある。

「小一時間ほどの散策が終わるとホテルに帰って、さっきの野薔薇を『アラスカ野薔薇』と愛称して絵に描くという『こんなにきれいだもの、描かなくちゃな。絵の具を持ってくればよかった』。私が助手をしてボールペンによる線描の絵を描く。二百字詰め原稿用紙の裏表紙を利用して丹念に二様描かれた。」

佐太郎先生は若き日から絵を描いていたので、心がおもむけば絵を描いたのである。

昭和五十八年、角川書店発行の『佐藤佐太郎書画集』には佐太郎先生の描かれた絵が数多く掲載されている。晩年には墨絵の世界にまで発展した。

　ものを持つ二つの手さへあるときは心養ふために働く　『天眼』

晩年の一首であるが、書を書く事も、絵を描く事も、佐太郎先生にとって心養う行為だった。

先日、なじみの古書店から連絡があり、斎藤茂吉の色紙が入荷したとのことで、購入したのである。

　秋晴のひかりとなりて楽しくも實《みの》りに入らむ栗も胡桃も　『小園』

昭和二十年、上ノ山に茂吉は疎開しているが、この一首はその時のものである。栗と胡桃の絵が添えられている。色紙には鑑定書があるわけではないが、本屋を信じて本物と思う。周知のように斎藤茂吉は少年の日より絵を描く事が好きで、うまい。画家を目ざした時もあった。少年の日、正月の凧絵を画いて友達に売り、それで本や雑誌を買ったというエピソードもある。

さて、茂吉の色紙にある栗と胡桃の絵であるが写生して描いたというより一首の短歌が出きたので以前に描いた、栗と胡桃が心に浮かんだのであろう。『斎藤茂吉遺墨集成』に立派な絵が収載されている。

「夕方カラ草花ヲ採ツテ来テ絵ヲカイタケレドモ素人画ノモットモ悪イトコロバカリ出テ駄目デアツタ。絵ノコトモヤハリ稽古セネバ駄目デアル」

昭和二十年十月三十日の茂吉の日記の一部である。晩年に及んでも一歩でも二歩でも前に進もうとする姿勢は、短歌、文章においても同じなのである。色紙の短歌について、佐太郎先生の『茂吉秀歌』において、

「これで昭和二十年の抄出を終わるが、一首歌が多いから、さらに次に数首あげておく」とあり、

　このくにの空を飛ぶとき悲しめよ南へむかふ雨夜《あまよ》かりがね

の名歌の歌につづいて（栗も胡桃も）の歌が引かれている。

佐太郎先生も茂吉先生も晩年まで絵を描いて心養なわれたのである。いずれにしても、歌も文章も書も絵も、両先生は万能であったと思う。

（「歩道」令和二年十一月号）

## 画家の短冊

私の父は戦前、中国の満州で短歌を作っていた。歌誌『満州短歌』『短歌中原』の主宰者は八木沼丈夫である。八木沼はアララギの歌人斎藤茂吉を尊敬していたので茂吉を満州に招聘したのであった。

歌集『連山』がその成果であるが八木沼は茂吉に随行して満州各地を案内している。昭和五年十月から約一ケ月間、付き添ったのである。終戦後、父は満州から引き上げ、大阪の実家に帰った。その後、満州で宣撫班をしていた実績をかわれ、地方の銀行で働くようになった。しかし、仕事が忙しく短歌を作る時間がなくなったのである。私が中学生の頃だったと思うが、国語の教材に斎藤茂吉の一首があった。

最上川逆白波のたつまでにふぶく夕べとなりにけるかも

父は師である八木沼丈夫が茂吉を尊敬していたので、父も茂吉崇拝者であった。父はこの歌のどこが良いか、実際茂吉は最上川にふりしきる雪を見て歌っているが、その表現のうまさを解説してくれた。私は授業の時、父のうけうりでその事を言った思い出がある。私にとって忘れられない一首で、佐太郎先生に師事する端緒になった。この一首について佐太郎先生は『茂吉秀歌』において、「吹雪が最上川に白い逆波を立てて暮れてゆくところ。歌は蒼古で新鮮な万葉調で、単純で線が太い。『逆白波』という造語がいいが、一首の味わいは、この語によって簡潔のうちに豊富になっている。」と解説している。

私は歩道入会間もなく、茂吉の最上川を見たいと思った。

最上川ふぶく川面は波しぶきある空間の雪と触れ合ふ（原作）

最上川ふぶく川面に立つ波のしぶきは空間の雪と触れあふ（添削）

この一首は、私の二十二歳の時の作で、最上川を実際見たのであるがふぶくという情景ではなかった。一首作って、佐太郎先生に見て頂き添削してもらったのである。佐太郎先生は赤エンピツで「ウマクヤレ」と書かれていた。

先日、懇意にしている古書店から短冊を入手した。画家であり、書家である熊谷守一のもので、

最上川逆白波のたつまでにふぶく夕となりにけるかも

の茂吉の一首が書かれている。

熊谷は人に所望されて字を書くこともある。茂吉の歌をいくたびも書いているらしい。そして自身も——（斎藤茂吉）の『赤光』という歌集は素晴らしいものだという評判を憶えています。その後出された『あらたま』の時と同様、歌を詳しく憶えていませんが、大変あたらしく、しかも自然であり、今迄の古い殻を次つぎと破っていると感心したものです、（熊谷守一書茂吉秀歌）と語っている。また、「茂吉さんの歌は嫌いではありません。わかるような気がするんで、ときに頼まれて書きます」とも言っている。

斎藤茂吉は生涯、一万何千首の作品を作っている。最晩年の最上川の歌の絶唱は短歌史に不滅の足跡を残している。したがって彼の歌を顕彰する、茂吉ゆかりの地に歌碑がたっている。歌碑は全国に現在、一四三基あるらしい。私は別に歌碑を見めぐりたいとは思わないが、自身の家の近くに一基あるので見に行ったのであった。私の家から車で四十分あまりで行ける八王子市の大法寺にある歌碑である。

うつし身の苦しみ歎く心さへはや淡々し山のみ寺に

寺の入口から、霊園に向うかたわらにたっていた。この寺の先々代の住職が茂吉に師事していたからである。画家、熊谷守一のしたためた最上川の歌の歌碑は大石田町の乗船寺にあるそうである。私はその歌碑の拓本を持っていて、幅四十センチ、高さ百五十センチの書道用の額に入れている。書斎の壁面にかかげて日々その歌を見ていると、茂吉を身近に感じるのである。

（「歩道」令和三年二月号）

## 鷗外傾倒

岩波書店より、新輯鵬外全集が出版開始されたのは昭和十一年である。佐太郎先生は昭和十一年当時、二十七歳であった。岩波書店に入社して十年が過ぎていた。新輯鷗外全集の編集委員に抜擢されたのである。

新しくいでし鷗外全集をかい撫でて居り師のごと親《おや》のごと

この一首は斎藤茂吉の歌で鷗外全集の出版を最も嬉んだ人のひとりであった。茂吉は鷗外を敬愛していたのである。茂吉に習って、佐太郎先生も若き日より鷗外の作品に親しんだのであった。そして自らの短歌作品にも取り入れている。

目覚めたるわれの心にきざすもの器につける塵のごとしも

佐太郎先生の歌集『歩道』の一首である。「器につける塵」について、この言葉は鷗外から来ているのである。私は平成十四年『佐藤佐太郎私見』という本を上梓した。その中に「鷗外の影響」という文章が載っている。佐太郎先生存命中の文で先生に添削を頂いた。私の二十代の文章である。鷗外の影響として「目覚めたる――」の歌も取り上げている。

「名を聞いて人を知らぬということが随分ある。人ばかりではない。すべての物にある。私は子供の時から本が好きだといわれた。――中略――隣家《りんか》の子供との間に何らの心的接触も成り立たない。そこでいよいよ本に読み耽《ふけ》って、器に塵の附くように、いろいろの物の名が記憶に残る。そんな風で名を知って物を知らぬ片羽になった。大抵の物の名がそうである。植物の名もそうである。」

鷗外の随筆「サフラン」にある一節で、佐太郎先生はこの文章の中から、「器につける塵」に反応したのである。私はかって、本の中でイギリスの詩人、T・Sエリオットの〈事実私人の精神は、無数の感触、語句、イメジをとらえ貯蔵しておく容器ともいうべきものであって、これらの感触、語句、イメジなどは、結合してひとつの新しい化合物を作りうるような分子がすべて出そろうまでは、そこにじっととどまっているわけなのである。〉という言葉を引用している。佐太郎先生の鷗外からの語句は胸中にあった。

薄明《はくめい》のわが意識にてきこえくる青《あお》杉を焚《た》く音とおもひき

昭和十一年の作で自註に〈当時アララギの発行所の歌評会の席上で斎藤先生から批評していただき、その心理的な把握をみとめて頂いて、作者の私は大変感謝したのであった。この歌の「薄明のわが意識」は森鷗外から来ている。勿論そのままの模倣ではないが〉とある。

「博士は頭の鈍いやうな感じになる。――中略――琵琶湖の死水が鋼鉄いろに汽車の窓に映ったり、関が原前後で、緩い傾斜の赤土に低い松の並んだ丘陵が蹙《せば》まっては又開いたりするのが、聞き馴染んだ俗謡の旋律のやうに、薄明の意識を襲って、忽ち消え去ってしまふ」。

鷗外の文章「金毘羅」の一節である。この部分を見ても鷗外の感覚的な文章力が見てとれるが、佐太郎先生はそれに反応しているのである。

ある時は日々の消化の約束を意識にもちて吾ははたらく

昭和十四年の一首である。自註に〈日々の消化は一口にいへば食生活のことであるが、これは森鷗外の「我百首」の中にあるのを襲って用ゐた。〉とある。鷗外の一首は

勲章は時々の恐怖に代へたると日々《ひび》の消化に代へたるとあり

である。鷗外の短歌は、小堀桂一郎によれば、浪漫と写実の融合を目ざしたとあり、象徴的なのであるが佐太郎先生は理解していたのであろう。

　鷗外を読みしときどき静かなる生《いのち》を仰ぎものを思ひき

　この一首は歌集『立房』にある、終戦後の心のいやされない時代に、佐太郎先生は鷗外文学に触れているのである。佐太郎先生は〈愛読書〉という文章の中で、

「人は誰でも生の意義、人生の意義を思って迷うことがある。そういうとき『妄想』を読むと、はっきりした結論が得られるというのでもないが、心の安定を得ることが出来るだろう。私などは『どんなに巧みに組み立てた形而上学でも、一篇の抒情詩に等しいものだと云ふことを知った』。という一節にどれほどの慰藉とはげましを得たか知れない」。

　佐太郎先生は若き日の鷗外全集編集の後も鷗外全集を読みついでいる。はかない抒情詩の世界といえど哲学と同じであるとの鷗外の言葉は詩人にとって励みになる言葉だろう。昭和四十四年六月出版の改版、角川文庫の佐藤佐太郎歌集において後記を書いているが、鷗外の小説「忘想」の一節が引用されている。

　鷗外がまだいとけなくめわらめとあそびし家の縁も古りたり

　この一首は昭和四十六年に鷗外生家を訪問した時の歌である。「めわらめ」と遊んだ少年は早熟でその一節が小説『ウイタ・セクスアリス』に出ている。鷗外とおぼしき少年が十歳になった時の事である。勝という少女と縁側から飛び降りる遊びで、「無邪気な素直な子であったのでとうとう尻をまくって飛んだ。僕は目を丸くしてのぞいていたが、白い足が二本白い腹に続いていて、なんにもなかった。僕は大いに失望した。Operaglass で ballet を踊る女の股の間をのぞいて、うすものに織り込んである金糸の光るのを見て、失望する紳士の事を思えば、罪のない話である」。「めわらめとあそびし縁」も鷗外の小説にあるのである。

　佐太郎先生と鷗外について、私は以前にも文章を書いている。佐太郎先生が鷗外に傾倒し、鷗外文学を読破した事は、茂吉先生に師事したことと同等の意義があるだろう。

（「歩道」令和三年四月号）

# 短歌に詩を希求する

## (一) 動く句の確定

二十年衰へて来し羽黒にて南谷にもくだることなし

二十年経て来たる羽黒にて南谷にもくだることなし

この一首は佐藤佐太郎の昭和四十七年八月、歩道全国大会が羽黒山で催された時のものである。当日は台風のような激しい雨が降り、会館での佐太郎の短歌講話が聞きとれないほどであった。

ぬばたまの羽黒の杉に降りしづむ雨のひびきを聞きつつ眠る

鳥海の山遠く稲田穂を鋪けばかがやく海のごとき夕映

歌集『開冬』にある羽黒山での作品で前掲の一首ものっている。佐太郎は茂吉の作品

南谷ふりにし跡にわが来ればかすかにのこる河骨の花

の一首が心中にあっただろう。壮年時代であれば南谷にも行ったであろうが、この一首を作った当時、佐太郎は六十三歳であった。体力的に衰えていたのである。上句（二十年経て来たる）では自身の境涯が出ないので（衰へて来し）に推敲したのである。（二十年）がいわゆる動く句で、十年でも十五年にでも差し替える事が出来るのであるが、本人にとって事実であるから二十年と表現した。

## (二) 言葉の選択

新しくいでし鷗外全集をかい撫でて居り師のごと親のごと

新しくいづる鷗外全集をかい撫でて居り師のごと親のごと

この一首は斎藤茂吉の歌集『暁紅』にある作品で、茂吉の鷗外敬愛の心情をうたったものである。昭和十二年、岩波書店より鷗外全集が出版された。岩波では佐藤佐太郎が二十代の若さで、編集を担当していた。茂吉、佐太郎共に鷗外を崇拝していた。昭和十年十二月四日、岩波書店で編輯会があった。編輯会の会食で、

うつせみの吾も老ゆれば日をつぎて森鷗外先生をしきりに思ふ

故先生《こせんせい》がハバナくゆらしゐたまひしみすがた偲ぶこよひ楽しも

など即詠で歌を作っている。前出の（新しくいでし）（新しくいづる）の上句であるが、いづるでは本がまだ出版されていないので、実際は（いでし）でなければならないと思い推敲したのである。

**（三）一首に感動があるか**

多摩川の中州に群れて咲く花の白美しきアカシアの花

多摩川の中州に見へて咲く花の白美しきアカシアの花

私は斎藤茂吉が晩年、最上川のほとりを散策していた事に習って、私も多摩川の堤を日々散歩している。私の住む福生の地は海より五十三キロの上流にある。桜が満開になり五百本の樹々が連って続く季節はなんとも言えず心おどるのであるが、ある時多摩川の対岸に渡ってみた。そこには白いアカシアの花が咲いていたのである。何年もこの地に住んでいて初めてアカシアの花に気付いたのである。当初（見へて）であったが群生していたので（群れて咲）と推敲した。

高層のビル病室に日々われは東京湾より昇る日を見つ

高層のビル病院に日々われは東京湾より昇る日を見つ

私はおもいがけなく、八ヶ月の入院加療が必要になり、病院で治療を受けた。病院は高層階あり、東京湾が見渡せる地にあった。毎日、短歌を作り、日記を書き、本を読んだりして至福の時を送った。仕事より解放された。（病院）を（病室）に改めた。

（「短歌」令和三年五月号）

# 暁風一首

昭和四十九年四月、奈良県当麻寺で佐太郎先生の歌碑の除幕式があった。当日、新幹線で佐太郎先生は向かわれたのであるが、私も同行させていただき新幹線に乗った。その車内のことで、佐太郎先生が東京駅で買ってくださった弁当を食べた。同乗していた熊谷優利枝さんの発案で、食べ終った弁当の包装紙の余白に先生に揮毫して欲しいと筆ペンを取り出し、申し出たのであった。先生はこころよく受けて下さり

暁の海よりおこり海を吹く風音さびしさめつつ聞けば

わがからだ寒にあたれば宵早く臥して鯛の腴を食ふこともなし

私は二首の歌を書いて頂いた。昭和四十九年一月の三重県答志島での作品で、歩道に未発表の新作であった。私は東京歌会の詠草を刷っていて、日ごろから先生の新作をいち早く見ることが出来ていたが、この答志島の作品もその時の気持と同じで感銘した。

『答志島で一泊したが諸君と夕食しながら私は具合が悪くなって、海の珍味を前にしてろくろく箸もつけず臥床した。翌日の歌会でも私は発言せず、東京に帰った。』

これは先生の昭和四十九年三月号の通信である。

翌朝、答志島に目覚め、伊勢の海に起こった明け方の風が、菅島水道を吹き抜けてゆくのを聞いたのであった。当日、答志島に同宿していた小久保勝治は『暁の海に起こりて海を吹く』は自身いくたびか聞いているのであるが、表現の鮮やかさは前人の未だ言っていない新しさがあると、文章に書いている。

先日、いつも佐太郎先生の色紙や歌集を購入している古書店から連絡があった。佐太郎先生の書幅の大きさは長さ一八〇センチ、幅五〇センチある。桐箱の裏には、暁風一首とあり、裏には、昭和五十一年夏日　佐藤佐太郎自題と落款がある。昭和五十一年当時、佐太郎先生は六十七歳で、まだまだ元気で、海外旅行もされていた。墨痕あざやかな書幅を書斎に掲げてながめていると、かつて新幹線でのやり取りを懐かしく思い出すのである。

（「歩道」令和三年六月号）

# 先生の書幅

いくたびか佐太郎先生の歌集や色紙を購入している古書店がある。その古書店から先生の書幅が入荷したとの連絡あった。その幅の桐箱の表書に（歌論見る事）とあり裏書には（佐藤佐太郎自識）とあり落款がある。

見る事

作歌するにはものを見るといふことが大切である。ただ漠然と目に入るものを見るのでなく凝視することが必要である。自分の眼でものを見ることを悟りそれを追及してゆくのが作歌である。言葉も表現も見るところに導かれて進歩する。私は作歌をつづけているうちにいつとなしに悟ることがあった。見るといふことは考へる事である。見るのは眼を通して心が見るのである。見て考へ考へて見るのが本当の見ることではあるまいか。私はそれを思を積むと謂っている。

昭和四十七年五月　佐藤佐太郎

幅五十センチ程の和紙にしたためられた文章を、書幅に仕上げられている。どこから入荷されたのか古書店の主人は詳しいことは言わなかった。私は以前この古書店から歩道の先輩の榛原駿吉氏の書幅を数点購入しているので、おそらく氏の所持していたものだろうと思う。佐太郎先生は、昭和四十七年四月、短歌新聞社主催の講演会で「見ること」という題で話をした。同年六月、第三回四照花《やまぼうし》会染筆展を東京新宿の小田急百貨店で開いた。その時にこの書幅は出品されたのだと思う。

暁の海に起りて海を吹く風音寂しさめつつ聞けば

この一首は、先日私が入手した佐太郎先生の書幅であるが、昭和五十一年、第五回四照花会に出品されたものだとわかった。「見ること」の書幅も四照花会の出品と見て間違いはないと思う。四照花会の時、会場には、多くの歩道会員が参観して、先生の短冊や色紙、書幅を買い求めたのである。先生はそれらの会員に感謝しつつ、俺のものはすぐに売れるからありがたい、ほかの人の物は売れないらしいという事を言っておられた。何日目かの会場で先生は私に、「君は買わなくてもいいからな」と言って下さった。

「佐保田君と私に用事があると言う。食事後先生の書斎に入り、四照花会展の準備の一つで、蠟紙に書いた短冊大のものを額に収める仕事を二人でなす。額がやや大きすぎて綿でうしろからおさえてもきちんと収まらない。」

昭和五十一年六月十日の秋葉四郎氏の短歌清話の一節である。

佐太郎先生が会場で買わなくてもいいと私に言ったのは、当時私は二十代で、買う金がなかったと思ったからだろう。ちなみにこの蠟紙の額は、松生富喜子さんが購入した。私は自身の記念の為に先生の出品され、会場にかかげられた、書幅をすべて写真に撮り後日、先生にアルバムに仕立てて届けたのである。

「君のくれた写真、実にいいな。もって来て見せてやろうか」と先ず言う。先月の四照花展の作品をカラー写真に撮って、瀟洒なアルバムに整理し佐保田君が贈ったものである。いわば手製の図録・書画集である。先生は寝床で見たりするという。秋葉四郎氏の昭和五十一年七月六日の記録である。

老人にいましたまへばかかる日暮話のこゑを絶えて眠らす

この一首は、歌集『帰潮』時代のもので、書幅にして私の書斎にかけている、当時は線の細い字で書かれているが、四照花会展の頃の字は線も太く、佐太郎先生独特のものがある。四照花会展を見た佐太郎先生はその感想を、

「実際がっかりしたね。人（木俣氏、鹿児島）はちっとも変化していない。こういうものは相互に変化し進展したところがなくちゃ、展覧会の意味がない。自分のことは棚に置いてだけどな。」と秋葉四郎氏に語っている。いづれにしても佐太郎先生は、短歌も文章も、字も独自の世界を追求されたのである。

（「歩道」令和三年六月号）

# 佐藤佐太郎全歌集

講談社より『佐藤佐太郎全歌集』が出版されたのは、昭和五十二年十一月である。歩道の会員にとって待ち望んだもので、佐太郎先生の初期の歌集『軽風』から『天眼』までが収められている。全歌集の本の箱の帯文に、上田三四二は、

『佐藤氏ははやく斎藤茂吉に随順してしかも固有の作風を成し、その風姿は五十年を一貫しつつ、冬の夜の、星辰の移りのごとき見事な展開をみせている。この歌人ほど持続のうちにたゆみなく新しい歌境を拓きつづけた例も稀であろう。そして前人未発の境地はことにここ数年において著しい。』と書いている。上田三四二は敬愛する歌人のひとりである佐太郎先生の歌を自身の指針にするほどであった。

「夕方全歌集の索引が出来たので一緒に努力した、長田邦雄、室積純夫、佐保田芳訓の三氏を伴って届ける。みんな揃うのが遅く、七時を過ぎてしまう。先生はすでに着替えて、ベッドに就いておられた。ゆっくり休まれるところを起こしてしまう結果になった。私たちが索引を届けることは夫人を通して伝えてあったはずだが、先生には届いていなかったらしい。

昭和五十二年六月十三日の秋葉四郎氏の『短歌清話』の一節である。全歌集の資料を集めるため、私達は索引を作るだけでなく初期の頃よりの『アララギ』、総合短歌誌などを調べたのであった。国立国会図書館にも何度も通った。

　鼻出血以後の十年をかへりみて長き命をいま感謝せん

この一首は歌集『天眼』にある歌である。上句の「鼻出血」の読みは正しくは(ビシュケツ)であるが(ハナシュケツ)と読んでしまい索引ではハ行に入れたのであった。校正の時も気付かず通過してしまった。

佐太郎先生は、自身の岩波書店での経験から本を作るのに誤植や間違はあると言って容認されたのである。ちなみに茂吉先生は自身の出版物には正誤表を作られた。

先日、いつも歌集や色紙を購入している古書店から連絡があった。佐太郎先生の全歌集の後記の生原稿があるというので購入した。

『生前に全歌集を出すなどといふことは、私の考としては、このましいことではない。』

全歌集後記冒頭の一節であるが、（私の考としては）が削除されている。この後記の文章もページ数的にはたかだか二ページ分にすぎないが、佐太郎先生は病後であったので、熟慮され推敲されたのである。全歌集の資料収集は、時間的に半年もかかったろうか、今は記憶で書いているから正確なことは言えない。それにしても、全歌集にかかわった私の元に生原稿が帰ってくるのは不思議なことである。

『私は昭和五十年三月に健康に異変があって、現在は徐々に良くなっているが病気の延長のような生活をしている。』と佐太郎先生は後記に書き、

『補遺の資料を集めてくれたのは由谷一郎君、菊澤研一君、秋葉四郎君であり、秋葉君に協力したのは、佐保田芳訓、長田邦雄、室積純夫の諸君である。』と書かれている。

佐太郎先生が全歌集を出版された動機は、後記にもあるように歌集『開冬』に採録すべき歌が何首もあったからである。

全歌集出版ののち、佐太郎先生は作歌を続けられ、生前最後の歌集『星宿』を上梓し死の直前まで作歌された。

朝あけて聞こゆるものにこだはれば見ゆるものなき遠き松風

あさなぎの風寒くしてはるかなる九十九里の沖潮ひかる見ゆ

山の月しばし出でしを遠くより見つつしをれば花を吹く風

この三首を見ると私は涙の出る思いで読み返すのであるが、三首目の歌など佐太郎先生の生来の感性が出ていると思うのである。

（「歩道」令和三年七月号）

# アカシアの花

　私は多摩川の中流、羽村の堰の近くに住んでいる。青春時代都心に住んでいたから、移り住んだ当時はずい分田舎に来たと思っていた。実際冬など都心にくらべ気温も三度くらい低く空気も澄んでいる。富士山が都内より近く感じ、奥多摩の山々も多摩川の上流の果てに見渡せた。

　三十年も住んでみると若い時にくらべて、より自然の美しさが身に沁みるようになった。私は十数年前大腸癌の手術を受け、また数年前には白血病により骨髄移植を受けて命をとりとめた。

　斎藤茂吉は晩年、最上川を日々散策して多くの歌を残している。私も病後、茂吉に倣って多摩川の堤を朝夕に歩くようになった。春になると羽村の堰の堤には桜が満開になる。また、福生の堤には五百本近くの桜が連らなって咲くのである。私は以前仕事で忙しい日々を送っていたので桜の花の季節には堤を歩くのであったが、それ以外ほとんど堤に行くのは稀であった。

　　砂照りて咲くアカシアの白き花わがあゆみ来る砂丘の終り

　この一首は佐太郎の昭和三十年の鳥取砂丘での作品である。砂丘の果に咲くアカシアの花に感動されたのである。アカシアの花を歌ったのは後にも先にもこの一首しかない。

　　アカシアの花白く散り櫻桃《あうたう》もきのこも店頭に見えて春更く

　一首は茂吉の歌集『遠遊』にある歌で、ヨーロッパ留学中に、茂吉はアカシアの花を目にしている。

　私の多摩川散策についてであるが、今日まで毎日続けている。先日、桜の花が葉桜となったので、思いたって対岸に渡って見た。堤を上流に向って歩んでゆくと川のほとりにアカシアの白い花が咲いて続いている。三十年あまり近くに住んでいて、初めて見る情景であった。風に吹かれて甘い香りが満ちていた。あるとき堤を歩いているとベンチにアカシアの花をビニール袋いっぱいつめている女性に出会った。発音から中国の女性であるらしい。何にするのかと聞くと餃子の具にすると言う。はたして味はどうかわからないが、花弁が食用になるのかと少々驚いた。私は河原に降りてアカシアの花を数本手折り、妻に活けてもらい玄関に置いた。妻は花を持って来た事に対し、あなたも花を鑑賞するようになったのも年をとった証拠ねと言った。

「せまい庭にはいろいろな花が咲いている。いまは夏至すぎだからようすがすこし変わったが、いち時は雛芥子を主調として、花はあふれるように咲いていた。世話をするのは妻で私は見るだけだが、花であれば何でもいい。妻もそういう主義で手あたり次第に種をまいたり、苗を植えたりしている。やがて松葉牡丹がいちめんに咲くだろう。」

佐太郎の『短歌を味わうこころ』の「庭」という文章の一節である。佐太郎も若き日には花を鑑賞するというような歌はあまり作っていない。晩年になって親しむようになったのである。また庭に咲いている、バラなどの花を写生して絵を描いている『佐藤佐太郎書画集』にはそのいくつかが載っている。

私の毎日歩む多摩川のほとりには、桜が咲き、八重山吹やアカシアの花が咲くのであるが、その季節が終ると秋の紅葉がある。また時がめぐり来て、アカシアの花の木下をいまよりさらに健康になって散策したいと思うのである。

（「歩道」令和三年八月号）

## 先生の書簡

私は以前『佐藤佐太郎私見』を上梓した。その本の中に、「先生の手紙」と題した文章を載せている。畏友室積純夫にあてた手紙で、酒を大量に飲んで苦しむ彼の事を聞いて書かれたのである。酒の量を減して、体を大事にせよとの身につまる内容であった。今後の『歩道』を若い力で盛りたてて欲しいとも書かれている。手紙の末尾の「妻を愛し、妻に従ひ、子を愛して、余ノ如く、心をのべられよ。」という言葉には、先生の弟子に対する心情が出ている。

先日、親しい友人との文通のやりとりのなかで、佐太郎先生の手紙のコピーがあると書いて来たので、読みたいと思いコピーを送ってもらった。手紙は友人宛のものでなく由谷一郎氏にあてたものである。由谷氏が自宅から有料ホームに移るため身辺整理をしていた時もらったそうである。

先日は御手紙拝見、突然の事故で已むを得ざれどかかる難儀がしばしばあるとは大兄の仕事で気安まる時がないといふので同情に耐へず。しかし境遇も運命の一つ故、なるやうになれと思ひながら最善をつくされよ。更に人間は恃むところがあれば強い。幸に君には歌があるから窮地におちいっても必ず力が湧いて来ます。作歌の他に暇々に勉強して長期計画で「作歌真」の註でも書いてみては如か。小生も「作歌真解語」といふものをいづれ書くつもりなれど、この頃文章を書くのが面倒になって随筆や歌論は書きたくないからこれは断片語をつらねるだけにする。両君の火災全く気の毒也。お手紙より早く知りし故両君にすぐ見舞状を出したが二人とも力強く生きられる事を祈る他ない。奥様によろしく。

三月二日　　佐藤佐太郎

由谷一郎君

由谷氏への先生の手紙は、いつ頃書かれたのか、年月日が不明である。コピーの先生の字から見て、晩年のものであろう。私は前に室積宛の手紙は佐太郎先生の最後の手紙であると指摘している。

眼に見えるものを見て、輝と響をとらへ、酸鹹《さんかん》の外の味ひを求めて、思を積み、詞《ことば》をやるに語気迫り、声調徹り、しかしておもむくままにおもむく。

昭和四十四年十一月号「歩道」に発表された、佐太郎先生の『作歌真』である。

由谷一郎氏の『佐藤佐太郎私記』の文章の中に、

昭和四十四年七月、青森へ向う夜行列車の中でいただいた「作歌真」は、表題が「萬古作歌真」、終りの一節が、「風韻おもむくままに移るべし」となっている。

とあり、発表される前に由谷氏に手渡れたのである。手紙は昭和四十四年以降のものであるだろう。手紙の文の中で「作歌真」の註でも書いてみては如か。との進言もうなずける。

佐太郎先生は、自分の手紙や葉書は実務的な通信が多いので、それらを取り立てて言う必要はないと言っておられた。しかし、この由谷氏への手紙や、かっての室積氏への手紙など、弟子に対する思いを綴ったものもあるのである。佐太郎先生は、選歌によって会員ひとりひとりを、知っておられた。

（「歩道」令和三年九月号）

# 先生の葉書

佐太郎先生の木俣修氏に宛てた葉書は三通ある。
（一）　昭和三十五年元旦の年賀状が一通目であり、港区赤坂青山南町より、志満夫人との連名の印刷物である。
（二）　先日は御高著「昭和短歌史」御恵送下され、恭く拝受いたしました。こんな高価な大著を頂いては申し訳なく存じます。永く架蔵、恩恵をかうむりたく存じます。目前の仕事に追はれてゐて御禮が遅れ失禮いたしました。その上こんな簡単な禮状では失礼ですがあしからず御ゆるし願上げます。御禮まで。14／XIII　佐藤佐太郎
二葉目の葉書である。「昭和短歌史」は昭和三十九年に出版されている。
（三）　このたび芸術選奨文部大臣賞を受けましたについて御心こもるお祝詞をたまはりありがたく御礼申上げます。このたびの受賞は全くの幸運と推輓のたまものでありますから天と人とに対してふかく感謝してをります。この栄誉をはげみとして更に精神（進）して参る覚悟であります。何卒今後とも御鞭達たまはり度く、とりあへず御礼まで申上げます。三月二十九日　佐藤佐太郎

右の印刷に続いて、御葉書拝見、返事御手数煩はし恐縮しました。入院されるほどの事と存ぜず失礼いたしました、草々

と直筆で書かれている。文中、芸術選奨文部大臣賞とあるのは、佐太郎先生の歌集『開冬』の事である。

「先師斎藤茂吉先生は『芸術に極致は無い』といはれたが、作歌を継続してゐれば思ひがけず境地が進むこともあり得る。私は短歌の価値の大部分は『ひびき』にあると思ってゐる」と後記に書いている。歌集『開冬』については、私には思い出す事がある。歌集の原稿を作製する時、私は先生の口述筆記をするべく先生の書斎で書き出した。午前、午後はスムーズに進んだのであるが、夕食の時先生と共に酒を飲み食事をした。私は酒に強い方でないから次第に少し酔がまわり口述筆記が出きなくなって一日で打切になった。

かつて、中村達氏が歩道誌に佐太郎先生の歌集の頂点は歌集『天眼』や『星宿』であると書いていたが、佐太郎先生は私に、歌集『開冬』が歌集の頂点であると語っていた。

（「歩道」令和四年二月号）

# 茂吉の拓本

新潮社に日本文学アルバムという本がある。著名な作家の森鷗外や夏目漱石などの写真や資料を集め、その人の生涯をたどるといった内容の本である。全集として出ている。その中の第十四巻に斎藤茂吉が入っている。巻頭には茂吉の最晩年の写真が掲載され、巻末には「ひとすじの道」と題して作家の辻邦生が文章をよせている。昭和六十年三月に出版された時、私は買い求めて佐太郎先生に届けたのであった。

このアルバムの本の中に、佐太郎先生の写っている写真が二ヶ所出ている。一葉は昭和二十七年三月十一日の茂吉全集打合せの第一回童馬会の時のもので、茂吉を中心に全集の編集者の柴生田稔や山口茂吉なども写っている。二葉目は、昭和十二年十月二十三日、富士見高原における島木赤彦歌碑除幕式のものである。佐太郎先生は当時二十八歳であった。

水海之氷者等計而尚寒志三日月乃影波爾映呂布
赤彦詠茂吉書

右は富士見高原の歌碑の碑文である。先日、私は赤彦のこの歌碑の拓本を入手した。富士見町教育委員会による歌碑の解説も付録としてついていた。

みづうみの氷は解けてなほ寒し三日月の影波にうつろふ

碑文の一首である。

「大正十五年三月島木赤彦先生が死去され、昭和二年に富士見の人達によって『佐千夫、赤彦両先生追悼会』が催され、その席上『故人島木先生の歌碑もやがてこの辺に建だろう』……との声は、やがて島木先生の十三回忌を契機として諏訪教育会の『久保田俊彦先生（赤彦）追悼謝恩会』と富士見村が一体となって、歌碑建設に踏み切ったのである。この計画が発表されるや、全国はもちろん海外からの賛同者が加わり、斎藤茂吉先生の揮毫になる故人の歌『水海之……』の歌碑が昭和十二年十月二十四日に建設された。」と赤彦の歌碑建設の経緯をしるしている。

「午後零時三十五分新宿発ニテ、上諏訪ニ向フ。六時半頃上諏訪著、ぼたん屋投宿、汽車ハ山口茂吉、佐藤佐太郎、藤森朋夫三君同道。上諏訪ニテ宇野浩二氏ト一ショニナリ、宇野氏モぼたん屋投宿。今日ノ歌会ニハ缺席。夜、諸友来訪。汽車ハ三等ナリシタメアララギ選歌不能。」

茂吉の十月二十三日の日記である。次の二十四日には歌碑除幕式に参列したと記し、佐太郎先生は除幕式に出席したが、つづく懇親会に参加することなく帰京したのであった。

茂吉は赤彦のこの一首をふくむ諏訪湖の一連の歌について、

「ここには新鮮なにほひを持ったものとして現出してゐるのは誠に不思議である。淡々とし無限の味ひがある。そしてこの歌境は、『馬鈴薯の花』以前の「諏訪歌」あたりの復活に、長いあひだかかって変化して来たものが微妙に織り交へられて此処に到り著いたものと愚考することが出来る。」

と評している。佐太郎先生もこの歌についてどこかに書いていたと記憶していたが、今はその資料が見当らなかった。

また、昭和十二年十月二十三日、二十四日の記録が『童馬山房随聞』にも載っていない。除幕式につづく懇親会における茂吉の話を聞かずに帰京したからであろう。

（「歩道」令和四年二月号）

## ゴッホ展

上野の東京都美術館で令和三年九月十八日から、十二月十二日までゴッホ展が催されている。その展覧会用のポスターには（黄色い家）や（糸杉と星の見える道）の二種類あり、響きあう魂へレーネとフィンセントというサブタイトルが付いている。本年はコロナ禍があり、展覧会も完全予約制になっていて、チケットもなかなか取れない。それでもゴッホは人気で多くの人が訪れている。

海の波みゆる峡の麦畑日に照らされて黄はうらがなし

松山にまぎれむとして鴉らの群れたる峡に麦黄になりぬ

佐太郎先生の若き日の歌で、「浅峡」と題した五首の内の二首である。

「常陸平潟に帰省した折の歌で、町をはづれて長浜といふ処に出ようとする峡である。少しばかりの平地は、田と畑ですぐ近くに荒海の波が見えてゐる。以前は人家などもなかつたのに此の度来て見ると魚を処理する工場が一つ建つてゐて鯖か鯵かを道のほとり迄並べて干してゐる所がある。」

あつた。この一聯の構図には、ゴオホの絵を参考にして

佐太郎先生もゴッホの絵に関心をいだき、感動もされたのであった。ゴッホの絵は、彼の存命中一枚しか売れなかったらしい。死後も人にかえり見られる事なく、クリッシャーやロッシュアール街の露店古物商の店頭にがらくた同様のあつかいを受けていたという。ポスターのサブタイトルにあるヘレーネは、ゴッホの絵を見て、絵には魂の響があると感じ蒐集し始めたのである。世界にゴッホの絵をひろめたのであった。

今から四十年前、私はヨーロッパに旅して、パリのサン・ラザール駅から、ゴッホの住んでいた黄色い家のあるオーヴェールに行こうかと迷った。しかし、当時敬愛していた辻邦生の文にシャルトル大聖堂のステンドグラスが世界で一番美しいとあったので、結局はシャルトル行の列車に乗ったのであった。

斎藤茂吉は、大正十三年十一月二日、安倍、板垣、宮坂氏らと共にオーヴェールを訪れ、ゴッホの住んでいた部屋を尋ねたのである。

ヴァン・ゴッホつひの命をはりたる狭き家に来て
　昼の肉食す

雨のふる丘のうへには同胞の二つの墓がならびて悲し

洋傘をかしげつつ来し墓のまへ五分間ばかり立ちて
　居りにき

「オーヴェールの作品」九首のうちの三首である。「同胞の二つの墓」のひとつはゴッホであり、もう一つは弟、テオの墓である。弟テオは財力のないゴッホを助力して、ゴッホの没後、後を追うように亡くなった。

私は二〇〇五年三月、東京国立近代美術館でのゴッホ展を見に行っている。十六年前の事であるから、記憶もおぼろになった。「糸杉と星の見える道」が十六年振りに来日したとの事であるから、私も見ていたのであろう。

私の書斎には、ゴッホの複製の絵がある。「夜のカフェテラス」「オーヴェールの教会」「アイリス」等々である。「夜のカフェテラス」は原寸大で縦八〇センチ横六十三センチあり、リサイクルショップの主人が知り合いで、格安で購入し、書斎に毎日ながめ楽しんでいる。ゴッホは絵を描くかたわら多くの手紙も書いている。

「立派な目録見を立ててみても計画は大抵はずれてしまうものだ、その日その日の偶然を捕えて、虚心坦懐に仕事すれば、予期しない多くの収穫がある。」

弟のテオに宛てたゴッホの手紙の一節である。

「いまは自然を貪っている。誇張したり、ときには対象を故意に替える、だが絵全体を創ろうとは思わない、反対に自然にすべてがあるような気がするし、それを識別すればいいと思う。」

「学ぶとは『物をみる』謂であり、『ものを観る』とは、美しいものを毎日解体してゆくことである。ものをよりよく見つめれば見つめるほど、今まで無邪気に眺めていたものの姿は消え、それは人間の貴い知慧と入れ換るからである。」

等々、ゴッホはテオに絵を送るだけではなく多数の手紙を書いた。ゴッホの手紙は文学としても多くの人に認められ高い評価を受けている。


（「歩道」令和四年三月号）

## 中尊寺

佐太郎先生は、生涯八千首余りの短歌を作り、歌集「軽風」から「黄月」まで十三歌集を上梓している。師である斎藤茂吉に比べれば数では少ないが、一首一首の内容はほとんど平凡なものはないと言っていい。その作歌を支える原点には、歌論がある。昭和二十一年　歌誌「歩道」創刊より連続して、「純粋短歌」を執筆している。項目別に、写生を原点とする歌論である。晩年には「純粋短歌」の要約ともいうべき作歌真を発表した。

「眼に見えるものを見て、輝と響をとらへ、酸鹹《さんかん》の外の味ひを求めて、思を積み、詞《ことば》をやるに語気迫り、声調徹り、しかしておもむくままにおもむく」。これが作歌真の全文である。佐太郎先生は、「短文であるが、作歌に対する私の信条というものはすべてこの中にある」。と語っている。


冬の日の眼に満つる海あるときは一つの波に海はかくるる

この歌は歌集『開冬』の寒渚と題した中の一首である。

「眼に満つる」は満目。高い波が寄せてゐるので時々波だけが視界を占めるのも自然のおもしろさである。「は」の重出は万葉の古調だが現代では斎藤先生が好んで用ゐられた歌の一首の背景を「及辰園百首付自註」で解説している。

この歌は、作歌真そのままを実践した一首だと私は常々思っている。瞬間と断片を捉えたのであるが海を一度見て出来たのではなく、何度も見て、思いを積んだのだろう。また北斎の描画、神奈川沖も胸中にあったかも知れない、いづれにしても佐太郎先生の歌は一瞬の時を捉えている。

先日、懇意にしている古書店から佐太郎先生の短冊が入荷したと知らせて来た。

　金堂のうちのつめたき塗床にたまたまにして金の箔ちる

いつもこの古書店から古書や色紙など購入しているので、格安で入手した。

昭和二十八年十月、佐太郎先生は岩手県盛岡の歌会に臨み、その後、青森県の十和田湖に足をのばし、岩手県平泉の毛越寺・中尊寺を訪ずれたのである。

「黒い漆塗の床のつめたさと剥落する塵のような金箔が古代の豪華さに通うものがあった」。と一首について述べている。

一瞬の輝きと、断片を捉えている一首で、かすかな箔の散る時を見のがさなかった。箔が散る瞬間にめぐり合う事もまれであるが、佐太郎先生は感動もされたのである。「たまたまにして」に気持がこめられていると思う。

先の「冬の日の――」歌もそうであるが、この一首も、写生ならではのものだろう。佐太郎先生は、かつて、見る事を持続していれば、風景は向こうからやって来ると語っていた。

（「歩道」令和四年四月号）

# ポール・ヴァレリー

私の読書は高校生になってから、色々な本を読むようになった。小学一年の時、学芸会で本を読んだ記憶がある。小さい時に絵本などを妹に読み聞かせたからであったろう。小学四年の時、父が大阪から東京に仕事で転勤になり、私も転校した。友達がすぐに出来ず、読書で時間を過ごした。高校の何年の時であったか、友人が筑摩書房でアルバイトをしていた。当時出版された、ヴァレリー全集があるのを知って、社割で安く買えるとの事で買ってもらった。今までつちかった力で読めると思ったのであるが、全然歯がたたなかった。今も当時の全集が書斎の書棚の奥にある。またニーチェ全集もただそろえるだけであった。

「ヴァレリーが『新しさということは、その本質から言って、ものの消威する部分なのである。新しさの危険な点は、それが自働的に新しくなくなり、然かもただ単に失はれてしまうことにある』というように、素材的な新しい流行の新しさは単なる新しさとして、速かに失はれるものである。詩が要求する新しさはこういうものではない。」

佐太郎先生の『純粋短歌』の中にある一節で、ヴァレリーの言葉を引用している。さらに

「ヴァレリーが『古きと新しきを軽視したまへ』といっているのは、詩はもとより陳腐な繰返しであってよい筈はないが、さればといって単なる新しさが第一義的な要求ではないというので結局は純粋な詩の立場であるが、それは真実だけを目標にしなければならぬものだといっていると受取れるだろう。」

この一節もヴァレリーを引用しているのであるが、『純粋短歌』の歌論を支えたのはヴァレリーの深い読み込みがあったからだと思う。

私は昭和四十五年六月、「歩道短歌会」に入会した。二十一歳の時である。佐太郎先生の歌論『純粋短歌』の中に、若き日に歯がたたなかったヴァレリーの文章のいくつかがあり、心が動いた。佐太郎先生は壮年時代、ヴァレリーを愛読していたのである。

鷗外を読みしときどき静かなる生《いのち》を仰ぎものを思ひき

この一首は歌集『立房』にある歌で、鷗外を読んで一首にしたのである。また、

うつしみの生命《いのち》をしみてケーベルの言葉に倚《よ》りき戦ひの日に

の一首にあるようにケーベルの文章を読んで、反応している。しかしヴァレリーに関連し、文章には反応を示したが、歌は作っていない。

「僕なんかでも永年ゲーテを読んでいても歌の方にとりいれられるのはごくわずかだ。ゲーテにしろ杜甫にしろ蘇東坡にしろ歌にとりいれるというのは容易じゃない。」

これは斎藤茂吉が佐太郎先生に伝えた言葉である。ヴァレリーを一首の歌に取り入れるのは難しい事なのである。

紡ぐ女
玻璃窓《はりまど》の蒼色《あおいろ》の空のあたりに、
絲を紡ぐ女が坐り、
窓辺に庭がさらさらと響を立てて
揺れてゐる。
古めかしい絲挽車の唸る音が
女を酔せた。

ヴァレリーの初期の詩の一篇である。私が若き日に、歯が立たなかったとの思いは、この詩などを読むとまた感じが違ってくる。今、何を思ってヴァレリーをもち出したのか自分でも不思議に思うのだが、ただ懐かしいとの思いだけではないだろう。

（「歩道」令和四年六月号）

# 身に引きつける

## 短歌は一人称の文学だと思いますか？　はい

短歌は一人称の文学であるかの問いに対して私の答えは「はい」である。

我《わ》れはもや　安見児《やすみこ》得たり　皆人《みなびと》の　得《え》かてにすといふ　安見児《やすみこ》得たり

『万葉集』にある藤原鎌足の歌で、私は皆さんがなかなか手に入れる事の出来ない安見児との恋愛を成就したと言っている。『万葉集』において、よろこびを奏でた歌はきわめて少ない。そのためか、この一首は目を引くのである。千年以前に自身の心の状態を表現したのは見事である。ともかくこの一首は一人称であると言えるだろう。

むらさきの藤の花ちる峡《かひ》のみち女良谷川《めらだにがわ》にそひてわが行く

この一首は佐藤佐太郎の歌で、昭和三十年、佐太郎は石見鴨山の歌会に出席して、その途次、鳥取砂丘におもむき鴨山を訪ねている。敬愛する、斎藤茂吉が生涯追い求めた、柿本人麿の終焉の地である事も心にあったかも知れない。鳥取砂丘や石見鴨山へは、友人が案内している。女良谷川はその友人と共に歩いたのである。本来なら、ふたりして歩くと一首に表現するところであるが、あたかもひとりで歩いたように言っている。一人称での表現が歌に奥行きをもたらしている。

我《わ》が母よ死にたまひゆく我《わ》が母よ我《わ》を生《う》まし乳足《ちた》らひし母よ

一首は、斎藤茂吉の歌集『赤光』にある歌である。斎藤茂吉の初期の名歌として知られている。死に近い母のもとで、自身の今の境涯を歌った絶唱であるが、他人事ではなく、身に引きつけているから心にひびくのである。一人称であるから響がある。

（「短歌」令和四年六月号）

# 朱の門

私は中学生の頃、東京港区の愛宕山下に住んでいた。当時、すでに地下鉄が発達していて神谷町から東京のあらゆる所に行く事が出来た。愛宕中学に通い、高校に通い、大学にも短時間で行く事が出来た。後年、短歌を作り始め、佐太郎先生の住んでいた表参道にも行けたのである。

風はかく清くも吹くかものなべて虚しき跡にわれは立てれば

佐太郎先生の歌集『立房』にある一首である。自註で「昭和二十年の夏、青山の辺を歩いてゐて得た感想。草も花も人も廃墟に生きるすべてのものが清く感ぜられたが、風は清いものの最勝であった。」と言っている。

昭和二十年三月の東京大空襲において下町はほぼ焼きつくされた。佐太郎先生の一首は、その時の東京の模様を伝えた歌である。空襲の被害はいたる所に及んだが、私が終戦後住むようになった愛宕山下の家々のいくつかは焼けずに済んだ。真福寺や青松寺等々の寺も残って、現存している。

さて、「朱の門」についてであるがある時、奈良市に佐保田町という町がある事を知った。妻が大阪の友人に用があって行くというので同行した。妻が友人と会って夕方の飛行機で帰るまでの時間帯に奈良市法蓮佐保田町を訪れた。帰途、平城京跡に立寄ったのである。そこには、「朱の門」があり、立派なものであったので、当時の時の勢力のすごさを思った。

私の中学生時代の親友は、芝大門に住んでいた。親友の母親が家に来て共に勉強をし教えてくれという、たびたび友の家を訪れた。愛宕山下から芝大門まで徒歩で行くのである。

焼けざりし芝増上寺の朱の門を昼みて暑き夜もおもほゆ

一首は佐太郎先生の『帰潮』時代のものである。私は友人の住む芝大門にゆく途上、増上寺の朱の門をたびたび見るのであるが、奈良で見た平城京跡の門と見紛うほどのもので太い円柱には驚かされた。その後、私の友人は病気になり私より早く逝ってしまった。芝増上寺へも通り過ぎることもなくなった。私の親友の母親は蕎麦屋をいとなんでいて、毎年十二月三十一日に、年越ソバが出来たと声をかけてくれた。増上寺の朱の門を横に見て取りに行ったのである。

（「歩道」令和四年十月号）

## 海鳴

私の母方の祖父は、愛媛県宇和島市、城辺町に住んでいた。田舎の地主の長男で、若き日には憲兵として、大阪や朝鮮で活躍していたらしい。除隊したのち、地元に帰ったのである。私が青年になった時、祖父の若き日の経緯を知った。祖父の墓は生地の宇和島市城辺町にある。私が小学生の頃、父につれられ宇和島の城辺町に行った。祖母は小学校の教師をしていて、私は毎日、国語の読書の勉強や、算数の問題を解かされた。祖父の家は海辺にあったので、海鳴の音が幾夜も続く日もあった。ある夜、祖父が外で私の名を呼ぶので戸外に出ると夜の海が展けていて、夜光虫が果てしなく光っていた。海の光がこんなにも美しいものかと子供ながらに感動したのである。祖父は鱓《うつぼ》が釣れたと言って私に見せてくれた。魚を釣ったものと思っていた私は、一メートル以上もある魚に驚いたのである。その口先は歯が鋭かった。

海鳴のおほふ渚の砂畑ゑんどうの白き花さきそむる

この一首は佐太郎先生の歌集『形影』にある歌である。先生は海の辺で育ったから、上京して岩波書店に勤めるまで幾度も海鳴を聞いたであろう。先生は我々に短歌の指導するなかで、「人が歌はないような事を歌え」とたびたび言っていた。具体的には、「その現場に立つ」事であるとも言っていた。

海の上まだ暗きより行く船のあとにたぎちたる水沫《みなわ》しろしも

この船にひかれて小舟はありといへど海くらくして遠き陸の灯

船ちかく鷗とびしと思ふだにおぼつかなしや暁くらし

船の上にしぶきをあげて風さむし海くもりつつ暁にわたらふ

暁のあらはになりし船の上に翻車魚《まんぼう》の肉をつみかさねけり

遠き沖に船を止むれば揺る波や高くうねりて水沫をたてず

暁の風とほる船に馴れゐしが折ふしにあらき潮の香ぞする

幾艘もひかれ来し舟は輪をなして大網たぐる声をあげつつ

親船が動力にて網尻をあぐるまも遠くかこみし舟の呼び声

船よりて狭ばめし水に音たててしぶきぞあがる群りし魚

網のなかにをどる鯛赤しいく匹も跳るを見ればこころ楽しむ

玉網にすくひて投ぐる鰺あまた船の上にはねてその香すがしも

漁をへて舟ちりゆけばこの船に朝の炊ぎの米をとぐ音

右の十三首は、「大敷網漁船」と題した、佐太郎先生二十三歳の作品である。若き日の歌といえど一首一首の描写は見事である。佐太郎先生はなぜ大敷網漁船に乗ったのであろうか。船には取材のためだけではなく、本人も漁を手伝ったのであろう。若き日より人のやらない体験をして短歌を作る事を実践したのである。歌集『軽風』の中でも十三首の連作は群を抜いている。

（「歩道」令和五年一月号）

# 随想二題

## (一) 最後の添削

先日、友人からの電話で松生富喜子さんが逝去されたのを知った。令和四年十二月二十三日だそうである。数年前、友人と松生さんを施設に見舞った時、短歌の話など数時間ではあるが話し合ったのである。その時はまだ元気で、自宅に帰ることを楽しみにしておられた。

昭和五十二年、佐太郎先生御存命中、先生の指名により、私と松生さんは歩道短歌会の編集委員になった。佐太郎先生と松生さんは、私より以前に交流があり、ある時、佐太郎先生が、頭を打ち、外科的なケガをされた。熊谷さんという内科医が常に佐太郎先生のそばにいたが治療出来なかった。松生さんの夫で共に短歌を作る、松生一哲氏を千歳船橋の自宅から連れ出し、佐藤家において治療してもらった事もある。

昭和五十五年、東京新宿の小田急デパートで、現代歌壇大家三人展と題して、鹿児島寿蔵、木俣修、佐藤佐太郎の作品が展示販売された。短冊が確か十万円であったと記憶するが、松生さんは二十数万円もする額に入った一首の歌を購入された。当時、歩道の会員は佐太郎先生の揮毫されたものを求めていた。小田急デパートで佐太郎先生は、「ほかの人のはあまり売れていないのに、俺のものは良く売れている。」と言っておられた。

私は歩道に入会して以来、歩道の雑務などをこなしていたので、佐太郎先生に直接歌稿を見て頂いたのである。佐太郎先生没後は、志満先生、吉田和氣子、松生富喜子の三人の合議で選歌してもらった。

今日の詠草「うまい」といふ評判。志満先生選七首。あとのものもわるくないそうですから、次回の分か、何れに保存されたらよいでしょう。五首が一月号。清書して出しておきました。ワープロに誘われて浮ぶようでしたらこの調子で少し作り溜めたら如何。

私元気です。

これはいつだったか、私の提出した、歌稿に対する返事である。志満先生亡き後、吉田和氣子さんに送ったのであった。三人の選歌は厳しいものがあった。それは佐太郎先生の歌と比較するからである。

吉田和氣子さん逝去の後は、松生富喜子さんに歌稿を送るようになった。松生さんは、「あなたの歌はいまさら私が見るまでもなく、自選して出せるのに」と言っていた。私は自身の歌に対する客観は信じていたが、やはり第三者の目が必要であると思っている。

亡き人の短歌一首を添削すかかる行為もみづから哀れ

この歌は歌集『冬木』にある佐太郎先生の一首である。当時、佐太郎先生は、数十人の人の添削をされていた。亡き人の歌を添削するその前後の事はわからないが事実として重い一首であろう。

私は松生さんに歌を提出して、添削してもらっていたので、佐太郎先生の歌とは逆で亡き人に添削されたものが残った形になった。

病ひ持つ妻と久しく飛行機に乗りて眼下に富士山見ゆる（原作）
病ひ持つ妻と久しく飛行機に乗りて眼下に富士の山見つ（添削）
朝焼の空に向ひて飛びたてる飛行機海に出で海朱に光る（原作）
朝焼の空に向ひて飛びたてるわが飛行機は海の朱のなか（添削）

この二首は当時急用があり、福岡博多に飛行機で日帰りで行ったのである。松生さんが添削してくれたのは、二・三年前の事だと思う。

松生さんには、まだまだ長生きをして頂いて、私は添削してもらいたかった。

## （二）愛宕山

東京西新橋にある慈恵医科大学病院に入院して一ヶ月が過ぎた。

東京の郊外の街に住んでいる私は肺気腫になり、妻が救急車を呼んだのであった。本来なら近くの福生病院に入院すべき所、私は救急車の隊員に慈恵病院に行って欲しいと頼んだのであった。救急車は一般道から、中央高速道路を走り、一時間以上もかかって病院に送ってくれた。なぜ慈恵病院なのか。四十年以前、慈恵病院の先生の執刀を受け私の母は子宮筋腫を取りのぞいてもらった。命が助かったのである。当時、輸血が必要で私も母の為なら輸血すると主張したのであるが年齢的に若いので出来ず断念した。

慈恵病院の高層の窓からは遠く東京港が見え、ビル群の間からレインボーブリッジが見える。眼を転じると愛宕山も見えた。私がかつて通っていた愛宕中学校が総合されて御成門中学校と名を変え眼下に見えた。愛宕中学校では同級生の親から勉強を教えて欲しいと言われた事がある。ひとりは、私の言う事を素直に聞いてくれる友で、共に学んで彼は東京電機大学の高校に進学した。もうひとりの友人は東京芝浦に転居した。母親は蕎麦屋を経営していて、年越ソバが出来たから取りに来るようにと毎年言ってくれた。

愛宕中学校では二年先輩に後に歌手になった美川憲一がいた。私とは共通するものはなかったのであるが、一度だけ彼の住んでいる南佐久間町の家を訪ねた。当時、おとなしい学生で後に歌手になるとは思いもしなかった。

また、中学生の頃、今話題になっている「出世の階段」を何度も登った事がある。徳川家光は芝増上寺の家康の墓参の帰り、愛宕山の下を通った。愛宕山の山頂に咲いている見事な桜に目が止まり、あの桜を取るようにと所望したのである。側近の家臣達は階段があまりにも急なのでためらっていた。すると家光の家臣の中であまり名の知られていない曲垣平九郎が愛宕山の山頂に咲いていた桜を取って家光に差し出した。名もない彼がその事により、数段も上の階級にあがったらしい。その事を「出世の階段」といっている。

慈恵医大病院より愛宕山のトンネルを抜けると、天徳寺がある。右に折れると、興昭院という寺があり、ターヘル・アナトミアを出版した、杉田玄白の墓がある。天徳寺では、十二月三十一日の大晦日は甘酒がふるまわれ、多くの人が訪れる。私は中学、高校生の頃愛宕山のふもとに住んでいて、夏になると愛宕山に鳴く蝉のひびきで目が覚めた。たまに雪が降る事があり、女子生徒らと雪合戦をした事もある。

天徳寺を通り東に向うと、左手に愛寿荘というアパートがある。そのアパートで、私の母はカーテンの縫製加工を始めたのである。私は母が一日中カーテンを縫う姿を見て、母に少しでも助けをしたいと思い、職業用の高速度ミシンが使えるようになった。愛宕山のふもとでの生活は私の原点である。

（「歩道」令和五年四月号）

## アラスカ

昭和五十年代、旅行会社はパック旅行を販売し出した。今までは個人で海外に出るのは大変な事で語学力も必要だった。その点パック旅行は添乗員がつきそってくれるので必ずしも語学が出来なくてもよいのである。数あるパック旅行の広告に、ヨーロッパやアメリカ本土など自身も行きたいと思う国々が出ていた。その中にアラスカがあった。以前から行きたいと思っていた所である。私は当時、「歩道短歌会」に入会したばかりで自身、別の世界に身をおくことで短歌が出来るのでないかと思ったのである。私はいままで一度も飛行機に乗った事がないので、心配して母や姉達が見送りに来てくれた。私は恥をかいてはダメと思い、ビジネスマンではないが上下のスーツを身に付けた。そして、アンカレッジ経由、ニューヨーク行きの飛行機に乗った。実はこのパック旅行、三十五名以上が集まらなければ催行されないのである。しかし、このパック旅行に申し込んだ人は、アンカレッジで結婚式を予定していたので決行するようにと迫った。私はたまたまこのパック旅行に申し込んでいて結局行くことになった。結婚するふたりとその両親四人、そして私と添乗員の八人で旅行は始ったのである。

　岩山の岩に凍れる氷河見え雲過ぎてのち青く輝く

　産卵を終へし紅鮭《べにざけ》われの来しチユガチの河に命はてをり

アンカレッジ空港に降り立つ人は数人でアラスカの米軍基地に行く軍人が数人いた。結婚するふたりはアンカレッジに永く住んでいて、結婚式に両親をよびよせたのである。先に引用した歌の二首は、アンカレッジの大自然の歌でポーテージ氷河に行く途中、湾をへだてて雪山が連なり、八十キロ以上も続いている。湾の流れは急流であった。空気が澄んでいて添乗員の話では山々は遠くへだたっているが近くに感じられた。また鮭の産卵がすんだのち、折りかさなるように命がはてている姿は哀れであった。川岸にはその音がひびいていた。ポーテージ氷河から、アンカレッジの市内に帰り着いた時、遠くに見えている、マッキンレー山が夕焼けていた。アンカレッジ市内から数百キロも離れているのである。

　アラスカのいづこも草に似る柳ゆく道のべに花さくもあり

　むらさきのルピナス群るる川原《かはら》をよぎるときあり高《たか》

原《はら》ゆけば
マッキンレー雪山とほき高原にしづかなる道のごと
し川原《かはら》は
八十粁《キロ》の長き入江に満潮《みちしほ》と引潮《ひきしほ》とせめぐ音ありといふ
ポーテージ氷河の末に広からぬ湖ありて氷塊うかぶ

右の五首はアラスカでの佐太郎先生の歌である。佐太郎先生はアラスカで二十首の歌を作られた。

私がアラスカから帰国して、先生に土産を届け、旅の報告をしたのであるが、その時先生は、「俺も前から行きたい所だった」。と言って下さった。私の旅から、二年後にツアーを組んで行かれたのである。佐太郎先生、六十八歳の時である。先生はその後も、フィージー島、シンガポール、インド、上海、恵州、マニラ、中国桂林、ロサンゼルス、等々を旅されている。私はある時、新聞で、佐太郎先生が敬愛していた蘇東坡ゆかりの土地である中国海南島の広告が出ていたので知らせると、すぐに反応を示され、七十四歳にもかかわらず、行かれたのであった。私は先生の旅に随行する機会がたびたびあった。「海外の旅は楽しい」と言っておられた。確かシンガポールの旅行では、歌は一首も作られなかった。そんな時もあったのである。

（「歩道」令和五年五月号）

# ヘルマン・ヘッセ

先日、歩道合評に参加した。そのなかで有馬典子さんが

「外燈の蓋《かさ》の下にてその光あかるくなりぬ暮れ果てしかば」

の一首について、ヘルマン・ヘッセの「少年の日の思い出」を想起すると書いていた。合評であるから、私は多くを書けなかったが、同感したのである。私は若い頃、「シッダルタ」や「デーミアン」など愛読していた。ヘッセ全集を書棚から取り出して、再び懐かしく読んだのである。「外燈の蓋の下にて――」の有馬さんが想起した所は「もうすっかり暗くなっているのに気づき、私はランプを取ってマッチをすった。すると、たちまち外の景色はやみに沈んでしまい、窓いっぱいに不透明な青い夜色に閉ざされてしまった。」という一節に当たると思う。佐太郎先生は、若き日に西洋の詩人の詩を図書館で借りて耽読していた。ゲオルゲの詩について、茂吉とやりとりする文章があったと記憶するが、詩人についての見識がたかかった。ある時、私が佐太郎先生に、ヘルマン・

ヘッセはどうかと質問すると、ヘッセは甘いという返事であった。その返事を聞いて、佐太郎先生はヘッセを読んでいたと思ったのである。

　夜あるく
もう夜だ。往来は静かになる。
道からはなれたところで、眠そうに川がものうい流れの音をたてて、無言のやみに向って流れて行く。

歩道には何も通らぬひとときが折々ありぬ硝子戸のそと

佐太郎先生の歌集『歩道』にある一首である。ヘッセの詩の影響であるとは思えないが、ヘッセと同じ視点であるのが面白い。佐太郎先生の若き日は人と違った短歌を作ろうと思い、埋立地や街川などを散策して多くの短歌を作っている。おそらく佐太郎先生もヘッセの詩を読んでいただろう。

　眠れる夜
意識の最後の境に、精神が
疲れながら意地悪く目ざめてみはっている

寝ぐるしき夜なりしかどものの音しばらく絶えて暁になる

佐太郎先生は若くして岩波に勤め、茂吉を助ける仕事をしていたが、ヘッセに似たような青春があった。

（「歩道」令和五年六月号）

# 蠟紙

先日、松生富喜子さんのご子息が、日高カントリークラブのゴルフ場の帰りわが家に立寄ってくれた。ご子息といっても私と同世代で、以前に何度かお目にかかっている。松生さんが日頃、家の玄関にかかげていた佐太郎先生の揮毫された短歌一首と額である。松生さんは生前、自身になにかあったら佐太郎先生のものは、佐保田さんに渡すようにと言っていたそうだ。ご子息は形見を届けてくれたのである。

新しく来向ふ年はいかならん月みちて人の健かにあれ

この一首は佐太郎先生の晩年の歌で、昭和四十八年の作として、歌集『開冬』に収められている。佐太郎先生は、毎年、自身の信念を短歌一首にたくし年の始めの歌を作っていた。「人の健かにあれ」は自身をふくめてすべての人の事であるが、祈りにも似た表現は多くの人の心にひびくであろう。

この一首について、佐太郎先生と志満夫人との対話がある。

「何だか謎なぞみたいだわね。」

「『月満ちて』って何のこと。ちっとも分からないじゃない。」

「満月になって、つまり月々が経ることだよ。俺くらいにならんとこういうのは分からんだろうが」

秋葉四郎氏の『短歌清話』にある一節である。

またしたためられた紙は蠟紙といって日本のものではない。中国旅行の折に買い求められた。中国の杭州であったか、どこか忘れてしまったが同行していたので買う所を見たのである。蠟紙は高額な紙であったので、確か佐太郎先生のほか、松生富喜子さん、山上次郎氏等々が買った。佐太郎先生は、蠟紙は書きづらいと言いながらも、何枚か書き、新宿、小田急デパートの作品展に出品された。小田急デパートでは、当時、木俣修、橋本徳寿、佐藤佐太郎の三人展を毎年展いていた。その企画がどういういきさつでなったは知らないがカタログまで作ったのである。私の手持のカタログは七年も続いた事を示している。ある時、歩道の会員が先生の作品を見ようと、自然に集った。それらの会員を迎えられた佐太郎先生はご機嫌で、私の書画が良く売れていると嬉んでおられた。私の記憶では、短冊が十万円はしたと思う。前の松生富喜子さんの一首の歌もそうであるが、蠟紙に書いた字は味わいがあると言っておられた。

松生富喜子さんには、歌のみならず私事に渡って世話になった。ある時、私の娘が少女の頃、兄と遊んでいて転倒した。頭に傷を負ったので、近くの病院に行く事なく、松生医院に直行した。松生さんの夫君は、松生一哲さんで共に短歌を作る同志である。他の患者さんを待たせて、娘の治療を優先してくれた。娘は頭にネットをかぶり、帰宅したのであった。

思い出す事がある。歩道全国大会が別府温泉で催された時、松生さんや、菊池正子さん、山縣幸子さんらが菊池温泉に寄り道をするというので、別府からタクシーで阿蘇山の火口を見ながら菊池温泉に着いた。私も全国大会が終ったらただちに帰れば良いのにタクシーに席があったので同乗したのであった。菊池温泉では、松生先生の夫君の松生一哲さんと温泉に入った。私はアポなしで泊ったので部屋の廊下側に寝させてもらった。

また、ある時佐太郎先生が自宅で負傷された。治療する為に私は世田谷若林の自宅から経堂の松生医院まで行き、松生一哲、松生富喜子さんを車にのせて、目黒の佐太郎先生の自宅で治療したのであった。治療が終ったあと、佐太郎先生は松生夫婦に手を合わせて拝むように感謝された。

私はその先生の姿を見て、先生も安心されたのだと思い、また、先生も高齢になられたのだと思った。松生さんの思い出は尽きることはないが、とにもかくにも、佐太郎先生が人生の師であったと同様、松生さんは最も身近な師であった。


（「歩道」令和五年七月号）

# ザ・巨匠の添削

添削から探る歌人の技と短歌観

【第一回】佐藤佐太郎 ⟵ 佐保田芳訓

【司会】富田睦子

## 一部

**佐保田**　佐藤佐太郎は生涯約八千首余りの歌を作っています。歌集『軽風』より最後の歌集まで十三歌集を出版しました。そのかたわらライフワークとも言うべき斎藤茂吉の言行を記録し、『童馬山房随聞』や『斎藤茂吉言行』を上梓しています。ひと言で言えば、通俗的なものを退けて「短歌は詩である」のもとに作歌を続けました。短歌を作り始めた初期の頃には山村暮鳥やボードレール、ヴァレリーなどの詩集を愛読しています。特に山村暮鳥は佐太郎の出身地である郷里の詩人であったので、詩集『雲』などは図書館から借りて全巻筆写するほどでした。佐太郎は十代で短歌を作り出しましたが、十九歳のとき、斎藤茂吉に初めてまみえました。茂吉も佐太郎の歌が良いとわかっていましたが、まだ君は若いから三段組（「アララギ」の初心者枠のようなもの）でいいだろうと言っています。

　とにかく、短歌に通俗を嫌いました。私は若き日に佐太郎に師事して、歩道発行所で編集や雑誌発行の手伝いをするようになり、佐太郎に直接会う機会が毎月七回くらいありました。いつだったか、海外旅行に随行したとき、飛行機の中である映画が上映されていましたが「あれは通俗だから」止めるように言ってくれと言われたことがあります。多くの客が見ている映画を止めるようにと言えませんので、困りました。それほどまでに短歌においても通俗を排し、また日常生活においても通俗的なことが嫌いだった一面があったのです。

　さて、佐太郎の添削についてですが、一、会員の歌の添削、二、佐太郎自身の歌の添削、三、私の歌についての添削の三点を中心に話を進めたいと思います。

①

原作　高層のビルすれすれに鳩めぐりある位置でみな翼ひかりぬ

添削　高層のビルすれすれに飛ぶ鳩はある位置にてみな翼ひかりぬ

　この一首について佐太郎は「この歌は四五句に把握したところがあって、概念を超えた一つの感じを捉えているのが良い。つまり群れて飛んでいる鳩が或る角度でどれもどれも一様に羽根が光るというのが見ているところです」と批評しています。こんな風景を皆さんも見たことがあるかもしれませんね。私も一回、新宿高層ビルの巡りを鳩あるいは烏なりが飛んでいる情景を見たことがあります。高層ビルと鳩の群れ飛ぶ姿はなかなか短歌にはしづらい気もしますが、この場面を歌っているところが佐太郎の心に響いたのだと思います。やはり「鳩めぐり」というより「飛ぶ鳩は」というほうが言葉が順直ですね。佐太郎は常に言っていました。難しい言葉を使わず、上から下まで順直に言葉を連ねていく。そして響きがあって捉えどころがある。なかなか難しいことですが、そういうふうに短歌の作る究極は写生をしてものを見て、自分が捉えて心に響いて、人に響くような言葉の使い方をする。この歌も難しい言葉は一つも使ってないですよね。特別な言葉なんか絶対いらないと思いますね。例えば万葉集の「あをによし奈良の都の八重桜」、そういう枕詞を茂吉はけっこう使いますけれども、佐太郎は生涯八千首のなかでほとんど枕詞を使ったことはありません。ですから、やはり言葉というものは身近に自分自身の普段の言葉で表現することが非常に大事だろうと思います。

②

原作　化学書をとぢて夜ふかき庭にいで倚る青桐の幹のつめたさ

添削　夜ふかき庭にいで来てわが倚りてゐたる青桐の幹のつめたさ

作者にとってみれば化学書を読んでいることが自慢といいますか、得意だったと思います。これが例えば哲学書であるとか文学書であるとか小説であるとか、いろいろ本もありますが、それを読んで「庭にいで倚る青桐の幹のつめたさ」といってもあまり大したことがないんじゃないかと佐太郎は言っているように私は思いますね。それを先のように添削しています。「化学書」が無くなっています。作者にとってはある意味では非常に不本意ですね。実際に化学書を読んで、夜庭に出て幹の冷たさを感じたんだからそれでいいだろうと作者は思っているわけですが、しかしそういうことは詩としての重みがない、化学書を読んだということが第三者からすればそんなに大したことないと佐太郎が捉えたわけで、化学書に興味を持っていたのは事実なのでしょうが、添削では化学書とか本を読んだということと全然関係のない歌にしています。そういうところが佐太郎の特長だろうと思います。気取って化学書を読んで歌を作ったというのではなくて、素直に添削のようにするのが非常に良いように思います。

③

原作　鳥海の裾遠く稲田穂を鋪けばかがやく海のごとき夕映

添削　鳥海の山遠く稲田穂を鋪けばかがやく海のごとき夕映　『開冬』

「裾」と「山」を変えただけです。歩道の全国大会がありまして私も羽黒山から鳥海山を見たことがあります。これも私も随行して行ったときの佐太郎の歌です。鳥海山は別名出羽富士と呼ばれているくらい、富士山に似た形の非常にきれいな山です。出羽の山の中腹から下からまた向こうの鳥海山までずっと一面絨毯のように、敷き詰められたように稲田穂がなびいていました。まっ黄色で、それが夕映えに赤く染まっているんですね。それを「海のごとき夕映」。これもなかなか言えないですよね。我々としては非常に難しいですが、これはやはり佐太郎の感性が捉えたとても良い歌だと思います。「裾」と「山」、これだけで大した違いはないんじゃないかという気がしますけれど、やはり「裾」というと一部限定されたような感じです。鳥海山の山全体ですから、「裾」よりもより「山」のほうがいいと佐太郎は添削して素晴らしい歌になっています。

④

原作　二十年経て来たる羽黒にて南谷にもくだることなし

添削　二十年衰へて来し羽黒にて南谷にもくだることなし　『開冬』

これも先ほどの羽黒山から見た歌ですね。佐太郎は以前に斎藤茂吉先生が羽黒山で歌を作っていることが頭にあったものですから、自分も歌を作ろうということでこの一首を作ったんです。茂吉は昭和五年の七月に羽黒山南谷に来て、「南谷ふりにし跡にわが来ればかすかにのこる河骨の花」という歌を作っています。

佐太郎は「経て来たる」だけではちょっと物足りないと感じたんでしょうね。それで添削のようにした。南谷というのは急坂みたいなところがあって、年をとれば非常に登るのが難しいんです。若いときでしたらスパスパと歩いて登ったりできましたけれど、この当時の佐太郎は六十何歳のときでしたから、なかなかそういうわけにもいかないので「衰へて」と一首に入れて、最初の歌とはずいぶん違うものになりました。ただ「経て来たる」というのでなく「衰へて」では自分自身の境遇を言っているわけです。佐太郎は常に言っていました。自分の歌を生かす方法は身に引き付けてものを表現する。身に引き付けるとはどういうことかと言うと、例えば行ったり来たり、そこを通ったとか、「鋪道には何も通らぬひとときが折々ありぬ硝子戸のそと」とか、ちょっとしたことでも自分の身に引き付ける。「衰へて来し」と「経て来たる」ではぜんぜん感じが違ってくると思います。

⑤

原作　岩山の氷河は岩に凍りつつ雲すぎてのち青くかがやく

添削　岩山の岩に凍れる氷河みえ雲過ぎてのち青くかがやく

これは私が若い日に初めてアラスカに行った時の歌です。短歌を始めたばかりですから、なかなか日常の生活の歌ができづらくて、アラスカみたいな大自然に行ったら歌が何首でもできるだろうという思いで二十歳のときにパッケージツアーで行きました。今ではマッキンリーだとかテレビの取材班が行ったりしますが、昔はアラスカなんて行く人はいません。飛行機でもニューヨークから出たらアンカレッジで経由するだけで、アラスカに降りる人はほとんどいないんですね。今はみんな南回りになっていますけれど、昔はみんな北回りのアンカレッジ経由。ヨーロッパに行くにもアメリカに行くにも。その時はじめてアンカレッジの空港に降り立ってこういう景色を見ることができました。「凍りつつ」と私が表現したのを「岩に凍れる氷河みえ」と佐太郎は添削してくれました。とても素直な歌になっていると思います。大氷河の一面が捉えられたんじゃないかと思います。とにかく真っ青。岩山の上に氷河がくっついているんですね。その上に少し雪が乗っかっているのですが、それが晴天のときに雲が過ぎて光が差したときに氷河が青くかがやく。こんなに氷河って青く綺麗なものなのかと感激しました。そういう歌です。

⑥

原作　病む人を憂ひて帰る道のはて夜の白雲ほぐれゆく見ゆ

添削　病む人を憂ひて帰る道のはて夜の白雲みづみづと見ゆ

佐太郎のもとで共に短歌に励んでいた友人ですが、これがオールオアナッシングで潔癖すぎる性質の友人でした。それがお酒ばかり飲んで、酒を飲んでは歌を作る。それを心配して私は原作の歌をつくりました。それを佐太郎先生が「ほぐれゆく見ゆ」を「みづみづと見ゆ」と添削したんですね。「ほぐれゆく見ゆ」だと状態の説明みたいな感じがするんですね。「みづみづと見ゆ」というと感覚的な捉え方になると思います。

佐藤佐太郎は日常生活では人に対してあるいは自身に対して非常に穏やかで優しいですが、歌一首になると厳しいです。下手な歌を持っていったらムッとしますね。いい歌を持っていけば今月はよかったなあと共に喜んでくれるんです。そういう点で歌そのものに人生を懸けた。そういうところに佐藤佐太郎の生き様の一面があると思います。佐太郎の『斎藤茂吉言行』、あるいは文章を読んでもそういう一面は出てきますけれど、とにかく歌に対しては厳しいです。「歩道」の会員にも何人か学者がいます。東京学芸大学とか、東大を出た先生がいますが、その人が歌を持ってきたときも、こんな馬鹿な歌があるかと怒鳴りつける。学者の先生はそんなに怒られたことがないでしょう。みんな学生に指導しているわけで。佐太郎はこんを言葉遣いは駄目だとか、ものの見方が通俗だとか捉えどころがないとか、えらい学者の歌でも忌憚なく批評します。学者も反感を持つわけではなく、やっぱり納得するんですね。佐太郎の言葉の配分であるとかものの言い方、捉えどころの表現の仕方とか、自分には足りないんだなと思って怒鳴られても納得する。人気があったと思います。歌の魅力もそうですけれど、指導も立派な先生だったと思います。

⑦

原作　産卵を終へし紅鮭われの来しチュガチの河岸に腐りつつをり

添削　産卵を終へし紅鮭われの来しチュガチの河岸に命はてをり

**佐保田**　これもアラスカで私が作った歌です。「チュガチの河岸」はアラスカに流れている川で、非常に冷たい川です。アラスカ湾からチュガチの河岸に鮭が産卵をしに戻ってくるわけです。それもすごい大量です。腹と腹とがぶつかり合うぐらい紅鮭が上ってくる。そこで命が果てて腐っているところです。これだけ鮭がいっぱいいて川を上ってきて死んでしまうというのが哀れですけれど、これが大自然の掟と私は感動したんですね。そういうところがアラスカで感じた素晴らしさです。佐太郎の添削は結句の「腐りつつをり」を「命はてをり」というところだけです。原作よりも添削のほうが捉えどころがあり、順直。実際には腐っていたんですよ。でも、「腐りつつをり」はある意味では気持ち悪いですね。だから「命はてをり」と。本当に素直な歌になりましたし、一首の響きもいい。さっきも申しましたが難しいことは言わない。意味が通じる歌を作れと。佐太郎の歌には難しい歌はほとんどと言っていいほどないです。みんな意味が通じてわかりやすい。茂吉先生はそうはいかない。なかなか難しい歌がいっぱいありますね。初期の『赤光』『あらたま』のころは母親の死を詠んだ歌も心に響いてきます。言葉は難しいことを言わずに自分自身の心が捉えたもの、見たもの、詩的真実を表現することが非常に大事だという気がします。この歌の「命はてをり」というのは添削してもらって感動しました。佐太郎先生は常に「腐る」とか「臭う」とかいろんな汚い言葉をできるだけ使わないようにと言っておりました。

⑧

原作　氷塊の流れの音はひびき合ひて入江の空に海鳴たかし

添削　氷塊の流れの音はひびき合ひて入江の空に海鳴きこゆ

これもアラスカの歌です。流氷は普通の氷の流れとちょっと違うんですね。最上川でも諏訪湖でも氷が割れた映像をときどき見ますが、アラスカのチュガチの川を流れていく響きは素晴らしい音でした。原作は「たかし」ですが、それでは駄目だというので「きこゆ」と直したんです。本来は「たかし」でもいいんでしょうけれど、「きこゆ」のほうが言葉が素直になって意味が通じるようになるんじゃないかと思います。こういう細かいやりとり、言葉一句についてのこだわりが佐藤佐太郎の特長です。難しい言葉を使わずに表現するというところが非常に佐太郎のいいところだと思いますね。

⑨

原作　流氷は泥を含みて流れをり曇る海辺にその音をきく

添削　流氷は泥を含みて移りをり曇る海辺にその音をきく

これもさっきのチュガチの川の歌ですが、とにかく流氷が溶けて流れるというのはちょっと特殊ですね。アラスカだったからこそ見られた情況だったと思います。佐太郎は「流れをり」を「移りをり」としました。「流れをり」

というのはさらさらと行く感じですね。だけど泥を含んでいますから、ゆったりなんです。流れているのは確かですが、移ろっていく速度が普通のさらさらと流れるのと違い、鈍痛に、重々しく流れて行く。だから「流れ」というよりは「移る」といったほうが的確な歌になったかと思います。たった一言で全然感じが違ってきますね。佐太郎の添削は彼自身の歌もそうですが、上から下まで意味が通じるようにわかりやすく言葉を連ねてます。そして響き、調子です。三句で切れていますね。屈折した言葉の響きがとてもうまいですね。初句の「流氷は」はあまり使いたくないんです。みなさん、初句に「は」を使いますか。なかなか初句に「は」というのは難しいですよね。下に続かないです。この場合は自然な「は」になっていますね。「流氷は」というのは、ある意味で文章的ですが、文章的なものを感じさせないひとつの自然の流れを捉えていることによって、あまり気になりませんね。なぜ気にならないかといったら捉えているところがいいからです。捉えているところが何もなければ、文章の冒頭の一節みたいなものになるのですが、こういうふうに「は」を気にせず一首鑑賞できるのが佐太郎の歌の魅力だと思います。我々はなかなか使えません、この「は」は難しいです。言葉をひと言変えるだけで全体が引き締まったり、調子が良くなったり、響きがある歌になりますね。自分はアラスカに行っていい風景を見たんだからいい歌ができるだろうと思って作ったわけですが、添削してもらうと全然違いますね。

始まる前に、司会の富田睦子さんから最近の若い人が佐太郎の歌に共鳴してるという話を聞いたのですが、やはりそれは理屈がないからだと思います。今の歌はけっこう理屈っぽいでしょう。さっきの歌みたいに哲学書を読んでどうのとか、そういう歌があまりにも歌壇のなかで主流を占めていて、写生はある意味では片隅に置かれたような感覚です。昔は写生の全盛期でした。斎藤茂吉以来、写生というものがだんだん廃れて。でも理屈っぽい歌を歌う人でもみんな写生（が大事）と言いますからね。そこが私は矛盾していると思いますけれど、私たちは端的に歌は写生だという信念で作ってきたわけです。

佐太郎は自分自身の歌を添削するのも厳しかったです。歌を作ったときは連れ合いの佐藤志満にしょっちゅう見せていました。これでどうだと言って。なかなか志満夫人も厳しいんです。みんなそうでしょうけれど、自分の歌は棚に上げて人の歌は厳しく批判するんですね。

佐太郎もけっこう批判されてました。でも第三者に見てもらうことは非常に大事ですね。客観的な目で見てもらえますから。自分がいいと思っても第三者から見れば独断に陥っている部分が多少はありますからね。いずれにしましても佐太郎の添削は、これぞ師匠だと何回も感じました。私は十八年そばにいて歌を見てもらいましたが、なかなか褒めてくれません。普段は佐保田くん、佐保田くんといろいろ言ってくれますが、いざ歌になるとこんな歌は取れないとか、よくこんな言葉を使うなとか、気取りすぎだとか本当に厳しいです。今の先生たちはちょっと優しすぎると思いますよ。会員が逃げないようにソフトに当たってますけれど、本来は歌を作る人は厳しく言葉を選択してくれる、あるいは添削してくれる、選歌をしてくれる、そういう先生を私は今でも望んでいると思いますね。それがあまりにも優しすぎるから堕落とまで言ったら言い過ぎかもしれませんけれど、歌があいまいになったり、なんでもござれという歌が多いような気がします。そこがちょっと残念です。写生一筋でものを見て、自分の心に捉えたところを言葉にして歌にする。合わせて声調も考える。佐太郎のように整った歌はなかなかできないですけれど、目指すところはそこです。純粋短歌で短歌に詩がなければ駄目だと思います。

佐太郎は十七歳のときに小説を書いているんです。戯曲を書いているんです。戯曲作家か小説家になりたかったんだと思うんです。でもそれが続かず、斎藤茂吉の歌集を図書館で見て、ああこれだと。斎藤茂吉の歌によって短歌に引きつけられ、そして歌を作り始めました。茂吉先生も、偉大な作家というのはすぐに才能を見抜きますね。一首持って行ったらこいつはどの程度かというのを一発で見破ります。斎藤茂吉に生涯傾倒したことで佐藤佐太郎は本当に素晴らしい歌人になれたと思います。茂吉も言っていました。与謝野晶子が「明星」で全盛だった時代にこれにつこうかと思ったけれど、たまたま正岡子規の歌を見たときに短歌はこれだと写生のほうに方向転換、そういう歌を作り始めた。それが佐藤佐太郎に流れて、現在私の所属している歩道短歌会へ脈々と続いています。「歩道」は今でも写生です。写生なんていうと肩身の狭い思いですけれど、物を見て物を言う、捉える。これは頭のなかの空想ではできないことです。実際に見たことだから迫力があるのでね。テレビの映像を見て作る人もいるかもしれませんけど、それと実際に見ることでは全然違うと思いますね。

会員全員は添削していませんけれど、歩道短歌会に当時一六〇〇名くらいいました。今は減ってきてますがそれでも六〇〇名くらいいます。全盛期のとき、佐太郎が元気なときは何人か私みたいに佐太郎に添削を希望する人がいました。当時のお金で十首の添削代が二五〇〇円くらい。二五〇〇円出したって本当に惜しくないですね。佐太郎先生の手の入った原稿が返ってくるわけですから。喜んでいる人がいっぱいいました。佐太郎の添削は素晴らしいものであったと今更ながらしみじみと思います。

佐藤佐太郎の添削についてお話をさせていただきましたが、佐太郎は言葉にこだわって、かと言って難しい言葉は使わず、上から下まで意味が通じるような歌であってなおかつ調子がある。非常に難しいですよ。だけどそういうものを目指すということですね。

## 二部

**富田**　質問コーナーに参ります。佐藤佐太郎の生まれた年と亡くなった年を知りたいです。

**佐保田**　一九〇九（明治四十二）年十一月十三日生れで、一九八七（昭和六十三）年八月八日に亡くなりました。亡くなるまで本当に元気でした。東京国立病院に、最後にお見舞いに行ったんですが、そのときも向こうは発声はできないですけど、こっちが言っている意味は非常に通じました。先生お元気ですか、体調はどうでしょうか、この程度の話ですね。昔は短歌の話をたくさん質問したりしましたけれど、国立病院に入院したときにはほとんど話せずにその程度でした。しかし意識朦朧というものではありませんでしたし、帰るときに足をちょっとさすってあげたんです。じゃあこれで失礼しますねと言ったら、おう、と手を挙げて。あれがさようならの最後のポーズでした。佐藤佐太郎は厳しい人間だろうと思いますけれど、それは歌だけです。人間的には優しいです。ある意味ではわがままで通俗的なことがきらいで奥さんの佐藤志満さんをしょっちゅう怒ってました。通俗的なことというのは金銭面のこと。数字的なものに全然関心がないですね。お金が貯まっただの、減っただのということは全然気にしないで、歌のみにのめり込んでますからね。そういうときに志満夫人が誰々さんの添削科がいくら入ったわよとか、会計的な話をしたら怒るんですね。普通はなかなか怒らないだろうと思いますけど。とにかく貧乏のどん底から這い上がりましたからね。『帰潮』の時代は終戦後ですから、佐藤佐太郎だけが貧乏だったわけではありませんし、みんな当時は食うか食わずかの生活をしてましたからね。そこを志満夫人の力によって這い上がってきた。志満夫人はそういう才能が非常にありました。「歩道」の会員でも添削料がもらえそうな人には、ちゃんと佐藤佐太郎の添削はいかがですか、と勧誘して（笑）。先生に歌を添削してもらい、朱の筆で書いたものが返ってくるわけですから、もらった人はみんな本当に嬉しかったと思いますね。僕も先生に朱の筆で書いていただいた歌稿が相当あります。会員が千人いたから、添削を受けるのはその中でも限られて、五、六〇名いたかなあ、もっと少なかったかもしれない。だって見られないでしょう、五〇人も添削するといったら一週間以上はかかりますからね。

選歌は歩道短歌会の何人かの編集委員が分担していましたが、添削は難しいですから。その中の限られた幹部の人、長澤一作であるとか、由谷一郎であるとか、若いときからの佐藤佐太郎の高弟が添削をしていました。私は佐藤佐太郎の弟子といっても晩年の弟子で、末席の人間です。末席であっても佐太郎の声を聴けたということは本当に幸せだったと思いますね。佐太郎は筋の通った意味合いの通じる、響きがある、心に響く歌に直してくれました。今はそんなに添削してくれて心に届くようにしてくれる人は少なくなったと思いますね。

**富田**　続いての質問です。「は」の使い方の難しさについての話は興味深かった。佐太郎の名歌と言われる次の一首、「冬の日の眼に満つる海あるときは一つの波に海はかくるる」には二つの「は」が使われていますが、この二つの関係はどう捉えたらいいでしょうか。

**佐保田**　なかなか難しいです。佐太郎の歌のなかでも「は」を二つ使っているのはこの一首だけだと思います。「一つの波に海はかくるる」、実際に海が隠れるほどの高波に遭うのはなかなか難しいです。台風のときでも岸壁を打ってくるような波は経験しますけれど、「一つの波に海はかくるる」というのは捉えられない。これはけっきょくフィクションというか自分の創造性でこういう歌になったと私は感じています。「は」を二つ使っていると本来は言葉として生きてこないけれど、この場合は「あるときは」と「海はかくるる」、これは見て歌にしたと思います。一回見た海じゃないんです。本当は場所が違って、最初に「冬の日の眼に満つる海」という歌ができた。

次に別のところで「一つの波に海はかくるる」、これはふたつの歌なんです。だから「は」が重複しているんじゃないかと私は思います。本来は佐太郎はこういう「は」の使い方はしません。僕は二つ作った歌を一首にまとめたがために「は」が重複したのではないかと推測しています。見たままを言うのではなくて、自分の心で捉えたある意味では人にとってはデフォルメかもしれない。それも必要ですね。写生でただ単に見るだけでは記録的な歌しかできない。やはりこういうふうにデフォルメしたような歌を作っていくことが短歌の一種の奥深さだと思います。全首が頭にインプットされているわけじゃないですが、「は」を二つ使っているのはこの歌だけだろうと記憶しています。難しいですね、「は」の使い方は。文章的な表現になってしまいますから。「の」でいいんですよ。普通は。「冬の日の眼に満つる海あるときは一つの波に海のかくるる」でもいいわけですが「は」と言ったほうが強調になりますから。だから前の「は」を気にせずに「は」を使ったと思いますね。

**富田**　もうひとつ同じ「は」と「の」についての質問ですが、先ほどのお話のなかで「は」は滅多に使わないと言われましたが、「の」で添削を受けることが多くあります。「の」を使う意味はどういうことでしょう。

**佐保田**　「の」を使ったほうが簡単と言ったら失礼ですが、「の」のほうが順直に決着がつくんです。「は」はデフォルメになったり、強調になりますから。「私は」「彼はどうした」、「○○は」となると。文章的になる可能性がありますから。「海のかくるる」のほうが本当は通じやすいでしょう。でもここは「の」にしたくなかった。「は」が重複しても「海はかくるる」と言ったほうが強調するからと思って「は」を二つ使ったんですね。「あるときは」は「○○は」の「は」と違います。どう違うかは辞書で調べていただければと思います。

**富田**　先程私が佐太郎の歌が最近すごく若い短歌製作者の方たちに人気というのはなぜでしょうとお伺いしたら、それはやはり順直だからだろうねと佐保田先生がおっしゃったのですが、「順直」というのはつまりどういうことでしょう。

**佐保田**　難しい言葉を使わずに上から下まで筋が通って、意味が通じるということです。茂吉先生は順直じゃないですよ。いろいろ考えているから。難しい言葉もいっぱい使っていますしね。だけど佐藤佐太郎の場合は言葉は易しく、本当に難しい言葉はほとんどと言っていいほどないですね。だからといって単調で一本調子ではありません。順直に言葉が進んでいるということです。これは歌作りの基本ですが、なかなかそうはいかないですね。理屈を言ったり頭でこねたり、見ないで想像したり、デフォルメをしています。写生でなきゃいけないというわけじゃないから、いいんですよ。もちろん下地はありますよ。自分の体験、生活体験であるとか過去に恋愛関係とかいろんな直接体験がありますが、そのまま一通り書いても面白くないですよ。デフォルメしなくちゃ駄目だと思います。

**富田**　次の質問です。佐太郎が嫌った「通俗」とはどのようなことを指し示していたのでしょうか。例えば止めるように言った映画はどのような意味で通俗だと感じられたのでしょうか。

**佐保田**　佐太郎は日常生活のちょっとしたことでも通俗と感じるんですね。我々が全然通俗と感じなくても、彼自身は通俗だと感じやすいんです。感性が研ぎ澄まされてるし、ピリピリしているから非常にそういう点で息苦しいです。志満夫人がしょっちゅう怒られていたのはこの通俗です。だけど志満夫人が特に通俗なことを言っているわけじゃないですよ。例えば先ほど言いました添削料のことです。大切な収入源ですから志満夫人はそういう報告もしますよね。でもそういうことが本人にとっては通俗的なことだと感じるんです。これは彼の感覚、感性ですからどうしようもないです。そういう話になると細かい点でいつ怒り出すかわからないというところがちょっと難しかったですね。我々にはそんなに怒らなかったですけど、金銭的なことだとか、誰々は東京学芸大学の教授になったとかそういう報告をしたら、そんなことはどうでもいいと言って怒るんですよ。良かったねと言ってくれればそれでおしまいなんですけど（笑）。志満夫人は気の毒ですがしょっちゅう怒られていました。

**富田**　次に仮名遣いについて質問がふたつ来ています。一つ目が平仮名で書くか漢字で書くか迷うときがありますという質問。二つ目が、私は今現代仮名遣いです。旧仮名遣いは普段使わず難しい。でもいずれは使いたいと思います。何か良い方法はありますか、という質問です。まず、平仮名か漢字かといいますとどちらがいいですか。

**佐保田**　できるだけ平仮名にしたほうがいいですね。読みやすいですし、平仮名のほうが歌も硬くならず柔らかくて滑らかになると思います。でも平仮名で意味が通じづらい言葉やここはどうしても譲れないというときは漢字でいいです。さっきの「流氷」も「産卵」も平仮名にすると分かりませんから漢字にするべきでしょう。「チュガチの河岸」も「河岸」と書いて「かし」と読みますけれど、これは平仮名にしたら分かりづらいですからね。でも漢字で書きすぎると一首が硬く感じますから。できるだけ平仮名で書けるところは書くように心がけていただければと思います。

**富田**　旧仮名遣いと現代仮名遣いはどのように捉えたらいいでしょう。

**佐保田**　これは非常に難しいです。今は現代ですからね。今更旧仮名遣いで書けと言っても文章だったらほとんど書けませんでしょう。でも短歌は五七五七七の三十一文字ですから、旧仮名遣いも使える。口語で歌を作ってもいいのですが、口語はある意味では響きとか調子とか言葉の連続という面で文章体になってしまうので一本調子になりやすいと思いますね。できるだけ口語じゃなくて文語を使っていければいいんじゃないかと思います。六百何年の万葉集から始まって今もう二〇二二年でしょう。未だに続いている詩型なんですよ。文語だからこそと言ったら語弊があるかもしれませんけれど、文語の響きとか調子だとかいろんな意味合いがあるからこそ千何百年も続いていると思います。口語だと腰折れになってしまうかなと感じます。文章ではなかなか書けませんから、三十一文字だけは死守していきたいですね。

**富田**　仮名遣いはどちらでもその人次第という感じですか。

**佐保田**　そうですね。あまり難しく考えない方がいいです。あれもこれもと考え出すと切りがないですから。

**富田**　佐太郎が歌を作ったり直したりするときというのは声に出して読まれていましたか。それとも頭のなかで考えていたようでしたか。

**佐保田**　両方です。これは意味が通じるかわからないというときは声に出して読みましたけれど、普段は自分自身で発音して一首を作るということはしません。だいたい無言で書いていきますね。『短歌』から十首注文が来たから作ったけれど、どうだろうというときに志満夫人に、声に出して読んで聞かせます。でもそういう場面を私はあまり見たことがないです。声に出して作るのがいいのか、黙って書くのがいいのかわかりませんけれど、風景とかあるいは見たものが自身の心に届くというのは別に声に出して読む必要はないですね。響いてきますから。佐太郎はときどき言います。よく写生をしていれば風景は向こうからやってくると。どういう意味だろうと思うのですが、一生懸命見ていると、自分の心に響いてくるところが見えてくる気がするんですね。それを「風景が向こうからやってくる」と表現しています。これはいかに写生でよくものを見るかということです。例えば斎藤茂吉が晩年、最上川の川辺に座って二時間も三時間も座ってましたけど、一首もできないときもあったんです。「最上川逆白波の立つまでにふぶくゆふべとなりにけるかも」という有名な最上川の冬の景色の歌も、しょっちゅう川に行っていないとこういう風景には出合えません。自分はどうしても良い歌を作るんだと心の中にそういう思いがあったからこそ風景が向こうからやってくる。『白き山』の歌ですが、大半が最上川の歌です。とても素敵です。それから新宿の大京町の茂太の病院に茂吉は晩年移ってきますが、大石田で過ごした冬景色の歌の数々が収められている『白き山』、私は茂吉の代表歌集だと思います。『赤光』、『あらたま』など初期をあげる方が多いかもしれませんけれど、茂吉の最高の歌集は『白き山』、最上川の岸辺に立って歌った歌が最高だと私は思います。

**富田**　最後に佐保田先生の一番好きな佐藤佐太郎の一首をお願いします。

**佐保田**　佐藤佐太郎が那智の滝に行ったときの歌です。三重県から那智に向かって行ったとき。

　冬山の青岸《せいがん》渡《と》寺《じ》の庭にいでて風にかたむく那智の滝みゆ　『形影』

「庭にいでて」の「て」が本来は不要ですね。字余りでしょう。それをあえて字余りにして「て」を使っているところが佐藤佐太郎の意志というかミソだと思います。なぜかと言うと歌は単調になっては駄目なんです。那智の滝に行ったときに、非常に水量が少なかった。滝というのは川が流れてきて落ちるわけですが、冬枯れの川から流れてきたから水量が非常に少なくて滝が風に傾いて見えたんですね。滝が風に傾くって滅多にないことです。（水量があると）どーっと流れていますからね。こういうのも我々だったら、滝が傾いてるなという程度の感慨かもしれませんけれど、それを一首の歌にしています。捉え方が非常に素晴らしいと思います。

**富田**　ありがとうございます。それでは「佐藤佐太郎の添削」を終了いたします。次回は宮柊二の添削です。

（令和四年四月二〇日　学士会館）

（現代歌人協会主催、「歌壇」令和四年七月号掲載）

# 祝・『佐保田芳訓遺作品集』

――上田三四二著小説『祝婚』の縁――

秋元千惠子
短歌文芸誌「ぱにあ」代表

上田三四二が、斎藤茂吉の『朝の螢』を愛読して短歌に関心を抱いたのは昭和二十年(一九四五)23歳、舞鶴港に勤労動員された時だった。二十四年には山本牧彦に就いて歌誌「新月」に加わっている(この年医師国家試験に合格)。茂吉を知り、佐太郎へと心は動き「新月」誌上に書き続けた「佐藤佐太郎論」を「短歌研究」に発表した。三四二の才能が歌壇で注目されはじめる切っ掛けとなった。

小説『祝婚』(一九八九・新潮社刊)は、川端康成文学賞、受賞作である。小説の主要部分の一部を引用する。主人公が、身内の結婚式の披露宴でスピーチをする話……の中で、〈一首の歌を引いた。一座は静かになった。

おしなべて味《あぢは》ひふかき人の生《よ》をあゆまんとする今日より君は

ある高名な歌人が愛弟子に与えた祝婚の歌であった。

ここで結婚は「味ひふかき人の生」と捉えられている。「人の生」は「人の世」で、「生」の時間軸が「世」の空間軸を自覚の中に取入れるとき、人間は一生という時間と世間という空間の交わるところにみずからの位置を見出す。「世」とは古くは男女の仲を言った。「世づく」とか「世をしる」というのは、男女の仲に目覚めることであった。「おしなべて味ひふかき人の生」を大雑把な把握と言ってはならない。結婚に「味ひふかき人の生」を見るところに、この歌の含蓄がある。人間とは人と人との間がらだが、その間がらのもっとも微妙なもの、「味ひふかき」ものが夫婦というものではないか。〉

この宴の場には、東京から京都まで病身の三四二に付き添って来た露子夫人もいた。

引用の長さを咎めないでほしい。大事なことは佐藤佐太郎の作歌力の醍醐味と、三四二独特の鑑賞眼に立ち留まって頂きたかったからである。

因みにこの一首を与えた愛弟子は、20代から佐太郎に師事して歌誌「歩道」で生涯研鑽を重ねて来た、歌人佐保田芳訓氏であることは、もはや明瞭であろう。

彼と私は、佐太郎、三四二の弟子という、ありがたい信頼感で心許し合ってきた。

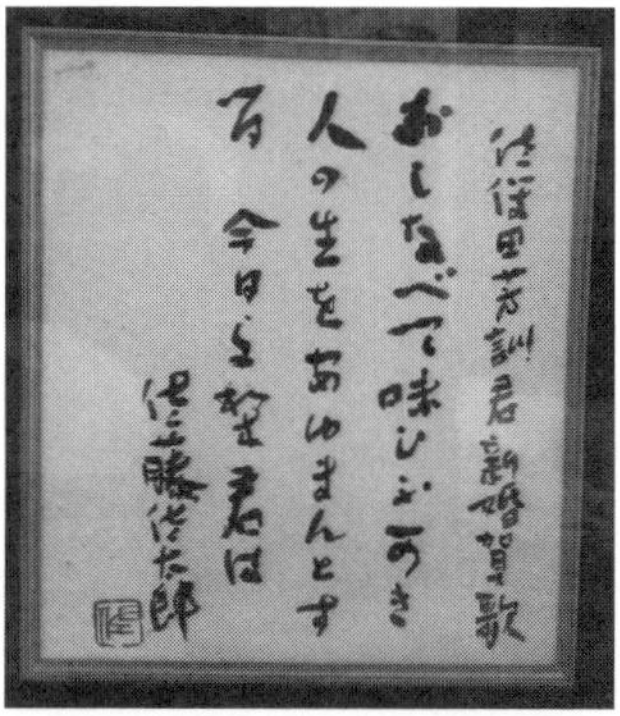

左、佐藤佐太郎。右、佐保田芳訓。

佐藤志満夫人に手を引かれて。

上田三四二（右）、秋元千恵子（中央）
とエゴの花を見る佐保田芳訓。

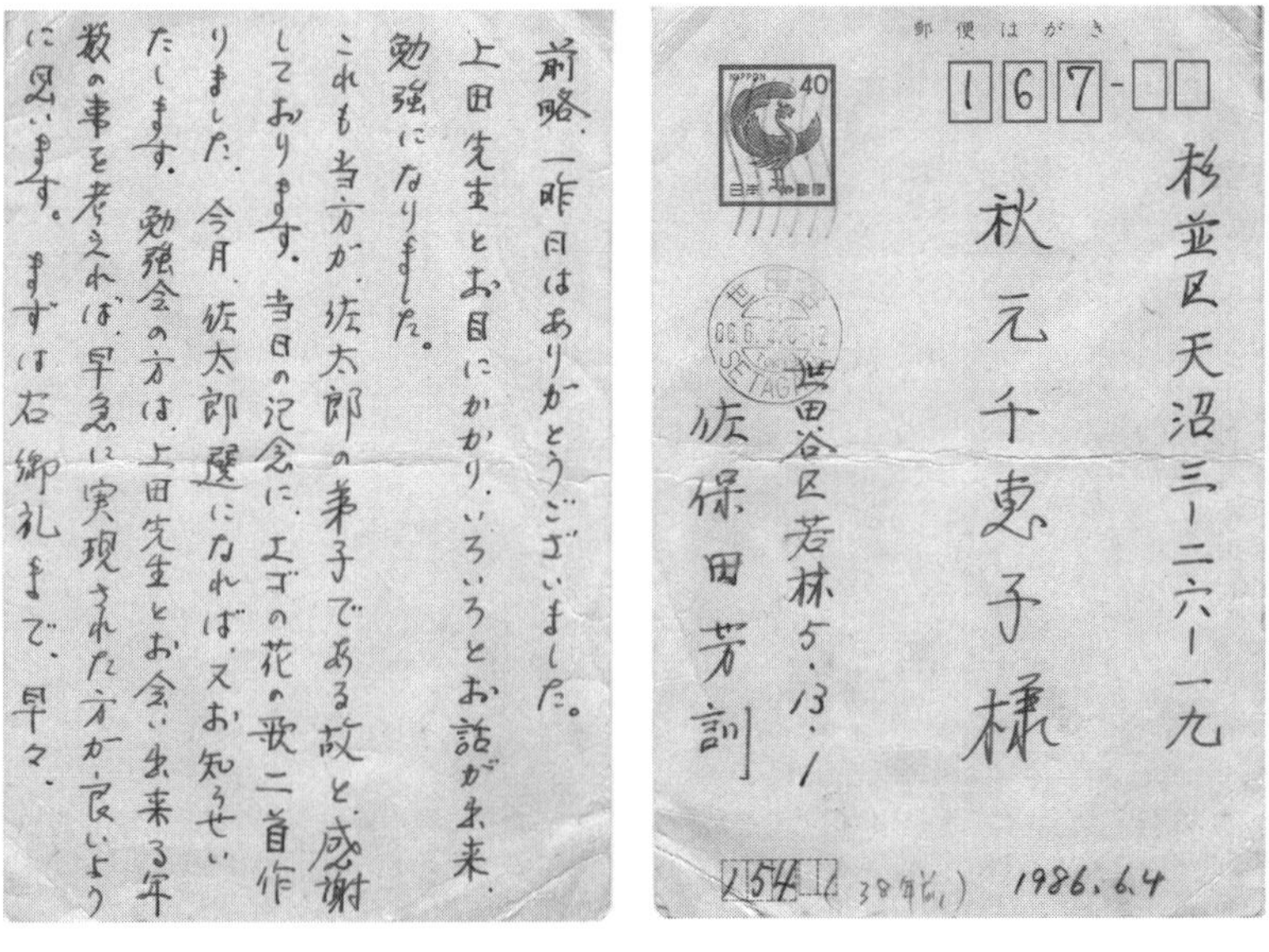

前略、一昨日はありがとうございました。
上田先生とお目にかかり、いろいろとお話が出来、勉強になりました。
これも当方が、佐太郎の弟子である故と、感謝しております。当日の記念に、エゴの花の歌二首作りました。今月、佐太郎選になれば、又お知らせいたします。勉強会の方は、上田先生とお会い出来る年数の事を考えれば、早急に実現された方が良いように思います。まずは右御礼まで。早々。

郵便はがき
167-
杉並区天沼三－二六－一九
秋元千恵子様
世田谷区若林5・13・1
佐保田芳訓
154
1986.6.4

秋元千恵子宛の葉書。

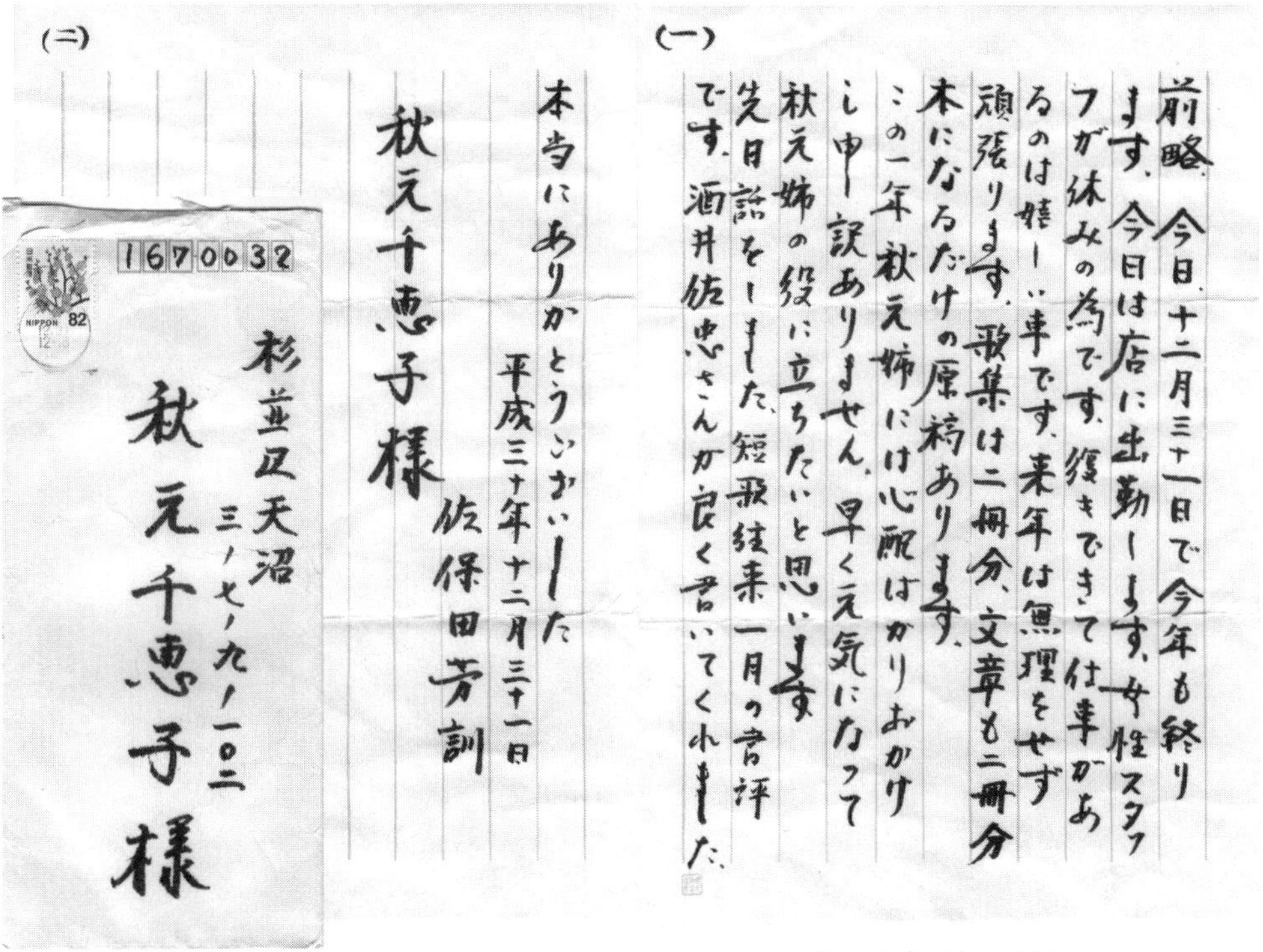
（一）

前略。今日、十二月三十一日で今年も終り
ます。今日は店に出勤します。女性スタッ
フが休みの為です。復帰できて仕事があ
るのは嬉しい事です。来年は無理をせず
頑張ります。歌集は二冊分、文章も二冊分
本になるだけの原稿あります。
この一年秋元姉には心配ばかりおかけ
し申し訳ありません。早く元気になって
秋元姉の役に立ちたいと思います
先日話をしました。短歌往来一月の書評
です。酒井佐忠さんが良く書いてくれました。

（二）

本当にありがとうございました
平成三十年十二月三十一日
佐保田芳訓
秋元千恵子様

1670032
杉並区天沼
三ノ七ノ九ノ一〇二
秋元千恵子様

秋元千恵子宛の手紙。

仕事部屋兼書斎

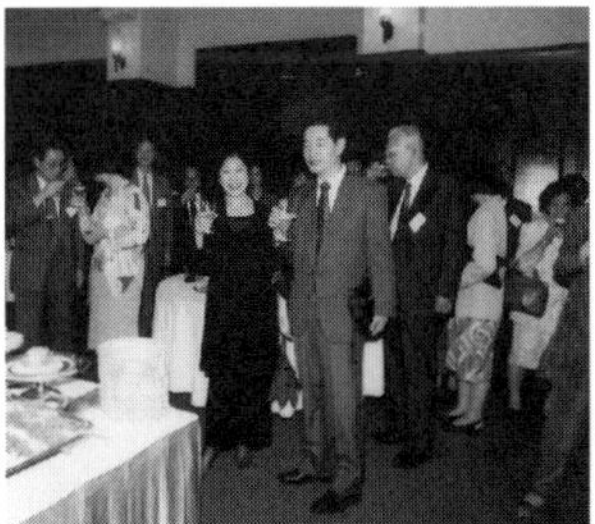
歌人協会忘年会。中央に立つのが
佐保田芳訓と秋元千恵子。

福生多摩川沿いの桜並木

令和２年　念願の歩道賞

若い頃

台湾一人旅

令和５年新年会

初孫と

山梨県眞原の桜並木

# あとがき

父親が逝去してから、早や一年が過ぎようとしている。この一年間、一日たりとも父親のことを思い巡らさなかった日はない。父親と会うことも話すこともできない寂しさを消しさることができない。今はただ、寂しい思いを抱きながら、父親の存在について考える日を過ごしている。

私にとって、父親の芳訓は偉大であった。越えることの出来ない存在であると感じている。偉大な点は沢山あるが、二点について思うことがある。一点目は、真面目さである。父親は、家族のために、辛く大変な時も、弱音を一言も吐くことなく働き続けた。笑顔を忘れず、強い精神力で生き抜いた。二点目は、継続する力である。半世紀もの長き間、情熱を消すことなく、短歌を愛し活動し続けたことは、到底真似することはできない。そして何より、偉大な歌人『佐藤佐太郎』の弟子となり、師匠の偉大さを世に証明し、広げるために、全力で活動した父親の姿に尊敬している。

私の祖父は亡くなる前、私にこう話した。「芳訓君のように沢山の人に影響を与える人になってね。」と。今現在の私は、父親のような人間にはなれない。しかし、父親のように何事に対しても、真面目な姿勢で、何かのことを継続していけば、父親に近づけるのかもしれないと考えるようになった。

私は今、絵本を出版するという目標ができた。簡単ではない「道」だが、父親がそうであったように、一歩一歩、「歩み」を進め、一つのことをやり遂げてみたいと思う。一日一日、努力を重ね、人に影響を与えられる存在になっていく。

佐保田芳樹

父の命日、8月12日は出産予定日であった。

一番嬉しい日となるはずが、一番悲しい日となった。

7月12日の定期健診。早産の心配は全くないとの診断だったが、その3日後、突然の陣痛で7月15日、息子が誕生した。


初孫を溺愛していた父は、二人目の孫の誕生もとても楽しみにしていた。

結局息子はしばらく入院をしていたため、会わずして父は旅立ってしまったが、亡くなる3日前、集中治療室で息子の写真を見て、「イケメンだなぁ」と喜んでいた。

誕生こそ知ってはいたが、改めて無事産まれたことに安堵もしていた。

息子が早く産まれなかったら、亡くなる前に父には会えなかったかもしれない。息子は私と父を会わすために早く産まれてきたのかもしれない。

未熟児ではあったが、きっと早く産まれてきた意味があったのだと思う。

しかしながら、今でも、あの時、集中治療室に息子を連れて行って、会わすことができなかっただろうか?と後悔が残っている。

兄の子供をとてもかわいがっていた父。生きていればきっと息子もかわいがってくれていただろう、一目でも会ってほしかった。一回でも抱っこしてほしかったと日々の子育ての中でふと悲しくなる時が何度もある。
そんなある日、息子が何もない天井を見て笑い出した。何度もニコニコしていた。私は「じぃじが見えるの？」と息子に尋ねた。当然、話すことのできない息子はそのままニコニコして笑っていた。私も「おっとー、そこにいるの？」と話しかけてみたが、反応はない。（笑）
きっと、孫に会いに来たのだろう。私はそう確信している。

息子が産まれた日の父の日記に「娘の子供、産まれる。未熟児」と書かれていた。感想こそ書かれていなかったが（笑）私はそのコピーを母子手帳にはさんで、息子が大きくなった時に見せたいと思う。

あなたが早く産まれてきてくれたから、お母さんは最後じぃじに会えたんだよと……。

じぃじはとても明るく、朗らかな人だったよと……。

息子も父のように明るく元気に育ってほしいと願う。

大好きだった父、きっと今日も空から笑顔で私たちを見守ってくれているに違いない。

改めて、お父さん、ありがとう。

岸　奈美

令和五年八月十二日は家族にとって辛い一日の始まりだったがもう一年経とうとしている。朝目覚めればまた朝が来てしまった、長い一日を過ごさなくてはいけないなと思いながら毎日を送ってきた。日々の生活は主人と一緒に行動する事が多く買い物・外出時の送り迎え等と仲の良い夫婦にみえていたらしい。

それでも主人は自分の好きな時間を持って本屋巡り、古物店巡り、散歩等動く事が好きだった。その為にいつのまにか本や物が増えて自分の部屋も一杯になってしまう程だった。自分の好きなものに囲まれて過ごすのが一番楽しいし嬉しいんだと言いながら。家の中にはあちこちに主人の集めた物、作歌途中のメモ書きが散乱している。

先日部屋の整理をしているときに２０２３年5月14日スタートと記してあるノートが出てきて二首書かれてあった。

霧雨の降る多摩川にアカシアの散り残りたる花を悲しむ

病ひ癒え今年咲きたるアカシアの花を再び見たしと思ふ

短歌一筋の人生を過ごしてきてまだまだやり残している事が沢山あっただろうにと考えれば残念だが晩年に出版したかった未完成のものを家族で仕上げようと相談し今回の『五月の雪』という作品集ができた。

主人はいつも短歌の友人に「お母さん（妻）が売れない本は出さない様にと言っている」から と電話で笑いながら話しているのを度々聞かされてその度に苦笑していたのだった。

それでも今回最後の出版については家族だけでは出来なかった事を姉御と慕っていた秋元千恵子先生には体調の思わしくない中でアドバイスや激励を受け背中を押してもらった。跋文をお願いした歌誌「歩道」の大先輩であり手紙も交換をしていた菊澤研一先生にはすごい量だねでも「偉い」と褒めて頂いた。

編集にご苦労を重ねられたと思う洪水企画の池田康様から初校が送られてきてあまりの量に尻ごみしそうになりながらも校正している途中一首読む度に色々な思いが浮かびこんな事を思っていたんだなと涙して先に進まない事が度々あった。佐藤佐太郎研究など他の評論などを読んでいるとこんなに本を読み勉強していたんだなと改めてすごい人だったと感心するばかり。

家族で協力して最後の作品集を作らせてくれた喜び、この一冊を残せた事が主人からの家族への最高の贈り物ではないだろうか。

最後に出版にあたって素人の私達家族を辛抱強く見守ってくださった皆様の暖かい応援に心から感謝し、お礼申し上げます。

ありがとうございました。

令和六年六月吉日

佐保田美佐江

**佐保田芳訓**（さほだ・よしのり）
昭和 24 年大阪生まれ。
昭和 45 年歩道短歌会に入会、佐藤佐太郎に師事。
昭和 48 年「歩道」運営委員。
昭和 56 年「歩道」編集委員。
昭和 58 年第一歌集『青天』出版。
昭和 62 年第二歌集『火星蝕』出版。
昭和 63 年現代歌人協会会員。
平成 14 年『佐藤佐太郎私見』出版。
平成 26 年第三歌集『春螢』出版。
平成 30 年『佐藤佐太郎の作歌手帳』出版。
令和 2 年歩道賞受賞。
令和 4 年現代歌人協会「ザ・巨匠の添削」講演
令和 5 年逝去。

カバー装画：佐保田芳樹
台湾の花「油桐花」は真白ではらはらと散る
ので「四月雪」「五月雪」という愛称をもつ。

佐保田芳訓遺作品集

# 五月の雪

著者………佐保田芳訓

編者………佐保田美佐江

発行日……2024 年 9 月 5 日

発行者……池田康

発行………洪水企画

〒 254-0914 神奈川県平塚市高村 203-12-402

TEL&FAX 0463-79-8158

http://www.kozui.net/

装丁………巖谷純介

印刷………モリモト印刷株式会社

ISBN978-4-909385-50-5



Printed in Japan